O romance americano moderno

Malcolm Bradbury

O romance americano moderno

Tradução
Barbara Heliodora

Jorge Zahar Editor
Rio de Janeiro

CIP-Brasil. Catalogação-na-fonte
Sindicato Nacional dos Editores de Livros, RJ.

B79r

Bradbury, Malcolm, 1932-
O romance americano moderno / Malcolm Bradbury ; tradução Barbara Heliodora. — Rio de Janeiro : Jorge Zahar Editor, 1991.

Tradução de: The modern American novel
Bibliografia.
Indice.
ISBN 85-7110-178-7

1. Romances americanos - História e crítica. 2. Literatura americana - História e crítica. I. Título.

CDD - 813.009
810.9
CDU - 820(73)-3(091)
8 0(73)(091)

91-0487

Título original:
The Modern American Novel

Tradução autorizada da reimpressão de 1985
da primeira edição inglesa publicada em 1983
por Oxford University Press, de Oxford, Inglaterra.

Jorge Zahar Editor Ltda.
rua México 31 sobreloja
20031 Rio de Janeiro, RJ

Editoração eletrônica: TopTextos Edições Gráficas Ltda.

Capa: Tira Linhas Studio

Impressão: Tavares e Tristão Ltda.

ISBN: 0-19-289044-1 (ed. orig.)
ISBN: 85-7110-178-7 (JZE, RJ)

Sumário

Dois corpos de literatura moderna me parecem haver chegado aos verdadeiros limites: o russo e o norte-americano... Os mais extremados frenesis do modernismo ou do futurismo francês ainda não alcançaram os níveis de conscientização extrema atingidos por Poe, Melville, Hawthorne ou Whitman. Os europeus estão todos *tentando* ser extremados. Os grandes norte-americanos que mencionei simplesmente o eram. Razão pela qual o mundo se esquivou deles, e continua a esquivar-se hoje.

D.H. Lawrence, *Estudos sobre a Literatura Clássica Norte-Americana* (1923)

NOTA SOBRE A TRADUÇÃO

A norma adotada quanto aos títulos das obras mencionadas foi a seguinte:

Nos casos em que não chegou ao conhecimento da tradutora a existência de tradução publicada em português, é oferecida uma tradução literal do título, entre parênteses, a seguir da primeira referência ao original da obra. Subseqüentemente é usado apenas o original.

Nos casos em que foi possível identificar uma tradução publicada, o título usado por seu tradutor é utilizado sempre que a obra é mencionada, com o título original aparecendo, entre parênteses, apenas a seguir da primeira referência à obra. Títulos de ensaios mencionados mas não analisados no texto, são traduzidos literalmente sempre que conveniente à melhor compreensão do leitor brasileiro.

Prefácio e agradecimentos

Este livro cobre o romance norte-americano desde a década de 1890, quando a ficção ocidental testemunhou as primeiras vibrações da tendência que viemos a chamar de "modernismo", até o presente imediato, quando se fala de um movimento que se sucede àquele, e que estamos começando a chamar de "pós-modernismo". Entre os dois momentos aparece uma história de desenvolvimento e mudanças imensos, não só na natureza da ficção norte-americana como em sua importância no mapa global da ficção. Trata-se de processo nada fácil de se registrar, já que não é composto só pelos padrões mais amplos de movimento e contramovimento, de influências e reações, que constituem a história de qualquer forma literária séria. A modernidade na ficção tomou muitas formas e nasceu de muitos conflitos artísticos, o que será um dos temas deste livro. Porém outro será o papel central desempenhado pela literatura norte-americana em qualquer conceituação satisfatória do romance moderno. Julgamento tão elevado é em si mesmo moderno - na década de 1890 a ficção norte-americana ainda era considerada um subproduto da inglesa; figuras notáveis como Herman Melville morreram esquecidas durante a década; um romancista como Henry James preferiu trabalhar na Inglaterra a fim de ter acesso ao clima cosmopolita da arte. Foi só na década de 1920 que emergiu na América uma geração de escritores - a de Hemingway, Fitzgerald, Faulkner e Dos Passos - cuja obra teve impacto mundial, criando a um só tempo um presente utilizável e uma noção de um passado utilizável; e foi só na década de 1930 que o Prêmio Nobel de Literatura foi concedido a um romancista norte-americano, Sinclair Lewis, que teve como sério concorrente Theodore Dreiser.

A essa altura, no entanto, já parecia que uma velha profecia começava a se concretizar. Em 1820, Sidney Smith indagara na *Edinburgh Review*: "Quem lê um livro americano?" Melville responderia, algum tempo mais tarde, que algum dia todos o fariam, e que, além disso, seria uma nova espécie de livro, produto de uma nova nação. Era uma profecia que ainda estava em processo de ser confirmada, no século XX. "Digo, portanto, que um indivíduo pode ter, a qualquer momento dado de sua vida, toda a literatura inglesa dentro ou atrás de si, sem saber se ainda haverá mais dessa literatura. Entretanto, é muito mais provável que haverá, não há dúvida que haverá, muito mais literatura norte-americana. É muito provável."[1] Isto é (e de quem mais poderia ser?) de Gertrude Stein, em 1934, ao afirmar que a produção literária dos Estados Unidos é a verdadeira literatura do século XX: os escritores ingleses, disse ela, tiveram o século XIX, quando "pintaram e bordaram", porém o século XX parecia ser "demais para eles". Na altura da década de 1930 a ficção norte-americana estava florescendo e exercendo uma poderosa influência internacional — sobre o romance francês, por exemplo; e pelos anos 50 era a ficção norte-americana que parecia estar determinando os caminhos do romance contemporâneo. Por trás de tudo isso, é claro, estava uma mudança tanto política quanto cultural nas relações entre potências e superpotências; como disse Gore Vidal certa vez, os escritores de países poderosos freqüentemente conquistam mais atenção do que merecem. Mas é verdade também que o poder, a influência e a modernidade histórica encontram expressão na tessitura do que se escreve; e o fato é que a influência contemporânea do romance norte-americano reflete uma gama e uma qualidade extraordinárias de talento, uma força criativa e uma intervenção histórica que merecem detalhada atenção. É igualmente verdade que a ficção de países poderosos muitas vezes apresenta um internacionalismo, uma consciência cosmopolita, que nascem de seus contatos culturais; e tal medida de cosmopolitismo explica boa parte do interesse da ficção norte-americana contemporânea.

Na década de 1950, e mesmo antes, convencionava-se dar ênfase ao que a ficção norte-americana apresentava de distinto, ressaltando seu grau de diferenciação das tradições européias. Como sugere Richard Chase, em notável estudo, a ficção norte-americana do século XIX foi relativamente negligenciada por ter se desviado do caminho predominantemente social e moral da ficção européia, desenvolvendo sua própria tradição de "romance", menos voltada para a sociedade e os costumes do que para o natural, o metafísico, o numênico. Tratava-se, disse Leslie Fiedler, de uma ficção eminentemente "gótica"; apresentando, segundo R. W. B. Lewis, a fábula de um novo mundo, do recomeço do homem de antes da queda, de um novo Adão em um novo Éden, que existia não no espaço histórico, mas no mítico; e outros críticos desenvolveram mais tais distinções.[2] Desde então, porém, a crítica tornou-se mais comparativa, mais

---

1 Gertrude Stein, "O que é a literatura inglesa?" (1934), reproduzido em Gertrude Stein, *Look at Me Now and Here I Am: Writings and Lectures*, 1911-45, org. por Patricia Meyerowitz (1972).

2 Richard Chase, *The American Novel and Its Tradition* (1957); Leslie A. Fiedler, *Love and Death in the American Novel* (1960, 1967); R. W. B. Lewis, *The American Adam: Innocence, Tragedy and Tradition in the Nineteenth Century* (1955); Marius Bewley, *The Eccentric Design: Form in the Classic American Novel* (1959); Richard Poirier, *A World Elsewhere: The Place of Style in American Literature* (1966, 1967); Tony Tanner, *City of Words: American Fiction 1950-1970* (1971).

preocupada com o romance como forma, o que nos alertou para o fato de que os principais movimentos do romance norte-americano têm corrido, a grosso modo, paralelamente ao desenvolvimento do romance no ocidente. Tem havido pesos e ênfases mais especificamente norte-americanos: no romance transcendental no início do século XIX; no naturalismo da década de 1890 e do início do século XX; no modernismo espacial e expressionista dos anos 20. Mas o importante é que em mãos norte-americanas o romance foi profundamente revigorado como uma forma moderna, e passou por uma de suas mais notáveis recuperações modernas.

Tudo isso deixa entrever qual seja a ênfase deste livro, escrito com a perspectiva comparativa muito em mente. Ainda podemos encarar o moderno romance norte-americano como, primordialmente, produto da cultura na qual foi criado, oriundo da história, ideologia, paisagem e mentalidade específica; mas podemos igualmente encará-lo como um exemplo importante e florescente do romance como um gênero moderno vivo. Busquei certo equilíbrio entre os dois: assumindo, por assim dizer, uma postura nascida dos Estudos Norte-Americanos, que tenta ver a literatura no contexto da história norte-americana, porém relacionando-a à que tem sua origem na literatura comparada, voltando-se para a relação internacional de formas literárias. Interesso-me pela história moderna da cultura norte-americana; interesso-me também pela evolução mais ampla do romance moderno como espécie. Contei assim minha história tanto em seus estágios históricos quanto nos formais, começando com o naturalismo radical e o impressionismo subjetivo dos anos 1890, refletindo sobre a colisão entre o realismo naturalista e o modernismo nos anos 1910 e 1920, sobre a tentativa de se recuperar o naturalismo proletário na década de 1930 e, depois disso, sobre os complexos caminhos formais que marcaram e continuam a marcar a era do pós-guerra. Tentei, ao mesmo tempo, observar mais detalhadamente determinados autores; e no caso de ficar parecendo excessivamente seletivo, apresento no final do livro uma relação mais ampla dos romancistas norte-americanos modernos cuja obra parece-me ser mais significativa.[3] Espero que o livro possa vir a ser lido como um registro crítico das realizações da ficção norte-americana a partir do ano-marco de 1890; espero também que ele possa contribuir para a nossa compreensão do romance moderno de modo geral.

Há vários agradecimentos a serem feitos. Aproveitei-me um pouco de artigos que escrevi antes; para os capítulos 1 e 2, de "'Years of the

3 Para cobertura muito mais ampla de autores individuais, bem como para um mapa mais abrangente, veja o volume III, *United States and Latin America*, no *Penguin Companion to Literature*, Malcolm Bradbury, Eric Mottram e Jean Franco, orgs. (1971).

Modern': The Rise of Realism and Naturalism" (" 'Os anos do moderno': o despontar do realismo e do naturalismo"), no volume VIII, *American Literature to 1900* (A literatura norte-americana até 1900), e de "The American Risorgimento: The Coming of the New Arts" ("O *Risorgimento* americano: o advento das novas artes") escrito com David Corker, no volume IX, *American Literature since 1900* (Literatura norte-americana a partir de 1900), ambos na *Sphere History of Literature in the English Language* (História Sphere da literatura em língua inglesa), Marcus Cunliffe, org. (Londres, Sphere Books, 1975); para o capítulo 4, "Style of Life, Style of Art and the American Novelist in the 1920's" ("Estilo de vida, estilo de arte e o romancista norte-americano na década de 1920) em *The American Novel and the Nineteen Twenties (O romance norte-americano e a década de 1920)*, Malcolm Bradbury e David Palmer, orgs. (Stratford-upon-Avon Studies 13; Londres: Edward Arnold, 1971); para o capítulo 6, usei "The Novel" (O romance) no volume III, *1945-1965* de *The Twentieth Century Mind (A mente do século XX)*, C.B. Cox e A.E. Dyson, orgs. (Londres e Nova York: Oxford University Press, 1972). Muito embora os empréstimos aí tomados sejam ligeiros, agradecimentos são devidos aos organizadores e às editoras que foram responsáveis pelas publicações. Sinto-me particularmente em dívida com Catharine Carver por sábia e sensível editoração destas ficções críticas. Por grande ajuda e desafio a meu pensamento sobre o romance de modo geral, e o romance norte-americano de modo particular, sou devedor a muitos colegas, alunos e amigos, notadamente a Christopher Bigsby, Ellman Crasnow, Guido Almansi, David Lodge, John Fletcher, Jonathan Raban, Haideh Daragahi, Lawrence Levine, Ihab Hassan, Marc Chenetier, Lorna Sage, David Corker e Mas'ud Zaverzadeh, bem como à muita assistência que me foi prestada pela Universidade de East Anglia.

Norwich
Janeiro de 1982

1. Naturalismo e impressionismo: a década de 1890

Pessoalmente, não ando lá muito animado com a "América". Ela me parece a coisa mais grotescamente ilógica sobre a face da terra; e suponho que a amo menos porque ela não me deixa amá-la mais. Eu dificilmente confiaria à pena e à tinta toda a audácia de minhas idéias sociais; porém, depois de cinqüenta anos de contentamento otimista com a "civilização" e sua capacidade para acabar dando certo, eu agora a abomino, e sinto que ela está por acabar dando errado, a não ser que se renove em bases de verdadeira igualdade. Nesse meio tempo, uso um casaco forrado de peles e vivo com todo o luxo que meu dinheiro pode proporcionar.

W.D. Howells, carta a Henry James, 1888

Sua mente adquiriu molde mecânico porém firme, de modo que daí por diante tudo lhe podia ser configurado e explicado, a não ser a razão pela qual ele mesmo estava ali.

Stephen Crane, *O emblema rubro da coragem*

I

Em 1893, o historiador norte-americano Henry Adams, sentado em meio à maquinaria exposta na Exposição Mundial Norte-Americana, que teve lugar na explosiva cidade de arranha-céus chamada Chicago, sentiu-se confrontado com todo um novo conjunto de valores. As maravilhas norte-americanas do final do século XIX estavam logo ali fora: a própria Chicago, uma aldeia de 250 habitantes em 1833, era agora a segunda cidade dos EUA, o fim de linha das planícies, a salsicharia do mundo, com uma população de mais de um milhão de pessoas. Dois movimentos norte-americanos encontravam-se ali; o movimento para o oeste no sentido da fronteira, e o movimento urbanizante, em direção à cidade; não eram só os imigrantes europeus, mas migrantes saídos da terra, expulsos de suas fazendas por repetidas depressões agrícolas, pela mecanização e pelas hipotecas, que inundavam as fábricas de Chicago, seus matadouros e guetos, agravando seus problemas sociais. Os sinais de desenvolvimento mecânico e inovação eram aparentes em toda parte; em verdade foram as maravilhas técnicas, a par de muitas outras coisas apresentadas pela Exposição, que fizeram Adams ficar sentado no que ele chamou de "reflexão desamparada", a fim de refletir sobre os processos que moviam a cultura americana, a cultura de uma nação que a muitos parecia a imagem do futuro modernizante. "Foi Chicago", escreveu Adams em sua irônica e indagadora autobiografia na terceira pessoa, *The Education of Henry Adams (A educação de Henry Adams)* (1907) "a primeira a perguntar, em 1893, se o povo norte-americano sabia para onde estava indo... Chicago foi a primeira expressão do pensamento norte-americano enquanto unidade". Aos olhos de Adams, um novo processo histórico estava se desenvolvendo, com os Estados Unidos no centro; novas teorias - baseadas em leis de forças aceleradoras, desenvolvimento exponencional, no processo da entropia - tornaram-se necessárias para explicá-lo. E tal processo avassalava não só o passado como também visões do mundo e formas de educação do passado, inclusive - donde a ironia do título - a do próprio Henry Adams.

Visões apocalípticas e crescente pessimismo quanto à direção da história já eram bastante comuns no ocidente à medida que a virada do século se aproximava. Foram acelerados pelo legado de Darwin, que ameaçava a um só tempo religião e humanismo e engendrava maior preocupação com a ciência e as relações sociais, intensificando a sensação de vitimização ante os processos dominantes. Tais sentimentos foram particularmente fortes nos Estados Unidos, onde a modernização se acelerava, a evolução tecnológica avançava, e as tensões sociais cresciam em velocidade sem precedentes. Ao mesmo tempo havia novos e imensos estímulos. Os Estados Unidos se haviam tornado uma nação há pouco mais de um século; agora já começava a superar a Grã-Bretanha e a Alemanha juntas em produção industrial, e suas novas fronteiras eram a tecnologia e a própria cidade. Pessimismo e otimismo mesclavam-se na reação de Adams ao que ele veio a chamar de o novo "multiverso"; *The Education of Henry Adams*, uma obra meio romanceada de imagens extraordinárias, de distanciamento, que dilui a figura do autor, ostenta um profundo sentido de deslocamento histórico, e constitui notável esforço para criar uma ponte entre a crescente energia científica e material do mundo e a capacidade, ou incapacidade, da mente humana para dominar e unificar os processos que ela mesma liberara. A idéia de Adams era a de que as mudanças no processo histórico geraram pressões sobre a consciência, e que novas formas de educação seriam necessárias para a apreensão da vida contemporânea. Assim como as ciências e Darwin ameaçavam a velha ordem teleológica, e o socialismo, o mito do individualismo liberal, assim também a psicologia e o behaviorismo estavam desafiando a solidez do eu social e moral. As estruturas da expressão, as artes da consciência, foram submetidas a tensões extremas; o tom dá forma à angustiada estrutura formal do livro de Adams. Ele foi parte de uma revolução geral, epistemológica e estética, em todas as formas artísticas, que reformulou não só suas temáticas como seu próprio modo de composição. Os últimos anos do século geraram novos estilos, formas e movimentos nas artes, do mesmo modo que novas tecnologias e teorias científicas e sociais.

Como era apropriado, os escritores também visitaram a Exposição de Chicago. Foi o caso de Hamlim Garland, membro de uma nova geração de realistas científicos (ele chamava a si mesmo de "veritista") que começava a dominar o romance. Em uma nova e cambiante sociedade, o velho patriciato culto da Costa Leste se enfraquecia; Garland via-se como um populista e determinista moderno, que se voltara para novas fronteiras tanto geográficas quanto literárias e buscava uma nova forma de escrever norte-americana no Meio Oeste e no Oeste, observando o contraste entre os Estados Unidos das planícies e pradarias e os Estados Unidos da tecnologia, do capitalismo não planejado, da nova ciência, dos arranha-céus. E assim expressou ele muitas das novas notas que eram vibradas no romance - uma forma que, na América como na Europa, vinha caminhando firmemente na direção de crescente realismo e naturalismo. A partir das revoluções de 1848, a ficção européia torna-se cada vez mais figurativa e alerta ante o cotidiano da vida contemporânea; nos Estados Unidos, também o romance simbolista ou transcendental de Poe, Hawthorne e Melville tinham dado lugar a um realismo de ceticismo democrático, à preocupação com problemas sociais e ao fascínio pela vida comum do continente em expansão. "Isso é fiel? - fiel às motivações, aos impulsos, aos princípios que formam a vida de homens e mulheres de verdade?", perguntava o romancista William Dean Howells, ativo importador das idéias realistas da Europa. Pois tais idéias, enfatizava ele, eram essencialmente democráticas e norte-americanas, e levavam o autor a voltar-se para o local e o familiar; a evolução do romance foi "primeiro o provinciano, depois o nacional e por fim o universal". E a partir da Guerra Civil esse tipo de realismo prosperou sob as mais variadas formas - no realismo de cor local de *O mestre-escola (The Hoosier Schoolmaster)* (1871), de Edward Eggleston, ou de *O país dos abetos (The Country of the Pointed Firs)* (1896), de Sarah Orne Jewett, no romance de crescente indignação social, como o próprio *Democracy (Democracia)* (1880) de Henry Adams, ou em *A Spoil of Office (Uma vantagem do cargo)*, de Garland; no vernáculo do Oeste de escritores como Bret Harte e Mark Twain.

Porém agora, na Europa e nos Estados Unidos, até o romance realista era questionado, à medida que velhas idéias realistas de individualismo eram pressionadas por novas visões do mundo. A ficção começava a ser menos a expressão de uma realidade comum que todos poderiam reconhecer, e mais uma reação às realidades e sistemas incomuns subjacentes à vida moderna e que clamavam por revelação. Novos modos de discurso, mais científicos e sistemáticos, buscados na sociologia e na biologia, sugeriam o deslocamento do indivíduo para fora do centro do universo; novas técnicas formais, mais estéticas e subjetivas, buscadas em uma nova estética, enfatizavam a importância da forma e da impressão. Adams em Chicago viu um mundo de novas forças; Garland, falando no mesmo lugar, viu a necessidade de uma nova forma, progressista, de romance. Em ambos podemos ver as velhas idéias e os velhos ideais do pensamento e da arte do século XIX sendo questionados, e uma tentativa de se captar, em um clima de transição e *fin-de-siècle*, as novas noções do homem e da conscientização, as novas estruturas de expressão artística que transformariam o romance do século XX.

II

No início da década de 1890, três romancistas dominavam a ficção americana em reputação e influência. Todos tinham começado a trabalhar durante ou imediatamente após a Guerra Civil; todos representavam aspectos diversos da tradição realista e agora pareciam entrar em uma crise artística na nova atmosfera do final do século. Mark Twain, o mais poderoso romancista da América do Norte, começara como escritor de fronteira, sua prosa vernácula ironizando insistentemente as pressões da sociedade mais respeitável, os estilos formais e os ideais de "civilização". Seus principais romances foram escritos na Costa Leste depois da guerra, porém exploram o mundo da fronteira oeste logo antes dela. Seus principais assuntos eram o vale do Mississipi, nos anos de ouro do rio como principal artéria norte-americana, e depois o movimento na direção do oeste - temas que comportam enorme força moral, já que evocam a inocente moralidade de uma vida para além das regras sociais e das convenções sofisticadas. A obra crucial foi *As aventuras de Huckleberry Finn*, segundo Hemingway o livro com o qual começa a ficção norte-americana - um mito fundamental da liberdade norte-americana autogerada, visão vernácula de uma moralidade aberta e espontânea conquistada em uma balsa fluvial, a despeito das pressões escravizantes da vida fora dali. Mas Twain também escreveu a respeito da América depois da Guerra de Secessão, em um misto de sátira violenta (*The Gilded Age* [*A idade dourada*], de 1873, com Charles Dudley Warner) com celebração do potencial tecnológico norte-americano. Esse tom ambivalente é sintetizado em *Um ianque na corte do Rei Artur* (1889), que desloca um superintendente de oficina mecânica em Hartford, Connecticut, através dos tempos para aquele parque de diversões da época vitoriana tardia, Camelot no século VI, com o objetivo de levar àquele mundo de feudalismo, monarquia e escravidão as bênçãos norte-americanas: democracia, tecnologia, *know-how* e publicidade. Porém o livro termina com aterradora ironia: as máquinas de Hank superam seu criador e destroem assassinamente toda vida em um holocausto mecânico, imagem sombriamente profética da modernidade. Essa visão cada vez mais escura espalha-se pela obra de Twain na década de 1890, e embora muitas vezes seja explicada como resultado de uma crise pessoal, ela claramente se origina também na crise da época - tanto em suas crescentes dúvidas quanto ao poder da moralidade "inocente" quanto em suas leituras dos novos textos do determinismo. *Pudd'nheaded Wilson (Wilson Cabeça de Pudim)* (1894) reverte ao assunto clássico, a vida no vale do Mississipi antes da Guerra Civil, visto porém agora pelos olhos do pessimismo e do determinismo dos anos 1890: uma antiga fábula de contos da carochinha sobre duas crianças de antecedentes diversos trocadas no berço é transformada em um enredo de devastadora ironia. Uma criança é branca e "livre", a outra "preta" e escrava; Twain desenvolve o enredo com o objetivo de questionar todas as noções de liberdade, demonstrando que seus personagens são todos escravos de alguma coisa, seja hereditariedade, seja ambiente, e incapazes de afirmar alguma identidade independente ou de sustentar qualquer determinação moral. Essa amarga ironia domina as obras ainda mais tristes que se seguem: *The Man Who Corrupted Hadleyburg (O homem que corrompeu Hadleyburg)* (1900), o tratado filosófico *What is Man? (O que é o homem?)* (1906) e o inacabado *The Mysterious Stranger (O estranho misterioso)* (póstumo, 1916).

"Perdi meu orgulho [pelo Homem] & não posso mais escrever a seu respeito de forma alegre ou laudatória", escreveu Twain em 1899 a William Dean Howells, outro escritor do Meio Oeste que penetrara na cidadela da Costa Leste ao tornar-se editor do *Atlantic Monthly*, de onde passara a defender a causa do realismo igualitário norte-americano que tratava dos "aspectos sorridentes" da vida nos Estados Unidos. Howells tornou-se, na verdade, o realista americano exemplar, produzindo algo como um romance por ano, que iam de obras moralmente penetrantes e fotograficamente precisas a respeito do que ele chamava de "a vida das coisas pequenas", até romances utópicos. Em certa medida raros na ficção americana, seus personagens eram membros da família e da comunidade, que viviam vidas comuns em meio às contingências e pressões morais de lugar, época e costumes. Seu livro mais conhecido, *The Rise of Silas Lapham (A ascensão de Silas Lapham)* (1885) fala de um simples fabricante de tintas de Boston que cresce com o surto industrial que se seguiu à Guerra Civil, porém é atraído pela corrupção. Seus escrúpulos interferem e seu sucesso, tanto social quanto comercial, entra em colapso; sua queda social, no entanto, é sua ascensão moral, uma contribuição para a economia ética da sociedade. Cada vez mais, no entanto, a obra de Howells, como a de Twain, revela profunda ambigüidade no tratamento da América do comércio, das grandes empresas e da tecnologia. Assim sendo, a "virtude" de Latham é baseada em sua ética pré-Guerra Civil, ou seja, no individualismo e na simplicidade agrários, enquanto que seu fracasso na América dos trustes e das firmas monumentais deixa entrever as poderosas pressões que ameaçavam o mundo de decência doméstica de Howells. Como Twain, portanto, Howells tornou-se pessimista, particularmente após a condenação dos anarquistas do Motim de Haymarket em 1886. Em 1889 ele se mudou de Boston, a antiga capital literária, para a cidade de Nova York, o que se reflete em um novo tipo de romance, *A Hazard of New Fortunes* (*Um risco das novas fortunas*) (1890), sobre Nova York como a nova cidade tecnológica onde a boa-vontade social está desmoronando, os conflitos e as greves dividem as classes, e a forma do romance tal como ele a usava está ela mesma ameaçada. A tarefa de escrever sobre esse novo mundo é entregue, a partir de então, a seu personagem Kendricks, que afirma que "o grande romance americano, se verdadeiro, deve ser inacreditável". Howells viu declinar seu modo de realismo social, veio a apoiar os jovens naturalistas e escreveu sobre seu desespero ao terceiro sobrevivente do realismo, Henry James.

James foi o mais cosmopolita dos realistas, e se mudara para a própria fonte do realismo, na Europa. A princípio, o auto-exílio de James parecera a Howells uma evasão ante a tarefa do realismo, uma fuga para o "romance" europeu. Na verdade, a escolha de meio-ambiente de James nasceu de sua necessidade de uma ordem social densa que pusesse a arte em movimento; e seus "romances" eram realizados por meio de uma percepção realista refinada pelo contato com Flaubert, Turgueniev, George Eliot. Sua exigência clássica veio a ser "solidez de especificação", que significava uma forma de arte não de reportagem mas de registro. A tarefa da arte não era a de apenas anotar mas, sim, a de *fazer* vida; a realidade era uma coisa construída, não anotada; foi na tensão interior do romance entre empirismo e idealismo, realismo e romance, entre "o magnífico moinho do catalogado e do documentado" do naturalismo e "o balão de ensaio" do romance que a forma se encontrou. Tal foi a busca de James durante as décadas de 1870 e 1880; porém no início dos anos 1890 também ele começava a sentir-se pressionado, respondendo ao pessimismo de Howells com o seu próprio: "*Senti* já há muito tempo", escreveu ele em 1895, "que caí em um tempo ruim, com uma ausência profunda de todo e qualquer sinal ou símbolo de ser minimamente *querido*, em qualquer lugar, por quem quer que seja." Novamente, essa crise foi em parte pessoal, mas foi também filosófica e estética; mas apesar de todas as suas dúvidas, James reagiu às transformações estéticas dos anos 1890, apresentando recuperação extraordinária e inovadora. Na época dessa carta ele já estava trilhando um novo caminho que levaria, com *The Spoils of Poynton (A pilhagem de Poynton)* e *What Maisie Knew (O que Maisie sabia)*, em 1897, à notável obra de sua fase tardia - obra na qual o consciente se separa da materialidade do mundo, mudando toda a gramática da ficção. Na altura da virada do século, James estava pronto, em seu ensaio "O Futuro da Ficção", a sugerir que o romance poderia alcançar um novo patamar de auto-realização: o romance chegou na verdade tardiamente a tal autoconscientização, porém desde então ele tem feito tudo para compensar as oportunidades perdidas", notou ele, referindo-se sem dúvida às novas realizações que apareceram na Europa e nos Estados Unidos na última década do século XIX.

III

Nos Estados Unidos, tais efervescências são mais visíveis na obra da nova geração notável de escritores que começou a aparecer nos anos 1890 e adquiriu fortes características como geração - em parte porque eles compartilharam das mesmas teorias e preocupações estéticas, em parte porque compartilharam da tutela de Howells, em parte porque a maioria teve carreira breve e morte prematura. Freqüentemente apresentados pelos críticos como marcadamente norte-americanos trabalhando, como disse Alfred Kazin, "com seu solo natal", eles foram de fato muito influenciados pelas teorias européias de naturalismo - acima de tudo pelas de Emile Zola, que enunciara sua conceituação do romance naturalista em *Le roman expérimental*. Para Zola, a palavra "experimental" tinha analogias científicas; a tarefa do romancista era a de realizar um estudo social ou científico, registrando fatos, estilos e sistemas de comportamento, condições de vida, funcionamento das instituições, deduzindo daí os processos ambiental, genético e histórico-evolutivo subjacentes. O naturalismo era, portanto, o realismo cientificizado, sistematizado e levado finalmente para além dos princípios realistas de fidelidade à experiência comum ou da exploração humanista de vidas individuais inseridas na teia social e moral da existência.

Na verdade o naturalismo, na altura da década de 1890, já começava a declinar na Europa, perturbado pelas novas tendências decadentes, impressionistas e estéticas que pareciam estar em sintonia com a psicologia contemporânea. Entretanto, nos Estados Unidos, onde os sistemas tecnológicos pareciam prevalecer, as esperanças evolutivas eram grandes, as leis da luta social ficavam evidentes e o darwinismo social era um credo popular, ele conquistou especial predomínio. Outra razão para o apelo do naturalismo, com sua visão do mundo científica e muitas vezes irônica, era o fascínio da própria nova paisagem urbana da América do Norte. Pois se o romancista devia ser um análogo do sociólogo, ele também o era do jornalista, o calejado repórter que cobria o dia-a-dia da cidade ou o apaixonado investigador dos fatos sociais, isto é, do homem que andava pelas ruas, observava, explorava, denunciava, o homem que estava presente no local do acontecimento - o gueto, o matadouro, o edifício de apartamentos, o campo de batalha, a selva social. Ele era semelhante ao novo fotógrafo, captando com sua câmera portátil as vinhetas da vida. Porém ele era também o pintor moderno, preocupado com gradações e atos de percepção, com a impressão embaçada e fugaz da realidade urbana moderna, os estranhos ângulos de visão necessários para a assimilação dos multifários contrastes do mundo. Na verdade, a analogia com a pintura levou os naturalistas norte-americanos de volta para os problemas de forma e subjetividade que também perseguiram a década de 1890; a tensa relação entre arte e vida, impressionismo e naturalismo, tornou-se tema dominante nos textos e na crítica dos mais marcantes escritores da década.

Esses jovens escritores foram criados em meio às transições que com tanta força perpassaram a sociedade americana do século XIX, fazendo os antigos relatos da experiência parecerem incompletos. Assim, Hamlin Garland nascera na depressão econômica da área da pradaria, na "divisa central" da área de Wisconsin, Iowa, Dakota do Sul, e mudou-se para Boston a fim de mergulhar em novas teorias sociais, políticas e econômicas, voltando-se para um pensamento revolucionário a fim de explicar o mundo triste que deixara para trás, e depois retornando a Chicago e ao Oeste, por volta de 1893. Frank Norris nasceu na própria Chicago, onde uma nova escola de sociólogos urbanos estava investigando o mundo rude dos conflitos de imigrantes e da privação social, e onde uma escola semelhante de romancistas urbanos viria a seguir-se. Com tendências boêmias, ele foi para Paris como estudante de arte, e voltou com os romances de Zola para Berkeley, na Califórnia, outro centro novo de atividade literária. E foi com revolta boêmia semelhante que Stephen Crane foi levado a romper com a moralidade bem comportada de seus antecedentes religiosos - pois nasceu em Nova Jersey, filho de um pastor metodista - e mudar-se para Nova York, para as "ruas mesquinhas" da Bowery e do Tenderloin, ansiando tanto por relatar os fatos quanto por aprimorar sua sensibilidade estética. Para esses escritores, confrontados com uma nova experiência social norte-americana, o naturalismo oferecia uma ótica que questionava a convicção de que o homem era uma criatura consciente e racional, de que a felicidade era garantida por um comportamento virtuoso, que a paisagem da experiência familiar oferecia todos os indicadores morais de que o homem precisava. Com tal ótica, eles poderiam observar as massas e os mecanismos, investigar áreas inexploradas da sociedade, a vida dos trabalhadores, os problemas das cidades, a operação de esquemas sociais e genéticos. O que escreviam alimentava-se dos novos "fatos brutos" da vida norte-americana; donde sua insistência na idéia de que a literatura deriva da vida e não da forma. Eles se voltaram conscientemente para cenários modernos - a cidade de choques, o Oeste, os guetos, as pequenas propriedades rurais na depressão, os arranha-céus, as grandes empresas e as lojas de departamentos - ou para temas de época - a ruptura entre cultura e materialidade, entre idealismo e forças econômicas e sexuais subjacentes. O naturalismo, assim, transformou-se em um meio de se lidar com os fatos de uma América do Norte moderna em grande parte inexplorada pela consciência da gente fina; porém ele era igualmente uma obsessão formal, parte da autoconsciência estética da década, não apenas - como enfatizara o próprio Zola - um sistema de relato mas um movimento artístico.

O conflito entre a paixão por captar a vida e a busca da forma pode conduzir a uma visão dualista. Surpreendentemente, para uma geração ostensivamente dedicada à "vida", a maioria desses escritores produziu obras de especulação formal. Norris, nos seus ensaios em *The Responsibilities of the Novelist (As responsabilidades do romancista)* (1903), conclamava a que a arte desse precedência à vida, "à honestidade das brigas, tropeços e pancadaria anglo-saxônica, que para nós significa vida"; e do mesmo modo ele enfatizava suas fontes "naturalistas" e ressaltava que o naturalismo não era uma forma de reportagem mas de romance, que requer escala, exagero e motivos simbólicos. Hamlin Garland demonstrou tensão semelhante nos ensaios que muito corretamente chamou de *Crumbling Idols (Ídolos que desmoronam)* (1894), onde definia sua própria tendência, o "veritismo", como uma reação tanto contra o "romance" quanto contra a explicitação sexual e a falta de idealismo de Zola. O veritismo era uma forma de realismo local, que lida com o próximo e o provável; mas era também uma forma de "impressionismo", uma reação formal "baseada no momento da experiência, ativamente sentida e imediatamente expressada". Stephen Crane, maior como artista embora menor como teórico, era obcecado por problemas semelhantes. Por trás de seus contos e de seu único grande romance, *O emblema rubro da coragem* (1895), as carolices naturalistas estão evidentes. Nos exemplares de divulgação de *Maggie: A Girl of the Streets (Uma moça das ruas)* (1893), sua primeira obra de ficção publicada, impressa às suas próprias expensas, escreveu Crane que seu texto tentava mostrar "que o meio ambiente é uma coisa tremenda, que freqüentemente configura vidas a despeito de tudo". Seus cenários são os clássicos do naturalismo: a grande cidade, o campo de batalha, o homem vulnerável e à deriva em uma natureza que é "indiferente, planamente indiferente", como expressa ele em seu ótimo conto "O barco aberto" (1897). Crane escreveu a partir de persistentes pressupostos naturalistas sobre o fracasso das explicações religiosas e bem-pensantes da vida, bem como sobre a condição irônica do agente humano. No entanto, essa ironia também era um *estilo*, uma forma de extrema autoconsciência artística; e ele sempre ressaltou que a característica essencial do escritor é sua "impressão" individual - e essa foi uma das palavras-chaves das artes na época. Como todos os melhores escritores norte-americanos influenciados pelo pensamento naturalista, Crane em sua obra mescla um encontro com "a coisa em si" - o lugar, o fato, a experiência - com uma insistência no modo pelo qual esta é apreendida e apresentada por escrito. Muito apropriadamente, sua mudança para as mansardas, as cabeças de porco e os bordéis de Nova York foi uma mudança para as duas cidades que dominavam os tempos: a naturalista das lutas, dos problemas, dos conflitos, e a da decadente boêmia da evanescência e do artifício.

IV

Para o leitor moderno é certamente Stephen Crane quem melhor exemplifica a volátil mistura da ficção norte-americana da década de 1890. Muito apropriadamente, ele rotulou seus primeiros textos - seus "esboços urbanos" iniciais, reunidos em 1900, e seus dois romances urbanos cruciais: *Maggie: A Girl of the Streets: A Story of New York*, e sua companheira *George's Mother (A mãe de George)* (1896) - de "experiências sobre a miséria": a miséria é verdadeira, mas o tom da experiência formal também é. *Maggie* e *George's Mother* são naturalismo formal e tiram seus enredos do melodrama vitoriano, usando métodos e tons que beiram a paródia. *Maggie* é a história de uma inocente - para falar a verdade, exageradamente inocente - dos cortiços da Rum Alley (Alameda do Rum) que vislumbra horizontes mais amplos do que aqueles que vive, é sexualmente atraída por um rapaz vistoso que parece poder oferecê-los, e fica arruinada quando ele a descarta; ela então se entrega à prostituição, é moralmente condenada por todos os que a cercam e se mata. *George's Mother* é outra fábula aparentemente exemplar, a respeito de um rapaz do mesmo cortiço, que repudia a moralidade e a abstinência alcoólica da mãe, busca o excitante fascínio da cidade, descobre seus bares, afunda-se no alcoolismo, e finalmente não consegue tomar consciência da "realidade" da morte de sua mãe, por estar inteiramente concentrado nas realidades exteriores. As histórias são convencionais, porém Crane esvazia seus potenciais de sentimentalismo por meio de uma insistente ironia, já que as lições morais acontecem dentro delas mesmas e são parte integrante do dano feito. Quanto à cidade, que domina as duas histórias, ela é dúplice. Por um lado ela é a selva darwiniana onde, em *Maggie*, reina a mulher "de brilho e audácia", que rouba o amante de Maggie e depois o abandona por outro melhor, onde o trânsito rosna nas ruas e crianças lutam como feras por uma vitória nos pátios dos cortiços; e é também o local dos sonhos, da riqueza, da indulgência, o teatro social no qual novos papéis estão sempre sendo oferecidos; George anseia por "compreendê-la integralmente, para que pudesse caminhar esclarecido por suas grandes maravilhas, sua potentíssima marcha de vida, seus pecados". O naturalismo de Crane não é inabalável: Maggie, em falta de consistência com seu meio ambiente, é uma romântica inocente que "floresceu em uma poça de lama" sem que qualquer parte da imundície da Alameda do Rum lhe corra nas veias. Mas ela é coerente com a necessidade de ironia de Crane, sua dedicação às justaposições inesperadas, seu impressionismo de contrastes. Na verdade, seus personagens são de certo modo impressionistas, vivendo de pequenos atos de conscientização em meio a percepções contingentes. Acima deles fica o condicionador maior: a cidade, dominante, provoca suas lutas competitivas, suas fugidias posturas de conscientização, seus vácuos morais. Quando a mãe de George morre na frente dele, "um rugido infinito, os eternos passos da cidade que marcha, chegaram misturados com estranhos gritos". E para além existe um condicionador ainda maior: o do tom claramente controlado da prosa de Crane. Preocupado em abalar a centralidade do personagem, em narrar sua história de forma oblíqua, por intermédio de cenas que propõem contrastes e revelam o irônico deslocamento da humanidade, ele tem comando estilístico de todas as situações.

O conto e a novela, formas dominantes dos anos 1890, adaptaram-se bem a esse modo de impressionismo naturalista. Em *O emblema rubro da coragem*, onde Crane trabalha em dimensão de romance, seus problemas são claramente mais intensos. Mudando da cidade para outro local naturalista, o campo de batalha, ele situa o livro na Guerra Civil Americana, que ele não conhecera; conforme ele mesmo explicou "É claro que jamais estive em uma batalha... escrevi tudo intuitivamente..." Mas a guerra era uma imagem de vida crucial para o naturalismo; ela era real e existencial, um lugar onde as ilusões de heroísmo e poder eram postas à prova, um campo de luta e competição, que envolvia a anulação irônica do ser humano, o processo de redução mortal. Crane focalizou o livro na própria batalha: não há questões políticas, os personagens têm mais designações do que nomes (o soldado alto etc.) e os indivíduos são afogados na tessitura da experiência. O personagem central, Henry Fleming, só é nomeado uma única vez, sendo fora isso chamado de "O Jovem". O livro consiste de suas impressões sobre dois dias de luta; acontecimentos e objetos tornam-se correlativos de seus climas emocionais. Henry transforma-se, na verdade, em um vivenciador exemplar da guerra enquanto confusão em fluxo, movimento, sensação, cor, medo e dor física; a seqüência de impressões anula por si o desejo inicial do desempenho de um papel heróico. Em certo sentido, a própria técnica derrota a auto-imagem heróica de Henry. Sua conscientização imperiosa se dissolve; o impacto da guerra nele é o da sensação, que produz resposta mecânica. Ele se defronta com o fato bruto da morte, com a indiferença da natureza; ele é impelido a fugir e depois impelido de volta para a batalha, adquirindo, acidentalmente, seu emblema rubro, seu ferimento de iniciação, menos marca de heroísmo do que de admissão em um mundo moderno de vulnerabilidade. O ferimento é símbolo da realidade arbitrária e niilista, mas é também um sinal de cumplicidade com essa realidade; Henry acaba o livro como "um homem", um iniciado na experiência.

O final é perturbador para muitos leitores (como em verdade o foi para Crane, que o reescreveu várias vezes) porque sua linguagem sugere que existe um potencial para o heroísmo até mesmo no indiferente mundo naturalista; Henry deixa o campo de batalha em sintonia com "um mundo para ele", e até a natureza indiferente parece concordar: "Acima do rio um dourado raio de sol apareceu atrás da hoste de plúmbeas nuvens de chuva". Dado o desempenho da natureza no livro, há a possibilidade de uma leitura irônica; porém o que o trecho indica, antes, é uma ambigüidade no impressionismo de Crane. *O emblema rubro* é em boa parte sobre a realidade como imediata e hostil, a assaltar a organização formal do consciente, alterando sua função para atos de percepção, instinto, reação, imersão e retração. Crane expressa maravilhosamente, através de Henry, a instantaneidade visual de um mundo vulnerável e nu:

> Pareceu ao jovem que via tudo. Cada folha de grama estava destacada e clara. Ocorreu-lhe que tinha consciência de todas as mudanças no vapor fino e transparente que flutuava à toa em camadas. Os troncos cinzentos ou marrons das árvores exibiam cada aspereza de sua superfície. E os homens do regimento, com seus olhos esbugalhados e rostos suados, correndo como loucos, ou caindo, como se atirados de cabeça em estranhas pilhas de cadáveres - estavam todos incluídos.

O impressionismo, aqui, caminhou para a abstração, posando a cena, transformando o jovem em câmera cinematográfica, seu ângulo de visão sempre relativo. O problema é a capacidade ou não do impressionismo de produzir uma lógica na experiência, uma ordem oculta por trás dos acontecimentos.

Crane é suficientemente simbolista para querer isso, desejando, como disse ele, uma "lógica duradoura oculta" em suas histórias. De fato a extraordinária qualidade do romance reside em sua capacidade de apresentar o consciente em um movimento que só apreende parcialmente, através de um difuso mundo de experiência: reside aí o âmago de seu naturalismo visionário. Porém seu simbolismo permanece menos do que uma lógica da experiência descoberta, transformada em sabedoria. Tais complexidades ligavam a obra de Crane à de Conrad e à de James e, na verdade, em 1897 ele se mudou para a Inglaterra como expatriado, para ser saudado por Conrad como um "impressionista completo", enquanto Wells notava sua crucial seletividade, "a expressão na arte de certos imensos repúdios". Crane foi atraído para tais companhias, mas também para uma vida de ação, transformando-se, como muitos de sua geração, em correspondente de guerra, cobrindo a guerra hispano-americana e a greco-turca. Sua obra, apanhada entre duas possibilidades, variou muito em qualidade, mas ele é importante para seus sucessores e seus leitores de hoje porque trilhou o difícil limiar da literatura moderna, tentando decifrar o caráter dos atos conscientes, bem como os processos da percepção artística, em um mundo do qual havia sido retirada a maioria dos significados numinosos externos, as assinaturas divinas da teleologia.

A obra de Hamlin Garland exibe tensões ligadas a essas; é importante lembrá-lo agora não por romances políticos, como *A Spoil of Office (Uma vantagem do cargo)*, mas por seus contos nos dois volumes *Main-Travelled Roads: Six Mississipi Valley Stories (Estradas mais viajadas: seis contos do vale do Mississipi)* (1891; ampliado em 1893) e *Prairie Folks (Gente da pradaria)* (1893). Os contos de Garland são sem dúvida "impressionistas", peças líricas, retratos de pequenos proprietários e gente da pradaria, aprisionados em miséria primitiva e condições econômicas punitivas, esquecidos na mudança dos Estados Unidos de nação rural para urbana. A cidade tremeluz na fímbria dessas peças, uma força tão emancipadora quanto corruptora, uma nova oportunidade mas uma ameaça para o teimoso individualismo dos homens da terra. Muitas vezes o foco volta-se para uma espécie de alma penada, uma versão do próprio Garland, que volta da cidade para observar as raízes que deixou para trás. Porém, embora tratem de questões sociais, os contos evitam comentários excessivamente diretos, sendo apresentados através de impressões e de táticas de contraste. Na verdade a competência artística da composição transforma o circunstancial e determinista em terreno para esperanças e expectativas melancólicas - tema difícil de se sustentar a longo prazo, muito embora Garland o tente com sucesso em *Rose of Dutcher's Cooly* (1895). Mais tarde, ultrapassando seu "veritismo", ele escreveu romances sentimentais do Oeste; porém a precisão lírica dos primeiros contos é a sua grande realização.

Crane e Garland suavizaram e aprimoraram o naturalismo, tratando-o mais como uma visão do mundo do que como forma indispensável. Porém existiu um expoente forte e positivo do naturalismo do tipo de Zola nessa década de 1890, Frank Norris. Os ensaios de *The Responsibilities of the Novelist* constituem a mais coerente defesa da relevância do método naturalista para a vida e a conscientização da América contemporânea, apresentando-o menos como uma forma de reportagem social ou uma visão integralmente determinista do mundo, e mais como uma forma de epopéia moderna, um drama do povo que abrange "o vasto, o monstruoso, o trágico", penetrando nos segmentos inconscientes da vida ("as profundezas insondadas do coração humano e o mistério do sexo"), os grandes ciclos evolutivos e sistemas da história, da natureza e da comunidade. Norris não era nenhum teorizador complexo, mas pôs no papel conhecimentos que ajudaram a estabelecer a idéia do grande épico popular, o Grande Romance Americano, preocupação de tantos de seus sucessores. Suas duas primeiras incursões pelo naturalismo se deram em 1894 quando ele passou de Berkeley para a classe de redação de Lewis Gates em Harvard, onde escreveu *McTeague: a Story of San Francisco (McTeague: uma história de San Francisco)*, publicado em 1899, e *Vandover and the Brute (Vandover e o bruto)* que continuava inacabado quando ele morreu, foi perdido no terremoto de São Francisco, depois recuperado e completado por seu irmão, acabando por ser publicado em 1914. Este é um exemplo de naturalismo no que ele tem de mais literário, uma narrativa *fin-de-siècle* sobre o artista e seu duplo, uma fábula decadente sobre um artista que degenera na licantropia. É a *bête humaine* que tanto preocupava os novos pensadores; e tratamento muito mais fundamental e original do mesmo aparece em *McTeague*, provavelmente o livro mais forte de Norris. Firmemente embasado na vida dos pobres de São Francisco, passado em um mundo de privações, imigração e urbanização, ele segue sua própria receita de que "O romance da Califórnia de ora em diante tem de ser um romance da vida da cidade". Porém ele é também a história de um processo naturalista, de um movimento no sentido da degenerescência; nele, uma cadeia evolutiva de acontecimentos, uma vez posta em movimento, libera forças subjacentes, energias e conflitos - especialmente os que se originam nos desejos primitivos e secretos de homens e mulheres, e de suas fontes atávicas na vida da raça e do rebanho.

Os personagens são concebidos como primitivos: McTeague é um dentista de São Francisco, vindo sem diploma das lavras de ouro; o que o qualifica é a força, e ele é maciço, forte e indolente, uma fera adormecida cujos únicos prazeres são comer, fumar, dormir e tocar sua sanfona. "Instintos misteriosos" atraem-no para uma de suas pacientes, Trina, jovem descendente de camponeses suíços, imigrantes obcecados por dinheiro. O namoro e o casamento "despertam" a sexualidade animal dele e a avareza dela, os ritmos subconscientes de suas vidas, e o destino reforça seu atavismo. Trina ganha, o que é muito apropriado em um romance fatalista, na loteria; McTeague, denunciado por um rival enciumado, Marcus, por exercício ilegal da profissão, fica privado de seu trabalho, e sua força se transforma em brutalidade, exatamente como o comedimento camponês de Trina se transforma em ganância. Sem ocupação, ele rouba dinheiro da mulher, foge, depois volta em busca do resto das economias dela, tendo já atingido tamanha degradação que a mata para consegui-las. Levando seu canário, ele foge de volta para os acampamentos dos mineiros, onde sua força é natural e onde seus instintos o conduzem ao ouro. No vale da Morte, Marcus, atrás do ouro e da recompensa, o encontra e o algema; McTeague o mata quando então o enredo do destino e o enredo dos símbolos se unem, e o romance termina com McTeague preso pelas algemas a um cadáver, o seu duplo, e "olhando estupidamente à sua volta, ora para o horizonte morto, ora para o chão, ora para o canário semimorto que chilreia fracamente em sua pequena prisão dourada."

Trata-se de um enredo de claro naturalismo, que põe em funcionamento suas hipóteses sobre instintos e desejos atávicos, e depois as conduz através de um sistema ampliador e expressionista no qual o destino, o acaso e o processo conspiram. "Repentinamente o animal agita-se e desperta", escreve Norris sobre o momento em que a visão de Trina pela primeira vez tenta McTeague, enquanto ela jaz desamparada, sob os efeitos do gás, na cadeira de dentista; "os maus instintos que nele ficavam tão perto da superfície, tomam vida de um salto, clamando e gritando". Embora rude, o trecho tem força; Norris, na linguagem do naturalismo, está lutando para expressar as profundas correntes subterrâneas das energias sexuais e das forças do insconsciente para as quais em breve Freud forneceria uma expressão mais profunda e um discurso. Norris está claramente perseguindo o somatório psicossocial de seus personagens, nos quais a cultura e a natureza, o estético e o atávico habitualmente se confrontam; nesse sentido, eles são agentes de forças que não controlam. Esse tema subjacente impele Norris para uma dimensão tipológica, simbolista, mítica. E o símbolo dominante do livro é o próprio ouro, o metal da Califórnia; quando Trina comprime moedas contra seu corpo na cama, substituindo a sexualidade por dinheiro, um desejo por outro semelhante a ele, ou quando McTeague busca como que esfaimado um dente de ouro que possa anunciar seu consultório de dentista, eles se unem em um vocabulário de desejo e participam de um sistema simbólico que interliga e estrutura todo o romance. *Vandover* e *McTeague* são variantes norte-americanas do naturalismo puro, psicologicamente intenso, socialmente alerta, simbolicamente rico de energia.

Depois dessas primeiras iniciativas em um naturalismo deprimente, Norris tornou-se jornalista profissional e editor. Ele cobriu a guerra hispano-americana para a *McClure's* e voltou-se durante algum tempo para um romance mais popular, em que o amor e um racismo tênue substituíram seus princípios naturalistas. Depois, mais ou menos por volta do início do século, ele se aventurou por um novo palco naturalista – menos tristonhamente desesperador, refletindo mais claramente tendências progressistas e denunciadoras de corrupção. Ele concebeu, seguindo o modelo do ciclo *Rougon-Macquart*, de Zola, uma trilogia épica que focalizaria o cultivo, a comercialização e o consumo do grande produto agrícola da América do Norte, o trigo, "naturalismo puro, com o máximo de entranhas que eu conseguir botar nele". Era um passo para longe do realismo psicológico de *McTeague* e na direção de um tema sociológico e evolutivo, voltado para as forças subjacentes da vida, não mais guiadas pela *bête humaine*, mas pelas forças exteriores da natureza, que deveria cobrir o mapa espacial dos Estados Unidos e da Europa, e os grandes movimentos globais das forças biológicas e econômicas da vida. E desse modo Norris concebia não uma, mas duas formas de naturalismo: uma concentrada, desesperada, plena das preocupações do final do século com a vitimização humana, e a outra espraiada, uma epopéia otimista das energias e dos recursos norte-americanos, plena de expectativas progressistas e vitalidade biológica. Mas afinal apenas dois volumes da "Trilogia do Trigo" foram escritos; antes de terminá-la, ele morreu repentinamente, de peritonite, em 1902. *The Octopus (O polvo)* apareceu em 1901, *The Pit (A rinha)* só postumamente, em 1903, sendo que o terceiro volume, *The Wolf (O lobo)*, que tratava da Europa, jamais foi escrito.

Mesmo assim, podemos perceber claramente qual a natureza do conceito geral. No centro de *The Octopus* está a figura do escritor, o poeta Presley, que vai para a Califórnia escrever um "Romance Verdadeiro" sobre o passado hispano-americano, mas ao invés vê-se atirando bombas em defesa dos fazendeiros do vale de San Joaquin, um espaço de terra gigantesco invadido pelos trustes e pelas ferrovias, que levam para lá métodos industriais e enfraquecem os agricultores por meio de tarifas de carga injustas. Esse é o novo Romance Verdadeiro, de forças e potências modernas, e dos processos naturais da terra - a semeadura da terra, o crescimento da colheita de trigo, os grandes movimentos cíclicos do universo. Norris exibe sua habilidade de repórter e sua indignação, mas ele mostra também que tanto exploradores quanto explorados estão igualmente sujeitos a esse processo enrijecedor que acaba por transcender a tudo e assume lugar mais importante do que as mortes, as ganâncias e os egoísmos da história humana: o trigo, "essa poderosa força mundial, esse alimentador de nações, envolto em seu Nirvana de calma, indiferente aos enxames humanos, avança por suas trilhas predeterminadas", demonstrando que "todas as coisas, segura, inevitável e irresistivelmente, trabalham em conjunto eternamente". Enquanto *The Octopus* trata da paisagem natural desse vitalismo oceânico, *The Pit* volta-se para o fim da linha de tudo isso, a própria Chicago, onde, em torno da "rinha" onde se negocia o trigo, na Câmara de Comércio, tem lugar outra aventura épica, a do mundo norte-americano dos negócios. Norris, como alguns de seus sucessores naturalistas, reconhece a figura do homem de negócios como o herói norte-americano moderno, e nesta obra ele explora o processo da guerra, no cotidiano nacional, entre o material e o ideal, entre as energias econômicas e as emocionais e estéticas, entre o comércio e a cultura, ou homens e mulheres. E novamente, no entanto, as experiências da vida individual - seus heroísmos, romances, fracassos, injustiças, tragédias - são apenas aspectos dos ciclos cósmicos mais amplos, que podem tragar o indivíduo, mas nutrem a raça. Assim, afora seus aspectos políticos e de denúncia, a obra de Norris fortalece o sentido norte-americano de que poderes grandes e nobres atuam no universo, poderes que por vezes têm aspecto maligno, mas operam com grandiosa indiferença que, no final, trabalha pelo destino humano.

Norris foi um romancista tanto de atitudes quanto de talentos mistos, e sua obra hesitava, inquieta, entre o romance popular e o naturalismo teórico. No entanto, ele é figura crucial das transformações da ficção americana no final do século XIX; e algo de sua importância pode ser visto na transição de uma metáfora. "A natureza era, então," pensa Presley em *The Octopus*, "uma máquina gigantesca, um poder ciclópico, imenso, terrível, um leviatã com coração de aço que não conhecia remorso, perdão ou tolerância; que triturava o átomo humano que ficasse em seu caminho, com calma nirvânica." O mundo da natureza, no qual os primeiros escritores norte-americanos haviam encontrado uma imagem de liberdade extra-social e de transcendência, uma vida de mito e espaço, estava agora em si incorporado ao mundo da máquina que outrora se colocava contra ele. Para Norris ela era uma máquina ambígua: se leva McTeague à morte, nutre a raça. Daí é possível tirar-se o biologismo otimista de um John Steinbeck, ou a obscura agressão na natureza que está por trás do mundo de guerra e matança de Ernest Hemingway. O certo é que a obra de Norris marcou o fim de uma velha pastoral liberal, já que agora também a natureza era um processo de trabalho, do mesmo modo que o naturalismo agora tinha um papel-chave na percepção literária norte-americana.

V

A ficção dos anos 1890 criou um novo clima no romance porque foi uma ficção do que estava oculto e reprimido. Ela liberou para o discurso do romance uma visão dos processos subjacentes que agora os homens estavam descobrindo no mundo, dos condicionantes e determinantes que estruturavam a vida genética, biológica e social, dos modelos e instintos que ficavam por dentro ou por baixo do consciente. Novos temas, grupos e áreas da vida começaram a ser tratados: no romance do imigrante ou do judeu, como *Yekl: A Tale of the New York Ghetto (Yekl: Uma história do gueto de Nova York)* (1896), de Abraham Caham; na ficção negra, como *The Uncalled (Os que não foram chamados)* (1898), de Paul Laurence Dunbar, sobre um pastor negro que perde sua fé e suas convicções em meio à confusão da cidade moderna e à indiferença do mundo; no romance da conscientização feminina que lutava para libertar-se da prisão da respeitabilidade. No notável *The Awakening (O despertar)* (1899), de Kate Chopin, uma esposa abastada e inteligente de Nova Orleans, Edna Pontel-lier, começa a sentir as necessidades e forças ocultas que existem por trás da polida ficção do casamento e da vida social, e segue o caminho de seu despertar emocional até sua auto-abnegação final. Do mesmo modo, em *The Damnation of Theron Ware (A danação de Theron Ware)* (1896), de Harold Frederic, um ministro encurralado na hipocrisia e respeitabilidade da vida de uma cidade pequena tenta mudar-se, sem sucesso, para um mundo mais secular mas acima de tudo mais estético, um mundo de maior plenitude emocional.

Essa mesma busca de plenitude pode ser vista na própria ficção, à medida que os romances caminham para além do realismo no sentido de algum conceito mais amplo de forma. Alguns escritores passaram do naturalismo para o esteticismo: Henry Harland começou, na década de 1880, a escrever romances realistas sobre a vida nos guetos de Nova York, como *Mrs. Peixada (Sra. Peixada)* (1886); depois ele se mudou para Londres, uniu-se aos boêmios, editou o *Yellow Book* e começou a escrever romances históricos exóticos e decadentes ambientados na Europa, nos quais, segundo Henry James, "os cardeais fazem parte da mobília". Henry Blake Fuller produziu, em *The Cliff-Dwellers (Os moradores dos penhascos)* (1893) e *With the Procession (Com a procissão)* (1895) dois notáveis romances no realismo de Chicago; ele escreveu também romances históricos europeus de tom elevado, de um tipo estético-decadente: *The Chevalier of Pensieri Vani (O cavaleiro de Pensieri Vani)* (1890) e *The Châtelaine of La Trinité (A castelã de La Trinité)* (1892). Lafcadio Hearn voltou-se para o Japão para captar o fugidio momento estético; em nível mais popular, o romance romântico, consagrado por Norris e exercido por escritores como Richard Harding Davis e Winston S. Churchill, teve enorme sucesso. A oscilação entre o realismo e o romance, o materialismo e a fantasia idealista, ecoava a cisão da cultura norte-americana, observada por George Santayana, entre o idealismo e o realismo. É a mesma cisão explorada pela nova filosofia norte-americana do pragmatismo, que também tentou sanar a divisão entre consciência e ação, entre o ser intransitivo e o transitivo.

Os romancistas norte-americanos da década de 1890 dão a impressão tão forte de constituírem uma geração porque muitos morreram jovens – Crane aos 29, durante uma viagem de tratamento de saúde à Alemanha; Harold Frederic aos 42, um expatriado na Inglaterra; Frank Norris aos 32. Kate Chopin morreu, escritora esquecida, em 1904; Paul Laurence Dunbar, o poeta negro que vibrara novas notas na ficção negra, em 1906. Algo da efervescência da década parece ter morrido também com a virada do século, e no entanto existe um evidente sedimento de influência. Ele apontava, em um sentido, para a ampliação do naturalismo como filosofia nativa norte-americana e, acima de tudo, para o avanço da nação para o século da máquina, da cidade e das lutas de grupos e massas; em outro, para a consciência menos como um processo e mais como autoconhecimento subjetivo e estético, a consciência como o fluxo da mente que se inquietava em face do novo mundo naturalista, bem como a pressão das artes no sentido da forma. Tais sinais e preocupações é que viriam a configurar a ficção norte-americana dos anos que se seguiriam.

2. *A modernidade e o modernismo: 1900-1912*

A criança nascida em 1900, então, nasceria em um novo mundo que não seria uma unidade mas um múltiplo. Adams tentou imaginá-lo, bem como uma educação que lhe seria adequada. Descobriu-se em uma terra na qual ninguém jamais penetrara antes; onde a ordem era uma relação acidental odiosa à natureza; uma culpa artificial imposta ao movimento; contra a qual se revoltam todas as energias livres do universo; e que, sendo apenas ocasional, termina por dissolver-se em anarquia. Não lhe era possível negar que a lei do novo multiverso explicava muita coisa que antes era extremamente obscura...

Henry Adams, *The Education of Henry Adams* (1907)

Henry James é a combinação de duas maneiras de se escrever, o que o transforma em um general que faz alguma coisa. Ouçam-no.

Gertrude Stein, "Henry James" (1933)

I

Em 1900, quando virou o século, Henry Adams visitou uma outra exposição importante, a Grande Exposição de Paris; Paris, explicou ele, completou o que Chicago iniciara. Nos sete anos passados nesse meio tempo, um novo mundo havia chegado: em 1893 os raios X de Roentgen foram descobertos, em 1898 um elemento químico, o rádio "aquela bomba metafísica"; o automóvel transformara-se em "um pesadelo a cem quilômetros por hora". Na Exposição Adams viu-se, disse ele, "estirado na Galeria das Máquinas... seu pescoço histórico quebrado pela repentina irrupção de forças totalmente novas". Acima de tudo, o que a Galeria apresentava era o "mecanismo oculto" de um dínamo de 12 metros. "Antes de acabar o visitante descobria-se orando ante ele; um instinto hereditário ensinava a expressão natural do homem diante de uma força silenciosa e infinita." O velho mundo religioso, o mundo da Virgem, estava encerrado; novos poderes dominavam a existência moderna. A mudança afetou todas as sociedades, mas acima de tudo as que multiplicavam energia; e, principalmente, a América do Norte estava agora se transformando na "sociedade de 20 milhões de cavalos-vapor". Isso significava uma pressão especial exercida sobre os norte-americanos que, como afirmou amargamente Adams, não podiam "controlar essa máquina e, ainda, uma mulher". No novo século do multiverso moderno, o norte-americano teria de se transformar "ou em filho da máquina ou no joguete aleatório da natureza". A visão quiliasta de Adams da proliferação e mudança modernas, que impelia o homem moderno para o "universo supersensual", o mundo moderno para a entropia, a mente moderna para o caos, é uma visão extraordinária das forças que perturbam o pensamento no momento em que o que muitos consideravam como "o século norte-americano" se aproximava. Para alguns, como Gertrude Stein, a virada do novo século estava carregada de promessas excepcionais; outros beiravam o desespero. Os textos norte-americanos desse período hesitam entre os dois, reagindo às vezes como a alegre sensação de que um novo ciclo da evolução estava começando, ou com a triste desconfiança de que uma nova ordem desumanizante estava surgindo para transformar todas as circunstâncias e imagens da vida norte-americana.

Em verdade, o ano crucial de Adams, 1900, viu o aparecimento de uma obra de um novo escritor norte-americano que parecia ser uma resposta instintiva a sua visão irônica. Esse autor era filho de imigrantes alemães católicos que falavam o idioma materno em casa, de modo que ele chegou à literatura em parte como um estranho lingüístico. Rompendo com sua fé católica, ele leu Tolstoi e Herbert Spencer, as novas teorias de psicologia e fisiologia experimentais; seu caminho até o romance passou pelo jornalismo, fortalecendo suas credenciais naturalistas. E seu romance tratava de um indivíduo preso na armadilha do mundo das forças supersensuais, um mundo de energia e potência, mas que deslizava, apesar disso, para a entropia. O primeiro capítulo, intitulado "A atração do ímã: uma desamparada entre forças", começa assim:

> Quando Caroline Meeber pegou o trem da tarde para Chicago, toda sua bagagem consistia em um pequeno baú, despachado no carro bagageiro, uma sacola barata, em imitação de pele de jacaré, contendo uns poucos artigos de toalete, um pequeno lanche em uma caixa de papelão e uma bolsa de couro amarelo, com fecho de pressão, que continha sua passagem, um pedaço de papel com o endereço de sua irmã na rua Van Buren, e quatro dólares em dinheiro. Era agosto de 1889. Ela estava com 18 anos, era inteligente, tímida e repleta das ilusões geradas pela ignorância e a juventude. Qualquer toque de lástima quanto à sua partida que porventura caracterizasse seus pensamentos, por certo não seria devido à abdicação de quaisquer vantagens. Um jorro de lágrimas quando do beijo de despedida da mãe, qualquer coisa na garganta quando os vagões matraquearam ao passar pelo moinho onde seu pai trabalhava como diarista, um patético suspiro quando o verde dos arredores da

> aldeia, tão familiar, foi passado em revista, e os fios que tão fragilmente a prendiam ao lar e à infância romperam-se irrevogavelmente.[1]

O livro era *Sister Carrie (Irmã Carrie)*, o autor Theodore Dreiser, nascido em Terre Haute, Indiana, e o tema de abertura, o da ruptura com o passado e entrada de Carrie Meeber em um novo mundo de bens e forças, dava início a um dos mais poderosos romances norte-americanos do século XX.

Sister Carrie ofendeu a maioria de seus poucos primeiros leitores, e ficou esquecido até ser republicado em 1911, após seu sucesso na Inglaterra. A ofensa estava na recusa de Dreiser em estruturar seu mundo de ficção, que é pesado e denso em função da substância das coisas, das exigências do material, segundo determinada percepção moral. Em sua história da ascensão de Carrie pelo mundo material, no qual ela usa seu próprio corpo como mais um material, o acaso toma o lugar da decisão racional, o instinto o da orientação moral, e a vontade e o desejo operam independentemente das convenções. A história começa no conhecido universo das coisas realistas, porém logo depois passa adiante dele. Mais um ou dois parágrafos e Carrie já se move em um novo campo de força, bem como em um novo discurso ficcional:

> Quando uma moça abandona seu lar aos 18 anos, ela faz uma de duas coisas. Ou cai em mãos salvadoras e se torna melhor, ou assume rapidamente o padrão cosmopolita de virtude e se torna pior. Para um equilíbrio intermediário, em tais circunstâncias, não existe possibilidade. A cidade não tem menos encantos matreiros do que o tentador menor e mais humano. Há grandes forças que atraem com a mais comovente expressão possível a um ser humano culto. O brilho de mil luzes é muitas vezes tão eficaz, para todos os propósitos e intenções morais, quanto a luz persuasiva de um olho fascinante e cortejador. Metade da perdição de mentes naturais e ingênuas é realizada por forças totalmente sobre-humanas.

A passagem começa na moralidade e termina na teoria naturalista, onde a apresentação de forças transumanas acaba por tornar as questões morais irrelevantes. O transumano é humanizado e se torna sensual e envolvente; o humano se torna cada vez mais material e mecanizado. Mal Carrie toma o trem para Chicago e ela já encontra seu primeiro sedutor humano, Drouet, o caixeiro viajante, o "tentador menor e mais humano" que na realidade não passa de uma voz da cidade. Dreiser imediatamente generaliza-o, fazendo dele emblema da cidade sem raízes e tentadora, onde a ordem moral é sacrificada a forças expressionistas maiores. Ele fala da

---

1 As referências são baseadas na edição de *Sister Carrie* (1981) da Penguin American Library, elaborada a partir do texto restaurado da edição Pennsylvania. Ver a útil introdução de Alfred Kazin na edição Penguin, para informações sobre a complicada história do texto.

"queda" de Carrie, porém ele a coloca em um mundo de tal disponibilidade sensual, tão contemporâneo, vivo e inquieto, que a amoralidade do seu ponto de vista e sua reação ao campo de força parecem inevitáveis.

Uma das coisas que mais têm sido notadas a respeito de *Sister Carrie*, e variamente considerada como a força ou a fraqueza do livro, é que ele se desenrola criando um mundo no qual não existem ligações humanas verdadeiras. Uma certa degradação da pessoa é endêmica no naturalismo, e torna a tendência pós-liberal; ela depende de uma nova economia das relações entre o indivíduo e o processo. Mas o que se nota em Dreiser é precisamente que a força que retira das pessoas ele redistribui para as coisas. A cidade e a máquina, os bens e a propriedade, têm poderes românticos e até mesmo, na verdade, a capacidade para fazer escolhas entre seres humanos. A cidade tenta, como um "ímã", diz Dreiser, mas também como um amante, que é um ímã humano. Carrie pode começar como uma "desamparada", um joguete de forças "totalmente super-humanas", porém ela logo se torna eficacíssima manipuladora dessas mesmas forças, de modo que sua "queda" aparente é na verdade sua ascensão energética. Na altura do final do primeiro capítulo ela está sendo assimilada pela "grande cidade", a própria Chicago, com sua imensa massa popular, seus "fatos e forças" comerciais, sua riqueza tentadora e degradante pobreza. E enquanto Carrie faz sua entrada por baixo, como mão-de-obra não-especializada em busca de emprego, um objeto (" 'Não estamos exatamente precisados de alguém', foi dizendo ele vagamente, examinando-a de alto a baixo, como se fosse um embrulho"), ela termina, já em outra cidade, no topo, uma atriz-dançarina em um mundo de amor decadente, sustentáculo de seus personagens e máscaras. Como "pequeno soldado da fortuna", ela não só se adapta a ele, mas se transforma em um processo urbano, um princípio de energia amoral em marcha.

Em *Sister Carrie* o naturalismo volta-se para o expressionismo e encontra os meios para expor não só as ironias mas também as energias da cultura, ou pós-cultura, urbana norte-americana. Crane usara o naturalismo como um modo de percepção estética e tática de ironia; Norris o veria como uma neofilosofia geradora das tramas do romance moderno. Dreiser adota uma posição com implicações pessoais; ele é parte do mundo naturalista. Ele sente prazer na luta, caminha emocionalmente com Carrie, compartilha de suas necessidades e olha junto com ela para todos os tentadores potenciais materiais do grande teatro de sonhos da vida na cidade. Seus personagens também, de um modo geral, compreendem que estão *dentro* de um mundo naturalista, e respondem a suas leis energéticas; eles conhecem sua própria carência de individualidade. Mas ao mesmo tempo Dreiser fica de fora, enquanto comentarista naturalista, generalizando, explicando as ações humanas em termos neocientíficos, passando de aspectos específicos detalhados ("toda a sua bagagem consistia de...") para grandes generalizações ("Metade da perdição de mentes naturais... é realizada por forças totalmente sobre-humanas"). Ele vê muito mais do que Carrie, e a distancia, mas toma cada cena de sua vida como um evento autojustificante e compartilha de sua sensação de estar vivendo em um excitante mundo pós-moral. Como resultado, *Sister Carrie* é baseada em uma desmascarada economia de necessidades, uma economia sexual na qual o eu é um objeto, os objetos têm existência individual, e o corpo é instrumento não muito íntimo do sucesso social.

A psicologia essencial de Carrie é colocada para nós em sua primeira sedução, depois que ela perde o emprego na fábrica de sapatos, e Drouet reaparece e lhe oferece dinheiro. Em suas reflexões na manhã seguinte, Dreiser introduz os pontos de vista do behaviorismo de Spencer: a moral é um produto social e se a voz da consciência ("uma conscienciazinha apenas mediana, uma coisa que representava o mundo, seu ambiente, hábitos e convenções passados de forma confusa") se queixa, outras vozes, mais fortes, falam nela. Há a "voz da necessidade", que deseja não só dinheiro mas tudo aquilo do mundo material que o torna mais do que material. ("As boas roupas eram para ela uma forte persuasão, que falavam terna e jesuiticamente por si mesmas... A voz do assim chamado inanimado"). E Dreiser também fala jesuiticamente, criando uma versão da experiência na qual o desejo tem uma vitória metabólica. De modo que Carrie em breve larga Drouet por Hurstwood, seu superior social, gerente de um bar-restaurante, "de boas maneiras", "respeitado", "um tipo interessante em seu gênero", seguindo a economia mais elevada do desejo. Por sua vez, Hurstwood acaba com seu casamento falido e rouba de seus patrões para conquistar a energia de Carrie. Diante do cofre de seu empregador, a mente dele funciona como uma máquina, um "relógio", hesitando entre o comando de dois instintos, um levando para o convencional, outro para o desejo; e quando pega o dinheiro, ainda em dúvida, a porta do cofre bate e fecha. Por uma transposição simbólica, a máquina se transforma em sua mente, sua mente em máquina. Os dois, então, fogem para Nova York, um "mundo mais novo", e seguem suas respectivas espirais de movimento: a de Carrie ascendente, a de Hurstwood descendente. (Dreiser apóia tudo isso com teorias psicológicas semicientíficas). Finalmente Carrie transforma-se na atriz Carrie Madenda, com sua face cênica "representativa de todos os desejos"; e a vemos pela última vez em sua cadeira de balanço, em movimento perpétuo mas entrópico - a prostituta não muito feliz, a estrela moderna, com suas necessidades materiais satisfeitas, mas necessitando (como o próprio autor) de algo mais, um reino de arte e cultura para além dos bens materiais. Nesse meio tempo Hurstwood se afunda nos domínios do desastre naturalista, transforma-se em um furador de greves, depois em um vagabundo da Bowery, e finalmente em suicida sem nome que acaba em uma vala comum de mendigos. Dreiser enfatiza o contraste irônico, mas caracteristicamente compartilha do desinteresse final de Carrie - pois no fim do romance as leis da inevitabilidade tornaram-se primordiais.

O romance (que hoje pode ser encontrado em sua versão integral, sem cortes) sempre gerou reações críticas mistas. "Não tive a intenção de realizar com ele uma peça de artesanato literário", disse Dreiser, "mas de retratar certas condições o mais simples e eficazmente que a língua inglesa o permitisse." Mesmo assim o livro, de fato, tem fortes pretensões literárias, e presunções - uma das razões pelas quais o texto original teve cortes de edição. Os gestos estilísticos locais do autor podem nos incomodar; mas o poder de Dreiser reside no estilo em sentido mais amplo - sua capacidade de criar como ficção um mundo que é exposto em sua mecânica e causalidade, mas que transborda de energia vital. A vida material torna-se rica de hieroglifos; os indivíduos que vivem nela são batidos por um "mar irrefletido", movendo-se com ou contra sua força, em um fluxo metafórico total que abraça o sucesso e o fracasso, o consciente e a voz expressiva das coisas. Nesses termos, *Sister Carrie* é o mais forte dos livros de Dreiser. *Jennie Gerhardt* (1911) narra história semelhante, porém com mais cautela e cristianismo. Sua "trilogia do desejo", *The Financier (O financista)* (1912), *The Titan (O titã)* (1914) e *The Stoic (O estóico)* (1947, póstumo), trata do financista Cowperwood, que luta para ascender da pobreza ao sucesso sexual e econômico, um retrato ambíguo do capitalismo, com dúvidas crescentes mas profunda admiração pelas energias nietzschianas de Cowperwood. *The "Genius" (O "gênio")* (1915) trata de um artista pleno de energia e sexualmente ativo, em parte um retrato do próprio romancista.

Mas Dreiser escreveu um outro grande romance, *An American Tragedy (Uma tragédia americana)* (1925)*, quando reviveu o naturalismo para explorar uma década em que o sonho americano parecia estar maculado pelo materialismo. Neste livro ele olha exclusivamente pelo ponto de vista da vítima, como se as energias cinéticas que vira antes como parte da vida norte-americana só pudessem agora trabalhar para sua destruição. O livro é altamente documentado, baseado em um assassinato verdadeiro, e analisa criticamente o processo social - a evolução de Clyde Griffiths de amarga pobreza até a ascensão social e, finalmente, a cadeira elétrica. O dilema naturalista aparece bem no centro da história: se um homem é o produto de circunstâncias e outros determinantes, em que sentido pode ser culpado do crime, assassinato, do qual Clyde é acusado? Clyde é incompetente em suas ambições e dividido em sua vontade, dividido entre

---

* Conhecido no Brasil pelo filme *Um lugar ao sol.* (N.T.)

sua amante operária grávida e a moça rica com quem deseja se casar a fim de poder conquistar seu lugar ao sol dos Estados Unidos. Mas ele é produto das expectativas norte-americanas e da pressão social no sentido da ascensão. Dreiser faz o romance girar em torno de uma refinada ironia naturalista: Clyde quer se livrar de sua amante; ele a leva para uma excursão fotográfica no lago, em um barco; seu conflito interior entre o assassinato e a bondade o fazem chegar para perto dela; o barco balança, a câmera bate nela e ela se afoga. Clyde é acusado de assassinato e boa parte do livro é dedicada ao complexo debate legal no tribunal. Dreiser faz as perguntas fundamentais do naturalismo - Que relevância têm o motivo e a intenção em um mundo no qual a mente se funde com a matéria? Como relacionamos nós o desejo com o ato? Como funcionam o relógio ou a câmera da mente? - e a elas aplica uma apaixonada preocupação com a injustiça. *An American Tragedy*, por poderoso que seja, tornou-se assim um livro mais simples do que *Sister Carrie*, uma ficção de protesto social e um desafio ao sonho americano, ao invés de uma obra de ironia cósmica ou modernidade desnudada. Ele marca um caminho essencial para o qual o naturalismo americano se voltou, muito embora, na década de 1920, ele já parecesse 'obsoleto - em contraste fascinante com aquela outra tragédia do sonho americano, *O grande Gatsby*, de Scott Fitzgerald, que foi publicada no mesmo ano.

II

Foi na realidade o período entre *Sister Carrie* e *An American Tragedy* que viu o naturalismo transformar-se em uma forma básica da ficção norte-americana. *Sister Carrie* foi atacado e negligenciado, o que fez Dreiser abandonar o romance por dez anos; porém, durante os anos que se seguiram imediatamente, outros escritores, como Upton Sinclair e Jack London, transformaram o naturalismo na grande história de aventuras norte-americanas, populista e popular. Ambos foram escritores extraordinariamente fecundos, empresários da ficção; Upton Sinclair, ao morrer, deixou mais de oito toneladas de papéis para a Universidade de Indiana; Jack London ganhou mais de um milhão de dólares escrevendo e produziu mais de cinqüenta livros - romances, contos, e propaganda socialista - entre 1900, quando começou, e 1916, quando se suicidou. Alimentado pela ascensão do progressivismo e o crescimento do jornalismo de denúncia política, o naturalismo voltou-se - como o próprio Dreiser haveria de se voltar - para o protesto social e a denúncia política. Ele expressava a indignação popular, desafiava os trustes, explorava as vergonhas das cidades, e ainda encontrava em tudo isso um certo romance libertário que se casava bem com o clima da época.

Upton Sinclair escreveu vários romances antes de se voltar para o naturalismo radical de *The Jungle (A selva)* (1906), que continua a ser seu romance mais famoso e bem-sucedido, obra que estabelece interessante comparação com *Sister Carrie*. Também ele se passa no submundo de Chicago, em seus locais de trabalho, seus bares e seus guetos de imigrantes, e começa com as atrações da cidade, desta vez tais como se mostram para dois jovens imigrantes, Jurgis e Ona, que vieram das florestas da Lituânia e da injustiça feudal européia para a América, "um lugar com o qual os amantes e os jovens sonhavam". Mas na cena obrigatória da festa de casamento de imigrantes (um clássico do naturalismo), com que o livro começa, já estão presentes as sementes da desilusão; um "veneno sutil" está no ar quando a cidade grande, a ganância e a concorrência capitalista desfazem as antigas solidariedades populares e deixam expostos os indivíduos. Jurgis, tentando construir uma vida para si com sua honestidade, força e independência, logo se torna uma vítima do sistema competitivo. Como trabalhador estrangeiro ele é explorado com o objetivo de baixar o salário dos outros; e de operário virtuoso ele é rebaixado a fura-greve e depois a vagabundo, como o Hurstwood de Dreiser. Este último, no entanto, é arruinado por razões interiores, por falta de energia, enquanto Jurgis fracassa por razões externas, por intermédio da corrupção do sistema. Ele pode, por isso mesmo, ser salvo salvando-se a si mesmo, aprendendo os fatos a respeito das forças opressoras e descobrindo a filosofia do socialismo.

E desse modo o livro termina não com vitimização mas com esperança. A velha comunidade pode ter desaparecido, mas pode ser substituída pela solidariedade da classe trabalhadora; na verdade, a utopia parece estar bem perto, quando vemos Jurgis pensando a respeito de uma "enorme máquina de colher batatas", quando a dor da destruição de sua família é curada pela resposta que vê no olhar de uma moça bonita que entra para o partido, ou quando o voto socialista cresce nas eleições. *The Jungle* é um romance bem mais sutil no início do que no final, porém seu desvio da função artística para a propagandística que aparece no fim cumpriu seu objetivo. Como resultado do livro, Roosevelt abriu um inquérito sobre as leis dos gêneros alimentícios e foram feitas reformas na indústria da carne enlatada; Jack London identificou o romance como "a *Cabana do Pai Tomás* da escravidão assalariada". Sinclair continuou a escrever romances de indignada documentação social, profundamente pesquisados, muitas vezes sobre dinheiro (*The Metropolis [A metrópole]*, de 1908) ou processos comerciais (*King Coal [O rei do carvão]*, de 1917; *Oil! [Petróleo!]*, de 1927), que culminaram com a seqüência de 11 volumes, *World's End (O fim do mundo)*, iniciada em 1940, e que conduz seu herói radical, Lanny Budd, melodramaticamente, através da paisagem política internacional do mundo ocidental. O trabalho de Sinclair é muitas vezes grosseiro, porém ele tornou evidente que o naturalismo populista podia vir a ser o discurso da documentação e da reforma, bem como base para prodigioso número de publicações e uma gigantesca aventura comercial literária.

Tal lição ficava evidente também na carreira de Jack London, o grande escritor-herói dos anos anteriores à Grande Guerra. A própria vida de London virou uma aventura popular, cujo registro são os seus textos: filho ilegítimo, ele cresceu em São Francisco, foi trabalhador em fábrica de peixe enlatado, caçador de focas, vagabundo e garimpeiro no Klondike antes de se voltar para a literatura, que mostrou ser a maior de suas aventuras de oportunista. Como Sinclair, ele vivia repleto de idéias de evolução, liberdade e política encontradas em Darwin, Haeckel, Frazer, Nietzsche e Shaw, idéias que ele aproveitou com um toque popular e um sentido de melodrama aventureiro. Mas onde Sinclair escrevia sobre cidades e problemas sociais, London escreveu sobre a vida ao ar livre, viagens, violência e aventura. O que escrevia alcançou popularidade entre leitores tanto infantis quanto adultos, e como autor de aventuras continua a ser muito lido até hoje. Sua política era sentida de forma profunda e instintiva, no entanto, e suas idéias sociais foram ricas e abundantes, embora seja difícil chamá-las de qualquer coisa senão de confusas. Ele adotou uma visão do mundo científica em relação a "essa fermentação química chamada Vida", porém ela era composta de uma mistura de mitos de democracia com mitos de força e superioridade, inclusive a dele próprio. Era fácil para ele encarar a vida - seja ao ar livre, seja em oficinas ou fábricas - como uma batalha entre vontades, forças e energias, que espelhava a luta dentro da própria natureza. Existe protesto social em sua obra, porém seu tema central é a sobrevivência, o instinto evolutivo, a lei da tribo e da matilha.

Sua obra jorrava sob uma variedade de formas: a história de aventuras de meninos, tão popular em uma era de imperialismo e aventurismo (*Caninos brancos*, 1906); a fábula de futurologia política (*O tacão de ferro*, 1907), histórias marítimas (*O lobo do mar*, 1904); romance de características e superioridades raciais (*A filha das neves*, 1902); a autobiografia de seu próprio idealismo (*Martin Eden*, 1909). O melhor da obra de London é um misto de aguda curiosidade e consciência política, idéias autodidatas transmitidas em formato popular a outros, autodramatização heróica, forte fome de vida e desesperos apocalípticos atenuados por um sentido aventureiro de romance. Dois livros de 1903 sugerem a mistura de fontes de onde era capaz de beber. *The People of the Abyss* (*O povo do abismo*) é obra de reportagem, nascida de sua experiência na Zona Leste de Londres, onde passou vários meses como mendigo andarilho, penetrando na desconhecida selva da fímbria da sociedade. Enquanto denuncia seus horrores politicamente, ele mesmo caminha pela selva menos como reformador do que como super-homem nietzschiano, comandando a vida a seu redor. Na ficção do *Chamado selvagem* ele muda a selva de volta para a natureza: a história de Buck, o cão "aristocrático" forçado a enfrentar "o reino da lei primitiva" quando é roubado, levado para o Yukon e atrelado a uma junta de cachorros, entre feras selvagens "que não conhecem lei senão a do porrete e das presas", trata da recuperação de antigos instintos. Buck transforma-se no líder de sua primária comunidade animal, vem a conhecer a "sede de sangue", e finalmente torna-se um matador, "sobrevivendo triunfante em um ambiente hostil no qual só os fortes sobrevivem". Era uma lenda inebriante para os aventureiros tempos de Theodore Roosevelt, parte da tentativa do novo século de recobrar o vitalismo e o primitivismo que a civilização e as boas maneiras haviam silenciado. A complexa interligação entre os dois livros, voltados ambos como são para o coletivismo da experiência e as leis da confrontação, com grupos, matilhas, tribos e classes, não é difícil de se ver. As tribos precisam de líderes, a evolução exige individualização; em tudo isso encontramos a verdadeira aventura da vida.

Havia, no entanto, ficcionistas do novo século para quem o naturalismo era menos uma forma efervescente de ação literária do que uma filosofia para uma era pós-religiosa, uma forma de pessimismo e fatalismo metafísicos. Entre eles temos Ellen Glasgow, escritora daquela região historicamente esmagada e sofrida, o Sul dos EUA. Nascida na Virgínia, foi a problemática historiadora dos restos de feudalismo e romantismo cavalheiresco que lá sobreviveram à Guerra de Secessão, tendo o "agonizante gesto cavalheiresco" como tema de sua primeira ficção - *The Battle-Ground (O campo de batalha)* (1902), *The Deliverance (A libertação)* (1904). Seu tratamento aí, porém, é sentimental, muito embora ela reconheça a necessidade de um estoicismo histórico para o lugar dos falsos credos da nostalgia, do tradicionalismo e da respeitabilidade mesquinha. Foi à medida que a sátira tornou-se mais cortante e a irrealidade dos hábitos dominantes mais aparente, em romances como *Virginia* (1913), que um sentido naturalista da indiferença cósmica cresceu em sua obra. Os próprios títulos de seus livros mais tardios - *Barren Ground (Terra estéril)* (1925), *Vein of Iron (Veio de ferro)* (1935) - sugerem o espaço de tristeza e privação em que seres humanos tentam encontrar objetivos, erigir uma cultura, sustentar instituições, manter ideais e ilusões. Ellen Glasgow é primordialmente uma romancista de cultura e hábitos sociais, em cuja obra a comédia de costumes caminha inexoravelmente para um sentido profundamente trágico da vida. As instituições conflitam com a natureza rude, a história desloca, rituais e códigos são construídos no vácuo. Seus romances eram - como disse ela no prefácio de *The Sheltered Life (Uma vida protegida)* (1938) - "o prolongado estudo de um mundo que, como percebeu a sardônica penetração de Henry Adams, nenhuma 'natureza sensível e tímida poderia encarar sem um arrepio''. No entanto, mesmo que sombrios em sua visão, eles são também muito precisos como forma, obra de uma escritora de vasta cultura e inteligência que envereda pelo vácuo sobre o qual essa cultura é construída.

III

Foi assim sob várias formas que, na ficção norte-americana entre 1900 e a Primeira Guerra Mundial, o naturalismo veio a transformar-se em um hábito familiar e abrangente, capaz de expressar atitudes tão diversas quanto sejam o radicalismo político e um profundo sentido de ironia humana. No entanto, como observou certa vez Philip Rahv, o naturalismo apareceu para fazer seu inventário de um mundo material e perpassado de processos no momento em que este estava justamente começando a dissolver-se.[2] Era uma forma de positivismo, e o positivismo estava sendo desafiado pelas novas ciências, particularmente a psicologia; uma forma de realismo, quando o realismo estava sendo desafiado pelas novas artes que exploravam o interiorizado e o estético. A ciência, como percebera Adams, estava se tornando cada vez mais relativista, voltando-se para a incerteza e o caos, pressupondo que a realidade não era objetivamente dada mas subjetivamente apreendida através da consciência. Na América do Norte, tal visão era compartilhada pelo pragmatismo, do qual William James, que ensinava filosofia e psicologia em Harvard, foi um dos iniciadores. Em *Principles of Psychology (Princípios da psicologia)* (1890), ele explorou a brecha entre a mente e a ação, notando que a realidade não era imediatamente apreensível, mas antes precisava ser enfrentada provisoriamente, por intermédio do pressuposto empírico, ou pragmático, e que a ordem é ''gradativamente conquistada e está sempre sendo construída''. Por isso mesmo, atenção deve ser dada aos mecanismos do consciente; e, onde a ciência outrora vira um observador objetivo, onde Crane viu um obturador fotográfico ligando a experiência interior e a exterior, e Dreiser um mecanismo de pensamento, James oferecia metáfora mais fluida e, no caso, mais crucial: ''Um 'rio' ou uma 'corrente' são as metáforas pelas quais ela [a consciência] é descrita com maior naturalidade''.

Essa metáfora foi prontamente transmutada em literatura, particularmente em uma nova espécie de literatura, que estava precisamente começando a surgir. E William James teve um papel a desempenhar nisso, pois

---

2 Philip Rahv, ''Notas sobre o declínio do naturalismo'', em *Documents of Modern Literary Realism*, org. por G.J. Becker (1963).

sem dúvida influenciou seu irmão Henry, bem como uma de suas mais famosas alunas, Gertrude Stein. Em 1897 Henry James voltou ao romance com *The Spoils of Poynton* e *What Maisie Knew*. Este último, afirmou um crítico contemporâneo, acrescentou "todo um novo conceito de realidade à arte da ficção", e de modo particular marca a mudança em sua obra, mudança que aponta muito claramente para o modernismo. *Maisie* é um romance da consciência posta à prova; seu tema é o processo pelo qual a mente - a da menina Maisie, o "frágil recipiente da consciência" em cujas percepções o livro se concentra - responde a, ou rejeita, impressões e experiências. James explica tudo isso em seu prefácio: afirma que deu a Maisie uma vivacidade de inteligência, "percepções fácil e infinitamente aceleradas", para que ela pudesse "conhecer" o promíscuo mundo adulto em que estava crescendo. Ele assume sua própria postura narrativa ao lado e na companhia da compreensão da menina documentando ao mesmo tempo em torno dela as complexidades que precisavam ser instruídas. Era um método pragmático que exigia processos de apreensão tanto do autor quanto do personagem e que se originava, como disse William James, de um processo tanto mental quanto moral. Se a realidade não pode ser conhecida a não ser por absorção, a tomada de consciência torna-se uma questão crucial; que é o que acontece na obra tardia de Henry James.

Em 1900, ano do multiverso de Adams, James pôs de lado um livro, *The Sense of the Past (O sentido do passado)*, que começara a escrever, e esboçou uma nova sinopse, "o retrato de certo período, significativo e interessante, de cerca de seis meses, na história de um homem já não mais no esplendor da vida, porém ainda capaz de viver com intensidade suficiente para ser fonte do que poderíamos chamar de empolgação não só para si mesmo como também para o leitor do romance". Trata-se do enredo de *The Ambassadors (Os embaixadores)*, que afinal só apareceria em 1903; outro livro, iniciado depois deste, *The Wings of the Dove (As asas da pomba)*, apareceu em 1902. Esses dois livros e mais seu sucessor imediato, *The Golden Bowl (A ânfora dourada)* (1904), constituem o âmago da fase tardia de James, coincidente com o fermento artístico do novo século. Eles voltam para a temática internacional que ele descartara mais cedo, com sua trajetória da inocência para a experiência; pois agora o problema não é mais o de se aprender com a experiência mas o de se saber *o que é* a experiência - como ela pode ser resgatada da contingência e da ordem da vida, receber uma forma dada por quem a percebe, e uma configuração de percepção dada pelo romancista. Os processos de apreensão e compreensão tornam-se análogos; James, em *The Ambassadors*, "fica perto" de seu centro de consciência, Strether, e da coloração cambiante dessa consciência à medida que ele apreende a história "interior", a de Chad Newsome. Ao começar o romance com a chegada de Strether à Europa e manter todo o material como um aspecto de sua consciência, dentro da "ocasião discriminada" de seu autoconhecimento, James segura o livro inteiro dentro de um modo apreensivo de visão.

Temos aqui marcante contraste com o método de *Sister Carrie*. Ambos os livros começam com o abandono de um passado, uma chegada a um novo lugar, onde um novo campo de força agarra os personagens. Porém onde Carrie é engolfada, quase que sexualmente, pelo processo da realidade, Strether não consegue conhecê-lo de imediato; ele trabalha com impressões, potencialidades, poderosas porém nem determinadoras de sua conduta e nem configuradoras de uma realidade "exterior" implacável. Enquanto Carrie era uma desamparada em meio a forças várias, Strether é um "indagador", e o processo reside não fora mas dentro dele mesmo, a partir das primeiras palavras do romance. A preocupação essencial, então, é com o modo pelo qual o "reservatório" da mente de Strether é preenchido com a forte "correnteza" de novas impressões, que se sintetizam em seu aspecto mais complexo quando ele vê os dois amantes passeando de barco no rio, exatamente como em uma pintura impressionista. Agora, diz James em seu prefácio, ele "de qualquer maneira, *vê*; de modo que a tarefa de minha narrativa e a marcha de minha ação, para não falar da preciosa moral de tudo, resumem-se em minha demonstração desse processo de visão".

Preocupações diversas porém relacionadas às acima perpassam *The Wings of the Dove* e *The Golden Bowl*. No primeiro James sacrifica sua identificação íntima com uma consciência paralela, a de Strether, em favor de um ângulo de ataque mais oblíquo, uma complexa relação entre sua própria posição textual e uma personagem "moderna" que trafega pelo duro mundo das coisas, que retrata e interage com ela. Assim começa o livro (em novo contraste contundente com *Carrie*).

> Ela esperava, Kate Croy, que seu pai entrasse, porém ele a manteve ali por tempo exagerado, e houve momentos em que ela refletiu, no espelho acima da lareira, um rosto absolutamente empalidecido pela irritação que a levou ao ponto de ir-se embora sem o ver. Foi exatamante nesse ponto, no entanto, que ela permaneceu; mudando de lugar, passando do sofá surrado para a poltrona estofada com um tecido brilhante que dava a um só tempo - ela o havia experimentado - impressão de ser escorregadio e grudento...

Desaparecido o personagem simpático, pessoa e contexto podem ser relacionados e localizados só por meio de uma gramática muito oblíqua ("Ela esperava, Kate Croy,..."). Novamente aqui, como em *The Golden Bowl*, a obra é estética e moralmente obcecada com o processo consciente, porém ela tem a preocupação de refletir a rude superfície material da vida moderna, o que força o romancista a realizar manobras distanciadoras. Na realidade a própria ânfora rachada, o objeto simbólico que aparece na loja no momento em que o príncipe Amerigo e Charlotte reconhecem que sacrificaram seu amor em favor de necessidades materiais, configura exatamente isso. *The Golden Bowl* é um romance de forma endurecida, de um esteticismo que se tornou irônico. Os personagens podem *viver* como consciências, porém eles são posicionados como objetos, na verdade *objets d'art*, recipientes de seres com valor monetário. Maggie Verver diz a Amerigo em sua fala de amor que ele é "uma raridade, um objeto de beleza, um objeto de alto preço". O corpo de Charlotte é visto pelo príncipe como "uma bolsa de seda, comprida e frouxa". E o livro é dominado pelo colecionador Adam Verver, cujo espírito é assemelhado a "uma estranha oficina da fortuna... alguém com a perfeição da máquina". É neste romance e em *The Sacred Fount (A fonte sagrada)* que James caminha com maior segurança para os campos de força modernos, reagindo a eles - em verdade como o faz Dreiser - encontrando uma nova relação entre a consciência e a substância material. No final de *The Golden Bowl*, o mundo material e pesado das coisas venceu, um mundo físico para além do sentimento e da consciência que tem de cobrar seu preço para sustentar sua irrealidade.

Um efeito da complexidade do método tardio de James é o haver ele deixado seu público, bem como seus sucessores literários, com dois modos de ler sua obra. Para alguns, sua contribuição essencial está ligada à ampliação do realismo e ao desenvolvimento do romance social e moral, que ele ajudou a transformar em uma forma norte-americana viável; para outros, o elemento significativo foi sua contribuição para o modernismo, sua tradução do realismo em algo completamente diverso. "Pode-se ver que um dia qualquer não era parte de sua vida", escreveu Gertrude Stein em seu retrato de James; ou, como o expressou em outro lugar, "a forma era sempre a do inglês contemporâneo, porém o modo desincorporado de desconectar alguma coisa de qualquer coisa e qualquer coisa de alguma coisa era a do americano". A curva da carreira de James de fato ecoa um desenvolvimento fundamental do século XIX para o XX na prática da ficção. Na realidade, ambas as suas contribuições - ao romance social de costumes e moral, bem como ao modernismo experimental - viriam a alimentar com proveito a literatura americana.

Desse modo, quando Percy Lubbock certa vez definiu a própria Edith Wharton como "um romance [de James], sem dúvida em sua primeira maneira", podemos ver imediatamente o que ele quer dizer. A ficção da sra. Wharton de fato compartilha de muito dessa maneira mais antiga: produto do patriciato novaiorquino, nascida como a rica, educada e angustiada Edith Jones, ela cresceu em um mundo no qual os códigos e hábitos sociais eram intensamente reais, a contenda entre as classes, significativa, o aparecimento da nova riqueza, do comercialismo e da corrupção política após a Guerra Civil, uma séria preocupação. Ao mesmo tempo, seus livros, seu próprio ato de escrever, nasceram de seu aprisionamento em um infeliz casamento de sociedade e do tolhimento das mulheres pelas convenções puritanas. Tanto ela quanto James foram expatriados na Europa, com seu afastamento determinado em parte por uma sensação do declínio e degradação dos Estados Unidos que haviam conhecido. Ambos escreveram sobre ambientes semelhantes, temas internacionais semelhantes, sentimentos semelhantes de deslocamento em relação à terra natal, e angústias semelhantes quanto à brecha entre os anseios morais e estéticos e o fato material. Porém ambos sentiam-se perturbados pela ligação que outros viam entre eles. Ela queixou-se afirmando, em carta de 1904, que "a constante grita de que sou um eco do sr. James, (cujos livros dos últimos dez anos não consigo ler, por mais que o homem me deleite)... deixa-me bastante desesperançada". Ela, afinal, estava escrevendo a partir de uma geração subseqüente, com sentido muito mais severo quanto à direção das mudanças históricas, bem como de ponto de vista sexualmente diverso e um pouco mais alto socialmente falando, sem qualquer sintonia com as complexidades tardias de James.

No entanto, ambos preocuparam-se com a relação entre sociedade e consciência, e foram apanhados entre dois modelos diversos dessa relação: uma visão "tradicional de que a sociedade é composta de pessoas que se tornam mais conscientes da sua própria verdadeira natureza, bem como da dos outros, através da sensibilidade e da introspecção, e que a personalidade é algo concreto e autêntico que fica por trás da aparência exterior; e a visão mais "realista" ou "naturalista" de que os indivíduos são formados e talvez até mesmo criados por seu condicionamento e status. Donde uma sensação de irônica contradição habitar a obra de ambos os escritores. Como nos romances de Ellen Glasgow, os de Edith Wharton são campos de batalha no qual duas percepções do eu, uma voluntarista, devotada à moral e à cultura, a outra determinista, preocupada com o indivíduo como vítima da sociedade e do processo, estão em luta. Seus livros são a respeito de valores, porém igualmente sobre a derivação econômica dos mesmos. Em uma de suas melhores obras, *The House of Mirth (A casa da alegria)* (1905), a heroína, Lily Bart, é vista à luz de ambas essas visões, o que resulta em ironia. Lily é o "produto altamente especializado" de uma civilização que necessita de espécimes de beleza para exibir, "uma flor rara cultivada para exposição" na alta sociedade; porém seus escrúpulos morais não lhe fornecem base para sobrevivência em um sistema fundamentado em energia econômica. Lily tenta aos poucos fazer uma ponte entre as duas coisas, ao se comportar não como um produto social mas como um agente moral, porém isso lhe ameaça a posição e a coloca em uma espiral descendente, e ela acaba por suspeitar que a moralidade não tem apoio social e não passa de "um eterno ajuste, um jogo de política partidária, no qual toda concessão tem seu equivalente identificado": é possível dizer-se exatamente isso a respeito do que seja a crise do naturalismo ou determinismo. Entretanto, em última análise, Edith Wharton não apóia tal visão, pois também respeita o ideal de uma sociedade culta em nome da qual, neste romance, fala Seldon, "uma república do espírito". Porém a conseqüência é a ironia e o resultado a tragédia, já que não existe uma verdadeira classe onde se possa venerar a moralidade, particularmente no caso das mulheres, que não têm controle de seus destinos econômicos. A moralidade e a cultura têm lugar porém não têm poder, de modo que o moralista pode desejar um mundo e o naturalista perceber um outro. O texto de Edith Wharton é pleno de um característico sentido de desperdício, fundado em renúncias emocionais, em auto-abdicação voluntária, e de uma sensação de inospitalidade universal.

Seus livros exploram esse panorama de vários modos. *Ethan Frome* (1911) caminha para o naturalismo com sua história da prisão sem amor de um fazendeiro cujo casamento é infeliz e que, tendo tentado o suicídio junto com a amante, tem de atravessar o resto de sua vida vivendo com a mulher e a amante aleijada. *The Custom of the Country (O hábito da terra)* (1913), provavelmente seu melhor livro, é a história de Undine Spragg, uma heroína francamente erótica, com "o instinto do sexo", uma Carrie Meeber olhada de cima para baixo em sua ascensão social, que anseia por "alguma coisa além disso", "uma forma mais delicada de prazer". Como sugere o título, o livro é uma sátira social, a exploração de uma América onde cenário cultural e desejos materiais mesclam-se de modo estranho; o hábito específico em questão é o divórcio, que permite a mobilidade erótica e social de Undine. Undine é um elemento decorativo que conhece seu "potencial de barganha", sua taxa de câmbio sexual, e é a mais forte imagem criada pela sra. Wharton da mulher moderna empreendedora, que opera nas margens do processo econômico utilitário para abrir seu caminho. Como Carrie, ela acaba com tudo e com nada. Em seu quarto casamento, com um aristocrata europeu, ela passa agora a ser senhora de todos os elementos: a energia e o dinheiro norte-americanos, a posição social e a cultura européias. Porém uma pequena coisa fica faltando: "Ela aprendera que havia algo que jamais poderia obter, algo que nem a beleza, nem a influência, nem os milhões jamais poderiam comprar-lhe. Jamais poderia ser mulher de um embaixador (por ser divorciada); e quando ela avança para dar as boas-vindas a seus primeiros convidados, diz a si mesma que esse seria o papel para o qual realmente havia sido feita".

É um livro de extraordinário desvelamento econômico, cuja ironia é feita em parte de indignação aristocrática, porém ainda mais de um deleite satírico com o "caos dos apetites indiscriminados que formam as tendências modernas [de Nova York]". No melhor de seus romances tardios, *The Age of Innocence (A idade da inocência)* (1920), Edith Wharton abandonou a cena moderna para lançar um olhar ao passado de 1870, quando o patriciato americano pela primeira vez sentiu-se invadido pela nova e arrivista riqueza da Idade do Ouro. Ela distribui suas ironias tanto pelo patriciato, que tenta viver segundo uma versão provinciana e puritanizada da cultura européia, usando-a como seu pertence e conveniência, quanto pela nova riqueza, ainda mais vulgar do que a antiga, e produzindo alterações ainda maiores. E novamente aqui a história acaba se tornando um caso de renúncias forçadas. Newland Archer, o sensível herói casado, não consegue encontrar seu lugar, e seu drama pessoal chega quando se apaixona por uma européia, a condessa Olenska, que não se adapta aos códigos norte-americanos. A política é corrompida e a ação negada; os inteligentes são apanhados na síndrome de Henry Adams, a de serem removidos das ações significativas. A velha riqueza casa seus filhos com a nova, e esta segue Teddy Roosevelt na política e no materialismo. No final do livro Newland Archer, que manteve as convenções, ao invés do que acontece com a Isabel do mesmo sobrenome, de James, é apanhado na versão oposta da prisão desta. Em Paris, parado e olhando para as janelas da condessa, ele sente a riqueza da cidade, "o permanente fermento de idéias, curiosidades, imagens e associações ejetadas por uma raça intensamente social em um cenário de costumes imemoriais" e sabe que perdeu a flor da vida.

IV

Ao sujeitar o romance social e moral às pressões do naturalismo e da ironia, a um mundo no qual a inteligência e a cultura individual têm de fazer arreglos com o processo e o primitivismo, Edith Wharton desbravou uma nova trilha, a partir de James, o primeiro James, mais do que o tardio, para o moderno romance norte-americano. Mas outro caminho crucial foi o representado por Gertrude Stein. Stein representa um cosmopolitanismo bem diverso do de Edith Wharton. Nascida em Allegheny, na Pensilvânia, em uma família de imigrantes judeus de alta classe média e preferências estéticas, ela passou parte de sua infância em Viena e Paris. Ao contrário de Edith Wharton, prisioneira de sua classe e de seu infeliz casamento, Gertrude Stein desde o início foi uma mulher nova, que agarrou as oportunidades abertas pela década de 1890, com sua nota de emancipação feminina. Cursou o Harvard Annex (hoje Radcliffe College), onde estudou com William James, e também com George Santayana e Josiah Royce. Lá veio a conhecer a crise do pensamento norte-americano do final do século XIX, que o pragmatismo estava tentando resolver, mostrando-se sensível à proposta de William James de que o universo não é sólido mas sim pluralista, que conduzia a atenção para dentro, para a psicologia da tomada de consciência, para os meios pelos quais nós encontramos emoção, geramos ação e criamos realidade.

Ao mesmo tempo ela compartilhava com William James uma dimensão behaviorista ou naturalista. "Eu estava interessada em biologia, e interessada também em psicologia, filosofia e história, o que era tudo muito natural, pois eu saí do século XIX e era obrigatório ter interesse por evolução e biologia", disse Gertrude Stein mais tarde. Entretanto, ela não permaneceu no século XIX: "Eu estava lá para matar o que não estava morto, o século XIX, tão seguro da força da evolução e da oração." Em Harvard, onde trabalhou em pesquisas com escrita automática, ela se transformou em uma espécie de psicóloga pré-freudiana. Tentou levar esse aspecto mais adiante, começando a estudar medicina na Universidade Johns Hopkins, mas não teve sucesso. Seu irmão Leo, um acanhado esteta de época e historiador da arte, encorajou-a a passar da ciência behaviorista para a especulação estética, e ela começou a escrever, fazendo experimentações com a forma artística e com o próprio ato behaviorístico de escrever, por este revelar princípios subjacentes de ação mental. Ela começou um livro, logo deixado de lado e publicado postumamente com o título de *Things As They Are (As coisas como elas são)* (1950), a respeito de um triângulo amoroso lésbico; ele revela influência de William James no pensamento e de Henry James na técnica, em seu método do que ela veio a chamar de "descorporificação" ou abstração. A essa altura, Leo e ela mudaram-se para Paris, buscando, como dizia ela, "*gloire*". Mas enquanto Edith Wharton escolhera a margem direita da Paris aristocrática, Gertrude e Leo preferiram a margem esquerda, dos boêmios e dos ateliês, criando um salão que viria a tornar-se um centro do modernismo artístico.

Pois sua chegada em 1903 coincidiu com um período de mudanças radicais na arte, pelas quais eles gradativamente foram se interessando. Os Steins estavam colecionando, e ficaram envolvidos com os pós-impressionistas, notadamente Cézanne, e depois com os fauves e o movimento que viria a se transformar no cubismo. Nesse meio tempo, Gertrude começara a traduzir uma obra naturalista do realismo tardio, os *Trois Contes* de Flaubert, que se transformaram em uma reconstituição, com ambientação norte-americana. Aparecendo com o título de *Três vidas (Three Lives)*, em 1909, suas três histórias interligadas, "A boa Anna", "Melanctha" e "A suave Lena" são retratos psicológicos de três jovens empregadas domésticas em Bridgepoint, que se supõe ser Baltimore. O livro faz uso de alguns dos pressupostos naturalistas de Flaubert, porém busca expressar a autoconscientização das moças, ao invés de contar suas histórias, a fim de criar estudos complexos de pessoas simples. Na que é de modo geral considerada a história mais interessante, a da mulata

Melanctha, Stein se concentra nos ritmos da relação pensamento-fala da moça, e sua modulação característica: o fraseado solto e a repetição são enfatizados; particípios presentes e verbos substantivados dominam a narrativa, criando ritmo e rima; e a textura já se torna tipicamente steiniana. "Às vezes quando eles tinham sido fortes em seu amorar, e Jeff teria dentro dele algum sentimento estranho, e Melanctha o sentia nele como se ele estivesse quase gozando, ela se perdia nesse mau sentimento que fazia sua cabeça agir como se ela jamais soubesse o que era que eles estavam fazendo".*

Isso é naturalismo já em processo de decomposição; causalidade e desenho diminuem, a autoconsciência domina, e o objetivo é um estudo semicientífico dos ritmos da mente. Como explicou Stein em conferências e ensaios posteriores ("Composição como Explicação", "Retratos e Repetição", "Poesia e Gramática"), o método representava uma brecha no sentido de um modo moderno de composição. Seu tempo presente pós-causal, sincrônico, ela veio a chamar de "o presente sincrônico", explicando que "havia uma recorrência e um começo contínuos, havia um direcionamento marcante na direção de ser do presente embora naturalmente eu tivesse sido acostumada ao passado presente e futuro e por que, porque a composição em torno de mim era um presente prolongado". A repetição ou recorrência era sem memória e baseada em uma nova gramática na qual, como na pintura, o substantivo ou objeto realista é esvaziado ("Um substantivo** é o nome de qualquer coisa, daí por que, depois que uma coisa já recebeu nome, escrever-se a respeito dela"), as formas verbais e adverbiais predominam. Era um método de abstração, pós-naturalista, pós-impressionista, que caminhava no sentido de Flaubert e Cézanne. E do mesmo modo que Cézanne estava engajado em criar e descriar suas pinturas, a fim de que elas transmitissem a energia interior do assunto e também a arte perceptiva de sua criação, assim na prosa Gertrude Stein caminhou no sentido de uma versão verbal do estranhamento e da abstração.

Tais foram os métodos que Stein tentou levar mais avante, em dimensões de romance, em seu próximo projeto significativo, *The Making of Americans (A formação dos americanos)*, uma obra escrita em grande parte durante os anos-chaves do cubismo, 1906-8, embora não tenha sido publicada antes da década de 1920, só vindo a ter edição integral na década de 1950. *The Making of Americans: The Hersland Family* (1925) funde dois empreendimentos interligados: a composição de um romance

* Tradução o mais literal possível da construção peculiar da frase. (N.T.)

** Sendo "noun" substantivo em inglês, há um jogo com "name", nome, que necessariamente é perdido em português. (N.T.)

cubista e a composição de um romance a respeito de norte-americanos, um Grande Romance Americano que deveria ser a epopéia da sensibilidade de uma nação. Stein via os norte-americanos como cubistas naturais - isto é, como produtos da nova composição, recentemente posicionada na história e no tempo. Donde o título ser duplamente adequado: trata-se de um livro sobre a formação de uma nação por intermédio da imigração, da colonização ("A gente antiga em um mundo novo, a nova gente feita da velha, eis a história que tenho a intenção de contar") e o problema ficcional ou composicional de criar a história destes com palavras e tropos. A tarefa básica - a de criar um épico nacional de fundação, que cobre três gerações de uma família germano-americana, os Herslands (a implicação do nome é clara; e eles são baseados nos Steins) - é familiar, porém o modo de composição é novo. Trata-se de um relato menos de personagens individuais ou eventos específicos do que de repetições e variações, uma implícita história atemporal da humanidade, destilada através de norte-americanos porque eles são especialmente dotados do sentido "do espaço de um tempo que é preenchido com movimento". E "o espaço de um tempo" é exatamente o tema do romance, bem como a natureza de sua forma: operando menos como narrativa do que como uma disposição espacial de palavras, ele é na verdade um paralelo do cubismo.

Jamais desprovida de autoconfiança (certa vez ela observou que havia três gênios no século XX, Picasso, Whitehead e ela mesma) Gertrude Stein explicava facilmente a importância do projeto: "Uma coisa que todos sabem é que em nenhum dos três romances escritos nesta geração que são as coisas importantes escritas nesta geração existe uma história. Ela não existe em Proust, em *The Making of Americans*, ou em *Ulysses*". A comparação é justificada; *A la recherche du temps perdu*, *Ulysses* e o romance dela são todos clássicos da Revolução da Palavra, tentativas de se construir um novo contínuo da experiência baseado na consciência. Porém onde Proust se serve da memória involuntária e Joyce de mitos e arquétipos, Stein, achando que a memória é excessivamente ligada à causalidade e à cronicidade, e que o mito não é suficientemente subjetivo, enfatiza o próprio ritmo da composição. Os três livros põem à mostra a necessidade da violação da velha lógica narrativa; Joyce encontra um elemento de crise histórica em tal exigência, e Proust um sentido de perda, mas para Stein a questão é de alegria experimental. A repetição da prosa reside no âmago de seu método, como ressaltou ela no ensaio que escreveu em apoio ao livro, "Como se fez *The Making of Americans*" (1935). Nele ela sublinhava a relação do livro com seu trabalho em Harvard, onde estudara os tropos fundamentais de repetição da fala ("Eu tinha a certeza de que em uma espécie de modo o enigma do universo poderia ser resolvido por esse caminho"). Era um modo de alcançar a "natureza mais básica" da humanidade, já que os ritmos da língua mimetizam as estruturas profundas do consciente, o modo pelo qual cada indivíduo mostra aspectos de todos os outros. E assim um romance pode ir de cada um para todos, por intermédio de "toda espécie de repetição que existe neles". Tal método, no entanto, levantava problemas de concentração; o livro contém centenas de páginas de sistemas de repetição, o que o transforma em uma dessas obras que é melhor ter lido do que ler. Isso desafiava a relevância da própria forma do romance para a tarefa moderna, como em verdade agora afirmava Stein: "Eu tinha de descobrir dentro de todo mundo o que havia neles que fosse intrinsecamente estimulante e tinha de descobri-lo não pelo que diziam ou pelo que faziam não por meio do quanto ou quão pouco eles se pareciam com qualquer outro mas eu tinha de descobri-lo pela intensidade do movimento que estava dentro deles".

The Making of Americans é uma obra crucial de inovação norte-americana, um romance modernista de alto nível que estamos agora começando a compreender melhor; porém é importante que a fim de encontrar essa "intensidade" Gertrude Stein tenha sentido a necessidade de se afastar do romance, forma que encorajava o "relembrar" e a narrativa. Ela passou então a buscar o conto, a peça curta que pudesse oferecer o equivalente verbal da concentração e instantaneidade de uma pintura: a colagem, a pintura cubista da figura humana ou da natureza morta. A partir de 1908 sua obra deve ser compreendida como pintura em prosa. Muitas das pinturas são retratos, "retratos de qualquer um e qualquer coisa... Isso é que me levou a transformar qualquer coisa em uma determinada coisa por meio da composição". Tinham como tema colegas artistas, como Picasso e Matisse, escritores como Apollinaire, assim como patronos e amigos. A partir de 1911 ela se voltou mais para a natureza morta e a colagem, como no caso de seu livro seguinte, *Tender Buttons (Botões tenros)* (1914) onde a narrativa cede lugar à colagem verbal. Misturando concentração cubista com a ênfase associativa expressionista, as peças começam nomeando um objeto ou um assunto, que vão de rimas ou trocadilhos até conexões muito pessoais. Sentimentos de sinestesia são explorados; a dureza suaviza-se, ou o suave se enrijece, como no próprio título do livro. Este marca um ponto alto da importância de Gertrude Stein como inovadora; e também estabeleceu sua influência nos Estados Unidos.

Porém depois disso sua própria obra parece começar a amolecer, a caminho da indulgência da *Autobiografia de Alice B. Toklas* (1933), espirituoso e fascinante, porém uma obra de veneração a Gertrude Stein escrita, é claro, por Gertrude Stein. A essa altura, o lugar de Stein na experiência moderna já fora aceito por muitos escritores norte-americanos mais jovens, expatriados e vanguardistas, para os quais ela se tornou guru e árbitro durante os anos 20. Ela se tornou uma tradutora crucial das experiências da pintura para a ficção, e das experiências européias para a

América do Norte - o lugar que ela considerava como o habitat natural do experimentalismo. Sua obra foi na realidade uma amálgama de formas influenciadas pela Europa com experiências norte-americanas; e ela percebeu muito corretamente que o pensamento de William James e os textos de Henry James já apontavam nessa direção. Sua própria obra é muitas vezes lida como a própria antítese do naturalismo; em vez disso o que ela mostra é que havia muito mais ligações entre o naturalismo e o modernismo do que por vezes se supõe. Mas, como Ezra Pound na poesia, Gertrude Stein marca um estágio essencial da modernização da ficção norte-americana. E se o melhor trabalho das duas gerações cruciais de romancistas que se seguiram apresenta um adelgaçamento da superfície naturalista, um questionamento de muitas das premissas tradicionais da narrativa, uma economia alterada de trabalho e postura, um comprometimento mais enfático com a exploração dos processos de escrever, acima de tudo um sentimento do mundo - e especialmente do mundo norte-americano - como uma "nova composição", então tudo isso deve muita coisa a Gertrude Stein.

3. *Artistas e filisteus: 1912-1920*

... nossos artistas têm sido de dois tipos extremos: os que conquistaram uma pureza de expressão quase inacreditável através da própria violência de seu auto-isolamento, e aqueles que, mergulhando no turbilhão americano, submergiram nele, perderam completamente suas visões e produziram uma crônica grosseira e um culto cego do Fato Americano.

Waldo Frank, "Emerging Greatness" (1916)

Nossa primeira informação forte é a do alvoroço e do clima esperançoso que saturaram os anos entre 1911-1916... Por toda parte novas instituições estavam sendo fundadas - revistas, clubes, teatros amadores, arte ou amor livre ou campanhas de imposto único, escolas experimentais, galerias de arte. Por toda parte havia uma sensação de companheirismo secreto e de imensos potenciais de mudança.

Malcolm Cowley, *Exile's Return* (1934)

I

Em 1913 os norte-americanos foram perturbados e afetados por uma exposição muito diversa, em espécie e espírito, daquelas grandiosas exposições de modernas maravilhas tecnológicas e culturais que tanto haviam inquietado o espírito de Henry Adams. Nesse ano, sob a égide da Associação de Pintores e Escultores Americanos, uma memorável exposição de pintura foi apresentada em Nova York, viajando depois para Chicago e Boston. O Armory Show colocou os americanos, pela primeira vez, cara a cara com os movimentos experimentais de pintura que vinham sendo desenvolvidos na Europa na primeira década do século, desde o impressionismo: movimentos como fauvismo, cubismo e expressionismo, artistas como Van Gogh, Cézanne, Picasso, Brancusi, Duchamp. Eles eram apresentados ao lado de uma outra tradição do moderno, a obra dos pintores americanos da naturalista Ashcan school.* As duas vertentes de

* Escola da lata de lixo. (N.T.)

arte moderna pareciam estar em conflito: o novo naturalismo, forte na América do Norte, era factual, expositivo, socialmente consciente; o novo pós-impressionismo da Europa representava um desafio ao realismo, um vitalismo anárquico, uma imagem do moderno como alteração de visão, um esfacelamento da forma. Como aconteceu com sua correspondente londrina, a exposição organizada por Roger Fry na Galeria Grafton em 1910, boa parte da reação à exposição no Armory foi irreverente e primária: estudantes de arte em Chicago queimaram uma cópia do *Nu Azul* de Matisse; o *Nu Descendo uma Escada* de Marcel Duchamp motivou paródias generalizadas. Entre os 30.000 americanos que viram a exposição "sensacional" houve os que estavam dispostos a afirmar que o naturalismo era o ímpeto verdadeiro do norte-americano, em sintonia com os nascentes princípios progressistas da nação; já outros sentiam que as formas européias eram uma expressão autêntica da experiência contemporânea, relevante para as complexidades e possibilidades da vida norte-americana.

O Armory Show apareceu em importante momento de decisão de uma América do Norte empolgada pelo progressivismo e o radicalismo - que acabara de poder escolher entre três candidatos à presidência cujas plataformas eram diferentes versões da visão progressista; quando Woodrow Wilson foi eleito, em 1912, o candidato socialista, Eugene V. Debs, espantosamente recebeu um milhão de votos. O novo espectro radical que emergia ia desde novas e confiantes versões do impulso progressista até o novo radicalismo de esquerda, expressado por Big Bill Heywood, John Reed e a anarquista Emma Goldman; ele se espraiava igualmente pelos novos movimentos artísticos experimentais, fundindo-se com os grupos políticos em torno do desejo comum de uma emoção radical. Tal espírito era alimentado por uma geração em consciente trânsito de uma América do Norte antiga para outra, nova, passando da cidadezinha para a cidade grande, das antigas limitações "puritanas" para a nova liberação emocional e social. Crescia a boemia, novos grupos políticos e artísticos apareciam por toda parte, pequenas revistas floresciam. Em 1911, uma revista politicamente radical *The Masses* (mais tarde *The Liberator*, suprimida por seu pacifismo depois dos Estados Unidos entrarem na Grande Guerra), mistura de socialismo, anarquismo e feminismo, começou a ser editada no bairro de Greenwich Village, em Nova York, seguida de perto por *The New Republic*, órgão do liberalismo europeu, que se apresentava como a consciência de Wilson durante a guerra. Em 1912 a vanguarda literária atingiu Chicago com uma das primeiras entre as novas "revistinhas," *Poetry* (*Chicago*), logo seguida por *The Little Review*. Muitos dos novos sentimentos e mudanças vinham da década de 1890; eles refletiam, porém, uma época que via à sua volta uma nova paisagem, tanto rural quanto urbana, uma nova ruptura com o passado, e uma nova fome de expressão e ação radicais.

Em *A Preface to Politics* (*Prefàcio à política*) (1914), Walter Lippman procurou definir esse novo clima, em que "o alvo da ação, em última análise, é estético e não moral - uma qualidade de sentimento ao invés de uma conformidade com as regras". O progressivismo mais antigo se alimentara intelectualmente do positivismo e do naturalismo científicos, porém agora um novo espírito de pensamento, dando ênfase à intuição, ao sentimento, à força da vida e à evolução criativa ficava bastante evidente nas idéias de Bergson, Sorel, Freud, Nietzsche, Wells e Shaw. Em 1909 Freud deu conferências nos EUA, e suas idéias sobre o inconsciente, forças recalcadas e revolução sexual espalharam-se até alcançar a imprensa popular (Mabel Dodge publicou um relato seriado sobre sua própria psicanálise na cadeia Hearst de jornais); as idéias românticas de Bergson sobre a evolução e a intuição criativas adquiriram influência, afirmando a revista liberal *The Nation* que sua aceitação era "a expressão de uma revolta contra o lúgubre determinismo materialista dos últimos anos do século passado". Um novo romantismo parecia, assim, estar subjacente ao movimento moderno, embora muitos o criticassem - o expatriado T.S. Eliot, que buscava um novo "classicismo", o "Novo Humanista" Irving Babbitt, que o interpretava como uma força "aliada a tudo o que é violento e extremado na vida contemporânea, desde o sindicalismo até a pintura futurista". Na realidade as novas tendências buscavam sua revolta não só na política mas também na arte e no próprio consciente, produzindo uma aliança entre o radicalismo político e a vanguarda artística. E quando o radicalismo progressista foi se desiludindo pela entrada na guerra mundial, por dúvidas em relação à revolução bolchevista de 1917, pelas conversações de paz de Versalhes em 1919, e quando os Estados Unidos da década de 1920 voltaram-se para um novo comercialismo e conservadorismo social desatinados, foi nas artes, mais do que na política, que o desafio radical veio a ser expressado. O progressivismo enfraqueceu-se, mas a vanguarda experimental ampliou-se, gerando uma arte modernista que também desafiava o materialismo da época, o retorno nostálgico aos valores norte-americanos e a revivescência do puritanismo.

A mensagem do vitalismo, da abstração e do modernismo não ficou perdida, portanto, para a geração de 1913. "Olhando agora em retrospecto", escreveu Mabel Dodge (Luhan) em sua autobiografia *Movers and Shakers* (*Mexedores e sacudidores**) (4 vols., 1933-7), "parece que em todo lugar, naquele ano de 1913, barreiras caíam e pessoas buscavam

* O equivalente de "locomotivas sociais". (N.T.)

outras pessoas nas quais jamais haviam tocado antes; havia toda espécie nova de meios do indivíduo se comunicar, bem como novos meios de comunicação. O novo espírito estava no ar e nos arrebanhava a todos." Além do mais, a nova penetração européia, representada pelo Armory Show, foi ajudada pelo fato de vários norte-americanos já estarem envolvidos com ela – expatriados como Ezra Pound e Gertrude Stein, que agora passavam a ser mediadores cruciais. Quando Harriet Monroe lançou *Poetry* (*Chicago*), seu "correspondende estrangeiro" era Ezra Pound, que foi o introdutor não só de poetas americanos expatriados como T.S. Eliot, "H.D." e Robert Frost, mas também das mais recentes tendências francesas. De fato, *Poetry* tornou-se uma revista conflituada, entre o modernismo cosmopolita e o "imagismo" de Pound, e o progressivismo norte-americano de Harriet Monroe, que promoveu a presença de muitos e significativos poetas novos do Meio Oeste, como Carl Sandburg e Vachel Lindsay. Era uma versão da mesma contenda aparente no Armory Show, onde Matisse e Duchamp apareciam ao lado dos naturalistas nativos. "O sr. Lindsay não foi à França para escrever *The Congo* ou *General William Booth Enters Into Heaven* (*O general William Booth entra no céu*)...", escreveu Harriet Monroe em um ataque contra Pound. "Ele está se revelando em relação à experiência direta, e não adaptando seu trabalho a uma zona crepuscular que lhe é inteiramente alheia, como o é, de modo geral, ao temperamento da nação." No entanto, verificamos que as lições do modernismo foram adaptadas, e com surpreendente rapidez. Amy Lowell em breve estava cruzando o Atlântico para arrancar o movimento poético imagista das mãos de Pound, e trazê-lo de volta para os Estados Unidos; Gertrude Stein passou a ser vista e estimada como a ala literária e norte-americana do Armory Show. Ou como disse Mabel Dodge, que tendo "posado" para um dos poemas em prosa de Gertrude Stein tinha boas razões para promovê-la: "Gertrude Stein nasceu no Armory Show."

Porém a principal razão para tal adaptação foi o aparecimento nos EUA de uma nova geração de escritores que responderam bem e, em maior ou menor grau, foram influenciados pelo espírito modernista em ascensão. De início foram os poetas que mais se fizeram notar: Robert Frost, William Carlos Williams, Wallace Stevens, Marianne Moore, Edgar Lee Masters, Vachel Lindsay, Carl Sandburg. Novos grupos experimentais de teatro, como os Provincetown Players, também emergiram; Eugene O'Neill foi produto deles. A crítica social intensificou-se na obra de Randolph Bourne, H.L. Menken, Walter Lippmann e Van Wyck Brooks, que viam toda essa efervescência como "a chegada da maioridade norte-americana". A ficção foi mais lenta em sua reação e seu movimento correspondente não teve lugar senão na década de 1920, uma das mais notáveis épocas do romance americano. Porém os primeiros sinais já podiam ser vistos, acima de tudo na obra de dois precursores notáveis, Sinclair Lewis e Sherwood Anderson, escritores que, como muitos dessa nova onda, vinham do Meio Oeste e preservavam forte dose de sentimentos nativos, porém mesmo assim expressavam um espírito de revolta e de mudanças formais que se espraiaria por todo o romance dos anos 20.

II

Sherwood Anderson viria na verdade a tornar-se a corporificação ideal das mudanças de 1913, pois ele dramatizou sua revolta contra o comércio em termos literários de modo a fazê-los coincidir quase que exatamente com ela. Nascido em 1876 (e sendo portanto da mesma geração de Crane, Norris, Dreiser e Gertrude Stein), ele começou a escrever tardiamente, depois de trabalhar como operário, soldado, trabalhador rural e vendedor de tintas, antes de - como gostava de explicar - abandonar, no ano-chave de 1912, mulher, família e a fábrica de tinta da qual então já era dono em Elyria, Ohio, a fim de ir para Chicago e entrar para seu emergente mundo de arte e boemia. Anderson exagerava a história: ele já estava escrevendo antes da ruptura, e essa ruptura foi antes uma desagregação, o casamento ainda durou por algum tempo, e ele continuou trabalhando em publicidade em Chicago. Porém em sua versão a narrativa continha uma verdade simbólica; Anderson estava interpretando a mudança do período, das limitações da vida do campo para a boemia urbana, do comercialismo puritano para a criatividade sem repressões, dos valores materiais para os orgânicos. A arte era protesto, protesto esse que se tornou motivo essencial de sua ficção, toda ela imbuída de seu anseio pela libertação psíquica. O doloroso trajeto pessoal no sentido da descoberta do espírito, envolvendo uma crescente conscientização de possibilidades e uma reação contra as limitações materiais que as cerceavam por todo lado, viria a ser sua temática central. Seus primeiros romances tentaram realizá-la por intermédio de métodos e percepções muito próximos dos do naturalismo. *Windy McPherson's Son* (*O filho de Windy McPherson*) (1916) recria sua própria libertação da servidão comercial e se transforma em ataque contra o vazio cultural de uma América do Norte mecânica que gera a frustração do protagonista, bem como contra a psicologia de desejos deformados que o forma. *Marching Men* (*Homens em marcha*) (1917) narra a história oposta, de um homem que sobe a escada do sucesso na conquista de um avanço material destituído de significação; a obra aspira a uma solução política, ao procurar uma resposta no desejo coletivo e nas energias do proletariado. Porém nem os métodos naturalistas, nem as soluções políticas pareciam servir realmente; a preocupação de Anderson era na verdade a da renovação subjetiva e solitária, o que pressionou sua obra para além do naturalismo, fazendo-o adotar novas formas. Waldo Frank, amigo de Anderson em Chicago e também ele romancista, percebeu a questão; ao resenhar *Marching Men* em artigo intitulado "Grandeza emergente" ele já sentia que o livro transportava o "movimento elementar" do naturalismo factual para adiante, no sentido de "forma e direção, a força que o faz alçar vôo".

A fome de Anderson por novas formas era de fato evidente. Ele havia lido as *Três vidas* de Stein e, depois de debicar da obra a princípio, veio a sentir que ela continha "parte do melhor trabalho já feito por um norte-americano". E a seguir, depois do Armory Show, ele examinou *Tender Buttons* e encontrou nele um despojamento de composição e um sentido de prioridade da forma em relação ao conteúdo que lhe pareceu vital, "para o artista a quem acontece trabalhar com as palavras como matéria-prima". Conseqüentemente, "eu me tornei um pouquinho consciente, onde antes fora inconsciente", e a crescente necessidade de destilar uma resposta estética, de fazer do escrever uma indagação formal, começou a reformular sua obra. Enquanto publicava seus primeiros romances, ele trabalhava em vários contos que tinham ambientação comum, uma pequena cidade em Ohio semelhante àquela da qual ele próprio viera. Passou então a interligá-los, à maneira do grande ciclo de contos modernistas daqueles anos, *Dubliners* (*Dublinenses*), de Joyce (1914). Como Joyce, Anderson estava interessado em pressionar sua matéria-prima naturalista no sentido da revelação, da epifania - a cristalização da experiência, a revelação da forma. As 26 histórias de *Winesburg, Ohio* (1919) são um ciclo não só porque em conjunto suas personagens foram a vida de uma pequena cidade do Meio Oeste, e nem mesmo porque elas compartilham da mesma solidão moderna. O elo fundamental é artístico: os episódios exploram duas espécies de criatividade que levam à experiência e à revelação, a das personagens que ficam no centro de cada conto em separado, e a do próprio autor, que busca libertar-se formalmente de seu ato de escrever. Como *Dubliners*, *Winesburg* pode ser lido como obra naturalista, como relato de vários indivíduos aprisionados pelo confinamento social e pela paralisia, a estreiteza da experiência humana, e as cargas e culpas puritanas da vida norte-americana das pequenas cidades. Desse modo, no conto "Godliness" ("Santidade") Jesse Bentley, impelido pelo zelo religioso puritano a aumentar a produtividade de sua terra, transforma-se em uma figura amarga e egoísta, produto da "época mais materialista da história do mundo", e descobre que seu próprio anseio nostálgico pelo individualismo está curiosamente mesclado a um novo comercialismo grosseiro. Jesse se torna deformado pelas forças que atuam dentro e pelas que o rodeiam, vai ficando cada vez mais limitado com as mudanças da história; isso expressa o tema essencial de Anderson no volume todo, que trata dos meios pelos quais as limitações externas e internas da liberdade produzem distorções psíquicas, cerceamento da criatividade humana, a prisão a uma única verdade estreita.

Desse modo, os personagens de Anderson, de modos diversos, transformam-se no que ele gostava de chamar de "grotescos"; na verdade o título original dado à coletânea fora *The Book of the Grotesque* (*O livro do grotesco*). Ele mantém esse título para o primeiro conto, prefacial, que é um pequeno credo do livro e retrata um escritor como ele mesmo que reconhece que os indivíduos se tornam grotescos quando tomam uma verdade entre muitas, apossam-se dela, "tentam viver... a vida de acordo com ela". De fato, o uso que Anderson faz do texto é surpreendente, porque ele queria significar duas coisas por meio dele. Por um lado, o grotesco era o seu assunto; como seu amigo Edgar Lee Masters, cujo ciclo de poemas *Spoon River Anthology* (*Antologia do rio Spoon*) (1916) também o influenciou, Anderson desejava retratar uma galeria de figuras de uma pequena cidade, prejudicadas, apanhadas em momentos de deformação e solidão, expondo as condições de sua deformação, os momentos de suas autodescobertas. Mas ele queria também fazer do grotesco o seu *método*, uma técnica moderna de escrita, pois como ele disse, "em *Winesburg* criei minha própria forma". O grotesco foi seu meio modernista de retratar um mundo alienado com o objetivo de filtrar-lhe a natureza, concentrando-se nas formas através das quais a distorção poderia revelar uma criatividade subjacente. Os contos são experiências modernas que evitam os enredos tradicionais bem como os métodos de causalidade auto-evidentes. Anderson declarou que "nunca houve uma história com enredo em qualquer vida de que eu tenha conhecimento"; dizendo que seu objetivo era dar a sensação de "uma história captada inteira, do mesmo modo que se colhe uma maçã em um pomar", que ele estava buscando "uma nova soltura", para mostrar "vidas passando uma pela outra, cabendo porém ao todo a missão de deixar uma impressão definitiva". Um modo essencial de apreender o modernismo é vê-lo como uma arte que insiste em sua estrutura interior, na presença ativa do veículo usado, na colocação em "linha de frente" da atividade artística, de modo que a configuração da forma do conto a transformasse em parte de sua história. Era assim que o trabalho de Anderson se desenvolvia agora, na tentativa de tornar o intuitivo, o não dito, o inconsciente, enquanto searas essenciais da experiência, manifestos não só *dentro* da história, como também no *fazer* da história.

Os contos de Anderson eram, portanto, tanto psicológicos quanto estéticos - uma das razões pelas quais eles são tão facilmente abertos a leituras freudianas. Anderson afirmava só conhecer Freud em segunda mão, porém ele escreveu em uma época na qual o freudismo estava sendo amplamente assimilado pelos EUA. As histórias de *Winesburg* sem dúvida têm intenso conteúdo psicológico, séria preocupação com a repressão sexual e com a íntima relação entre sexualidade e criatividade; mas igualmente elas se preocupam com as possibilidades da recuperação criativa e, acima de tudo, com o ato criativo dos próprios contos. Daí, em "Hands" ("Mãos") a nervosa movimentação das mãos de Wing Biddlebaum pode ser indicativa de seu homossexualismo reprimido, mas é também imagem de uma fome de expressão e de clamor por elucidação artística. A inquieta atividade dessas mãos, "como o bater de asas de um pássaro aprisionado, haviam lhe dado seu nome [Wing/Asa]. Algum obscuro poeta da cidade teve tal idéia..." O "obscuro poeta" está ligado à tarefa da descoberta de "muitas qualidades estranhas e belas em homens obscuros"; esse movimento aprisionado exige elaboradas táticas de substituição artística. Outros poetas e escritores em potencial aparecem aqui, e muito particularmente o jovem repórter George Willard, um clássico retrato de época do artista quando jovem. É ele que conseguirá realizar a viagem, para o sucesso ou o fracasso; ele é transformado no confidente parcial mas não completo dos cidadãos silenciosos e presos, cujos desejos só podem ser expressados obliquamente, sem palavras, pelos cantos, no escuro, criando os primeiros estágios das imagens adequadas que podem, então, vir a ser transfiguradas, não por Willard mas, para além dele, pelo autor, em forma oblíqua e reveladora. Wing é, portanto, um cidadão típico de uma cidade que vive de criatividade meio oculta; ele é uma das muitas "maçãs tortas" que transmitem mensagens incompletas de carência, mensagens tais como as notas amarrotadas ou "pílulas de papel" de Doc Reefy. E, ávidos por um artista que fale por eles, esses personagens clamam, implicitamente, por uma arte de um novo tipo que possa manifestar, significar de forma nova, sua expressão incompleta.

É a sensação de profundezas inexpressadas por baixo de sua superfície que unifica *Winesburg* e indica a natureza de sua proposta. Suas personagens são repositórios do não-narrado, presos em sofrimento voyeurístico; porém a fala direta não pode revelar a verdade, já que as verdades são por demais numerosas. Por isso mesmo Ray Pearson, casado com uma mulher insuportável em "The Untold Lie" ("A mentira que não foi contada") tenta expressar sua verdade aconselhando a um amigo que não se case, mas acaba aceitando o valor do silêncio: " 'Dá tudo no mesmo. Dissesse o que dissesse a ele, ia ser mentira', diz ele suavemente, e então sua própria figura desaparece na escuridão dos campos". Como sua própria forma, a fala é ilusória, e uma asserção não serve para dar o significado de uma asserção ou de uma história. Donde Anderson ter a necessidade de encontrar uma forma simbólica que, com constrangimento, questiona a capacidade da linguagem e da arte para tentar alcançar a revelação. A realização completa pode não chegar na própria vida, e George Willard não pode consertar a vida dos outros ou sequer ajudar muito a si mesmo;

porém é possível que ela chegue na arte, na coerência artística. Assim como Ray Pearson, no final de "Hands" Wing Biddlebaum afunda-se na escuridão. Ele passa agora a ser a vítima da cidade, porém para além da sua vida mutilada permanece a força transcendente da imagem que dominou sua história. E o conto termina como começou, com as mãos de Wing que "brilhando ou sumindo, segundo a luz, poderiam ser confundidas com os dedos de um devoto deslizando rapidamente por década após década de seu rosário". O enredo social cerceia; o enredo verbal, sempre muito presente nesses contos sem história, revela. George Willard, o artista em potencial, o único personagem com capacidade para sair do mundinho limitado de Winesburg para seguir seus "sonhos", aponta um caminho; porém até ele permanece dentro dos relatos, e sua compreensão jamais deixa de ser limitada. Ele liga as várias histórias por existir nelas, porém só a obra em si, tornada coerente por sua própria existência poética, é que pode atingir uma inteireza atemporal.

Winesburg foi o único triunfo incontestável de Anderson, embora notáveis volumes de contos - *The Triumph of the Egg* (*O triunfo do ovo*) (1922), *Horses and Men* (*Cavalos e homens*) (1923) e *Death in the Woods* (*Morte na floresta*) (1933) - se tenham seguido a ele. Seu objetivo de levar para o romance os métodos modernistas que ele desenvolvera nas formas breves de ficção, explorando "a nova vida norte-americana,... o redemoinho e o rugido das máquinas modernas", teve sucesso um tanto menor. Seus romances da década de 1920 são um ataque à qualidade mortífera da vida material norte-americana, um ataque ao comercialismo e ao industrialismo modernos que estavam corroendo os centros orgânicos da vida norte-americana e gerando a aridez sexual; porém no romance Anderson lutou muito para relacionar questões sociais com redenções estéticas. *Poor White* (*Pobre branco*) (1920) é uma vigorosa narrativa sobre um rapaz branco do vale do Mississipi, Hugh McVey, que é atraído para fora de seu mundo twainiano por uma mulher da Nova Inglaterra que o orienta para a postura industriosa dos puritanos. Mudando-se para Ohio, ele inventa máquinas que substituem o labor sofrido, para descobrir depois que elas também destruíram a criatividade, com homens e máquinas tornando-se ambos grotescos. A fábula é explícita: "Estava na hora da arte e a beleza despertarem na terra", escreve Anderson; "Ao invés, quem despertou foi o gigante, a Indústria". O que está faltando pode, ao que parece, ser substituído apenas pelo sentido estético, ou pelo estilo e técnica poéticos. Sua obra caminhou no sentido da retórica experimental, e seus dois romances seguintes - *Many Marriages* (*Muitos casamentos*) (1923), sobre a aridez sexual moderna, e *Dark Laughter* (*Riso sombrio*) (1925), sobre a paralisia da mente industrial branca, solapada pelo riso sombrio dos empregados negros - são comparáveis a obras "poéticas" de vanguarda como *The Enormous Room* (*O cômodo enorme*) (1922) de

E.E. Cummings, ou *The Great American Novel* (*O grande romance americano*) (1923) de William Carlos Williams, com seu grito de "Rompam a palavra... Se eu faço uma palavra, eu me transformo em uma palavra". Ambos os livros de Anderson tratam do tema da época, da mente separada do corpo, o pensamento racional do fluxo vital, bem como do vazio e da esterilidade contemporâneos, por meio de métodos de impressão, monólogo, fluxo poético rítmico. "Há uma idéia para um novo tipo de romance boiando em mim, algo mais solto, mais real, verdadeiro" diz ele sobre *Many Marriages*, "e eu quero ir atrás dela". Em *Dark Laughter* a dívida para com Joyce, Stein e o texto experimental é explícita. Mas no entanto o discurso lírico de Anderson parece nunca chegar a ser mais do que discurso; para a geração seguinte de escritores experimentais, ele seria um precursor importante, mas jamais um sucesso.

A essa altura ele já se havia mudado para a boemia de Nova Orleans, tendo conhecido e ajudado William Faulkner, cujas primeiras obras são influenciadas por ele, mas que também via o problema: "Ele trabalhava tanto nisso [exatidão], que afinal tudo acabava apenas como estilo", disse Faulkner; "um fim, ao invés de um meio; de modo que em pouco tempo ele passou a acreditar que desde que ele mantivesse o estilo puro, intato, imutável e inviolado, o que o estilo contivesse teria de ser de primeira ordem". Faulkner o parodiou rapidamente, mas Hemingway - a quem ele também ajudou - o fez longamente em *As torrentes da primavera* (*The Torrents of Spring*) (1926). As dúvidas eram compreensíveis, porém o papel de Anderson no desbravamento da ficção dos anos 20 no sentido das possibilidades modernistas foi crucial. Como disse Waldo Frank, ele fora o guia para fora da devoção naturalista "ao culto do fato norte-americano" e trouxe o reconhecimento de que as obras de arte são objetos estéticos de valor e valores próprios. Faulkner, que tanto o elogiou quanto parodiou, recebeu ajuda no sentido de seu próprio conceito de regionalismo, de seu próprio desafio ao industrialismo, seu próprio sentido de um riso escuro; Hemingway zombou, mas o retrato do jovem artista à deriva no mundo das dores dos outros, que começa com George Willard irá transformar-se, em seu Nick Adams, em figura empurrada para novos níveis de pressão, quando a morte se torna um lugar-comum e a paisagem perde toda sua capacidade tranqüilizadora. Stein o elogiou: "Na verdade, a não ser Sherwood, não havia ninguém nos Estados Unidos capaz de escrever uma frase clara e apaixonada, disse ela. Para Anderson, a arte era a antítese do puritanismo, e o puritanismo era cada vez mais o modo norte-americano de ser e pensar. E se muitos escritores da geração seguinte descobriram o espaço entre o estilo e a vida, ou entre o presente boêmio e o passado organicamente arraigado, espaço esse que teriam de atravessar, foi em grande parte sob a tutela de Anderson que eles identificaram tais divisões e composições.

III

Sherwood Anderson e Sinclair Lewis são muitas vezes comparados, e não é difícil ver por quê: não só os dois compartilhavam origens populistas semelhantes, do Meio Oeste, mas também o tema principal de ambos foi a vida da pequena cidade, seu poder na cultura norte-americana e a revolta dos anos 20 contra tudo isso - revolta que conduziu a ambos a cidade grande e a idéia da transcedência da arte. Ambos se desenvolveram para além do naturalismo, porém em direções bastante diversas: a busca primordial de Anderson foi no sentido da forma; Lewis permaneceu sempre atraído pelo culto do fato norte-americano, embora transformando o naturalismo em mecanismo de sátira. Nascido em 1885, em Sauk Centre, Minnesota (que se transformaria em "Gopher Prairie"* em *Rua principal*, o livro que fez sua fama, Lewis abandonou seus antecedentes de cidade pequena em favor de uma educação na Costa Leste, a princípio no Oberlin College, depois em Yale. No Leste ele foi socialmente infeliz mas rompeu com sua formação religiosa fundamentalista para tornar-se um socialista ateu. Daí passou a freqüentar os círculos progressistas de antes da guerra, trabalhando com Upton Sinclair em seu projeto de assentamento de Helicon Hall e depois em uma experiência comunitária na Califórnia, por meio da qual veio a conhecer Jack London e começou a vender-lhe enredos. De volta a Nova York, em 1910 Lewis passou para a periferia dos círculos radicais, conheceu Emma Goldman, leu Shaw e Wells, passando de escritor de encomendas a aspirações literárias maiores. H.G. Wells é uma óbvia influência em seus primeiros romances - como *Our Mr. Wrenn* (*Nosso Mr. Wrenn*) (1914), que trata do tema mais preocupante da época, o do homenzinho comum apanhado na armadilha das rotinas embotadoras mas ansiando por aventuras libertadoras e terras de romance para além da realidade. Mas foi quando a guerra acabou e os Estados Unidos afastaram-se do progressivismo para abraçar o comercialismo e a "normalidade" que Lewis descobriu o tema que faria dele um grande escritor.

Tal tema, como para Anderson, era a cidade pequena e o Meio Oeste que deixara para trás; para Lewis, ele foi uma possante expressão do clima predominante de ruralismo, isolacionismo e nostalgia nacional, da inconfortável política do espantalho do comunismo, Lei Seca, do retorno da Ku Klux Klan. Ele observou uma América do Norte que "passara pela mudança revolucionária de colônia rústica a império mundial sem haver feito a menor alteração na bucólica e puritana simplicidade do Tio Sam",

* O nome significa "Pradaria dos Zômios", espécie de roedores comuns nos Estados Unidos, muito semelhantes a ratazanas. (N.T.)

e voltou seu olhar para suas próprias origens: para "Gopher Prairie", a típica cidade pequena norte-americana, cuja Rua Principal é "uma continuação das Ruas Principais em toda parte", e para "Zenith", a cidade comercial de classe média do Meio Oeste. Esse era o coração do país, onde a composição de um anúncio era considerada um ato de criação artística, e um carro Ford estacionado ao lado de uma garagem na Rua Principal representava "poesia e tragédia, amor e heroísmo". Lewis nunca chegou a saber o que seria a cultura mais elevada que ele desejava para os Estados Unidos, mas sabia que o que a impedia era o que ele veio a chamar de "vírus de aldeia", a celebração do "embotamento endeusado" da pequena cidade. Conhecia bem o material que ela produzia, e agarrou-o com uma mistura entusiasmada de amor e ódio, celebração e sátira. Seus dois livros-chaves, *Rua principal* (1920) e *Babbitt* (1922) são notavelmente exatos no tom: sátiras alentadas, até mesmo amorosas, que mesmo assim dotaram a inquietação intelectual e o desespero dos anos 20 de uma mitologia essencial. Como expressou H.L. Menken, que compartilhava do misto de radicalismo desapontado e obsessão pelas loucuras da classe que ele chamava de "bobasia" americana, são obra do "único verdadeiro anatomista da *American Kultur*".

O sucesso de Lewis nasceu de seu íntimo conhecimento do mundo a respeito do qual escrevia. Ele o populou, coletou seus detalhes, reproduziu sua ambientação material, suas instituições, sua sociologia operativa, de modo que o leitor pudesse tirar de seus livros a respeito de um estado imaginário do oeste norte-americano, Winnemac, tanto uma recriação amorosa quanto um ângulo de distanciamento crítico. A técnica é neodocumental ou sociológica: Lewis trabalha como um pesquisador ao apresentar institutos e ritos, móveis e utensílios, ideologias e hábitos sexuais. A sociologia foi de fato uma das instrumentalidades dos anos 20, um dos meios de se abarcar o profundo sentido de mudança que chegou com a década. É fascinante a comparação de *Rua principal* com o livro de Roberto e Helen Lynd, *Middletown* (1929), anatomia de uma cidade mediana e da classe média dos Estados Unidos. Lewis tinha a capacidade do sociólogo para identificar, documentar e reconhecer o peso e a função do *kitsch* norte-americano contemporâneo, para penetrar todo um processo e uma iconografia culturais, e para mostrar a Rua Principal não só como um lugar mas como um estado de espírito, Babbitt não só como um indivíduo mas como um tipo norte-americano fundamental, um exemplo de "babbittice". Ao mesmo tempo ele mantinha certa distância satírica, um tom que zomba e esvazia, embora não totalmente. Sua sátira, nunca inteiramente estabilizada, revela-o como um materialista com anseios românticos, um homem com um pé firmemente plantado no mundo que satiriza. Seus livros têm a força muitas vezes obtida por uma arte mediana, a de recriar sem interpretar inteiramente uma situação cultural fundamental.

E assim, *Rua principal* ataca "o contentamento dos mortos tranqüilos", bem como o fundamentalismo, o moralismo estreito, o comercialismo autojustificado; mas esse amortecimento fica vivo nas mãos de Lewis, como uma espécie de inocência sonhadora vinda de "uma gentinha boa, confortável, industriosa, crédula" e acima de tudo limitada, pronta a aceitar e até mesmo a ficar empolgada com a mudança fundamental que Lewis observa – a mudança do antigo mundo pioneiro para um mundo novo de negócios e comércio, de um idealismo norte-americano para um materialismo ameno e patriótico. Vemos tudo isso através dos olhos de Carole Kennicott, jovem norte-americana moderna, com "uma qualidade de liberdade suspensa", cujo casamento com o médico de Gopher Prairie amarra-a à cidade. Ela se rebela, de forma *bovarysta*, contra "o tédio endeusado", esperando ou reconduzir aquela "fátua e indecisa cidade, que trocara o 'fedor do dinheiro' por fonógrafos que vomitavam ragtime" à simplicidade, ou levá-la a entrar em contato com a cultura moderna. O romantismo de Carole em si não tem nenhuma sofisticação, e seu sentimentalismo ("Eu simplesmente amo o trabalhador comum") é baseado nas sonhadoras ilusões que de uma forma ou outra são compartilhadas por quase todos os personagens de Lewis. Fica claro que metade dele admira Carole, possivelmente mais do que qualquer leitor moderno o faria; porém ele vê bem tudo o que está à volta dela, reconhece sua condescendência, e apresenta sua derrota inevitável, já que seus desejos contêm elementos de absurdo. Ela escapa por algum tempo para a grande cidade de Washington; porém o autor a faz voltar a Gopher Prairie e cair na "inevitável tragédia rotineira da luta contra a inércia". No entanto, porém, Gopher Prairie em si já mudou, e talvez a história essencial de *Rua principal* resida na transformação da cidade, do mundo da carruagem para o do Ford e do Buick, de aldeia-mercado para o comércio moderno. O livro termina quando Gopher Prairie está tentando enfrentar os anos 20 fazendo esforços para transformar-se em um centro industrial e de instituições estatais, empregando para tanto um grande empreendedor, o sr. Blausser, homem dotado de "Mão Forte, Ânimo e Ímpeto", uma personificação da autojactância de uma nova América do Norte (a de Bruce Barton, que escreveu uma vida de Jesus como o comerciante mais bem-sucedido de todos os tempos), que escondia seu materialismo vazio por trás de uma retórica orgulhosa e otimista.

Foi essa nova América do Norte, aquela onde negócios são negócios, que levou Lewis ao avanço de seu novo livro, *Babbitt*. Sem dúvida seu melhor romance, *Babbitt* é firmemente plantado no mundo dos primeiros anos da década de 1920, em Zenith, cidade agitadamente comercial, solidamente republicana, no Meio Oeste, onde por trás do alto perfil dos edifícios de escritórios – "austeras torres de aço, cimento e calcário, sólidas como penhascos e delicadas como varetas de prata" – reina o espírito do comércio da cidade pequena e da pequena burguesia, e florescem os costumes tipicamente norte-americanos, confiante de que representam o melhor das convicções nacionais. O carinho com o qual Lewis desenha sua paisagem urbana é bom indício do tom da obra; pois há na verdade maravilhas nesse mundo que se moderniza. O que ele precisa é de um inocente maravilhado e preparado para usufruir dele; Lewis o cria admiravelmente na figura do corretor de imóveis George F. Babbitt, o Pooter de Lewis, o homenzinho que é produto e adorador da vida comercial e dos bens tecnológicos que o cercam. Babbitt é fanaticamente gregário, um indivíduo comunitário que se torna sócio de qualquer loja maçônica, igreja, associação comercial ou instituição social capaz de lhe oferecer confiança, status, divertimento ou identidade ("Nada dava a Babbitt maior purificação e publicidade do que seus labores em prol da Escola Dominical"); e tudo isso Lewis observa com satírico prazer, pois Babbitt lhe permite acesso a todos os grupos sociais e atividades comunitárias de que seu método sociológico necessita. Babbitt torna-se assim exemplar, o infantil *naïf* obcecado por bens de consumo e constrangido em sua vida familiar, que mesmo assim se vê como o típico macho norte-americano, "um Cara Bacana temente a Deus, cavador, bem-sucedido, viril, que pertence a alguma igreja enérgica e piedosa, e que pertence aos Boosters, ou ao Rotary, ou aos Kiwanis. ..." Ele adora o toque, a sensação e a substância da realidade material norte-americana. Os inventos mecânicos são "símbolos de verdade e beleza", que lhe dão "uma deleitável sensação de ser técnico e iniciado". Ele sabe que é tanto o beneficiário da prosperidade quanto o agente do comercialismo que trazia atividade e crescimento aos Estados Unidos, e enquanto essas coisas permanecessem reais para ele sua lealdade e sua fé encontrariam meios de persistir. Ao mesmo tempo, Lewis empresta-lhe a inocência infantil característica de um homem pequeno e que o empurra para a revolta. Ele descreveu seu livro como um GRA sobre um HNC - um Grande Romance Americano sobre um Homem de Negócios Cansado - e Babbit efetivamente se cansa da adoração na torre da "religião dos negócios". Ele começa a questionar timidamente as opiniões antiintelectuais, classistas e racistas que aprende nos jornais; enfurece-se contra os "negócios mecânicos", a "religião mecânica", o "golfe mecânico". Porém, mesmo que timidamente trágica, sua revolta, como a de Carole Kennicott, não leva a nada; até mesmo sua grande fuga para o passado norte-americano, mais "natural", é derrotada por um ataque de mosquitos. Derrotado tanto na guerra mecânica quanto na guerra dos sexos, ele se transforma naquela conhecida figura dos anos 20, o pequeno anti-herói, apanhado entre as convenções e os anseios inquietos.

Babbitt tem seus sentimentalismos e *longueurs*, como toda a obra de Lewis; porém alcança um notável equilíbrio entre o naturalismo e a sátira e se sustenta ainda hoje como uma versão clássica dos valores da classe média norte-americana. O romance foi um triunfo que Lewis não estava destinado a repetir. Na altura de 1930, quando recebeu o Prêmio Nobel como corporificação do espírito crítico dos anos 20, seu potencial parecia já estar em declínio. *Arrowsmith* (1925) foi uma tentativa no sentido da criação de um herói norte-americano positivo e reformador na figura de um médico idealista cercado de corrupção e incompreensão; com maior sucesso, *Elmer Gantry* (1927) retratava um charlatão evangélico com considerável força satírica; e com *Dodsworth* (1929) ele voltaria a "Zenith", mas novamente, ao tentar retratar um personagem que expressa algumas das virtudes e forças da simplicidade do Meio Oeste, o tom fica meio tímido. Sua luta romântica contra o materialismo e o provincialismo tinha perdido sua mordacidade e seus romances tornaram-se lugares-comuns resvalando para a banalidade. Para os escritores mais jovens que começavam a aparecer, era Anderson e não Lewis que representava o melhor potencial para a ficção norte-americana. O próprio Anderson definiu a diferença entre eles quando afirmou que Lewis tinha "uma espantosa capacidade de atenção para os detalhes da vida" porém nenhum instinto quanto às forças interiores que os moviam. O mundo de Lewis, sólido e cuidadosamente coletado, não era mais o mundo que os novos escritores, fascinados pelo impacto da mudança e pela guerra, percebiam; e foi o caminho de Anderson, um caminho de consciência e forma, que pareceu contar mais.

4. *Estilo de arte e estilo de vida: a década de 1920*

As incertezas de 1919 haviam terminado - parecia haver pouca dúvida quanto ao que iria acontecer - os Estados Unidos estavam partindo para a maior e mais escandalosa esbórnia da história e haveria muito o que se contar a respeito. Todo aquele surto dourado estava no ar - suas esplêndidas generosidades, suas ultrajantes corrupções e a luta mortal tortuosa da velha América do Norte durante a Lei Seca. Todas as histórias que me vinham à cabeça traziam em si um toque de desastre...

F. Scott Fitzgerald, "Early Success" (1937)

Segmentos inteiros da vida psíquica [do puritano] têm de ser reprimidos. Categorias de desejo têm de ser inibidas. Áreas de consciência têm de ser amputadas. Intuições antigas e semi-esquecidas tiveram de ser chamadas de onde estavam enterradas nas profundezas de sua mente e transformadas nos governantes de sua vida.

Waldo Frank, *Our America* (1919)

I

"Do modo que eu calculo as coisas:", escreveu Henry Adams em apocalíptica equação no início do século, "- 1830: 1860 :: 1890 : *x*, e *x* sempre acaba dando não 1920, mas o infinito". Adams, é claro, estava enunciando mais uma de suas leis de proliferação da energia, mas bem que poderia ser uma profecia quanto à sensação de mudança, desorientação e incerteza que afetou os EUA depois de 1920. Sem dúvida, uma das razões para essa nova sensação de abalo foi a Primeira Guerra Mundial, primeiro conflito internacional de grandes proporções do qual os Estados Unidos participaram. A guerra na qual os Estados Unidos entraram em 1917, para deixarem o mundo "garantido para a democracia", como dizia o presidente Wilson, causou profundo impacto sobre o pensamento e o desenvolvimento norte-americanos. Na Europa suas conseqüências foram claras: mais de seis milhões de mortos, velhos impérios desestabilizados, o mapa geopolítico alterado, caos político e econômico, o advento, na Rússia, do primeiro estado revolucionário importante do século, e um desespero apocalíptico quanto ao fim da civilização, amplamente disseminado. Com seu solo intocado, os Estados Unidos pareciam menos afetados diretamente; na verdade, eles emergiram da guerra como beneficiários econômicos, passando de nação devedora a credora. Mas saíram também ainda mais convictos de seus valores norte-americanos "básicos", desconfiados de envolvimentos com estrangeiros, desconfiados quanto à direção tomada pelas questões globais, e desconfiados da política progressista dos anos de antes da guerra. Voltada para si mesma, a nação concentrou-se nos negócios, na expansão econômica, no avanço da tecnologia e na disseminação do consumismo. Os novos desenvolvimentos pareciam apenas simples extensões dos princípios tradicionais norte-americanos de individualismo, autopromoção e busca da abundância para todos. No entanto, as mudanças ficavam visíveis em toda parte à medida que a economia explodia. A riqueza se espalhava, os costumes se alteravam, a textura da vida mudava, as novas tecnologias apareciam em todo lar e em toda rua; a consciência da mudança e de uma diferenciação de gerações foi largamente disseminada. A sensação de desordem e colapso culturais na Europa também afetava os norte-americanos; tanto que Amory Blaine, o herói do primeiro romance de Scott Fitzgerald, *Este lado do paraíso* (*This Side of Paradise*) (1920), sabe que pertence a "uma nova geração mais dedicada do que a última ao medo da pobreza e à adoração do sucesso; que cresceu para encontrar todos os deuses mortos, todas as guerras já lutadas, todas as fés dos homens abaladas."

Para os norte-americanos, como para os europeus, então, a guerra era sentida como um ponto crucial de transformação, que demarcava o início de uma nova era, a dos anos 20, com a mesma clareza com que o Grande Craque da Bolsa marcaria o seu fim. Ninguém precisava ir à Europa nem ter lutado em qualquer batalha para sentir essa sensação de mudança e de separação de gerações; ela se tornaria parte da cultura norte-americana da década. Na verdade, muitos escritores norte-americanos haviam efetivamente participado da guerra, como se se tratasse de uma experiência educativa e literária. Um número significativo deles serviu como soldados ou integrantes do corpo de ambulâncias na Europa, eventualmente estabelecendo ligações entre seus primeiros "encontros" pós-adolescentes com a vida e essa experiência. John Dos Passos, Ernest Hemingway, E.E. Cummings e Edmund Wilson, todos eles romancistas cruciais dos anos 20, serviram em ambulâncias; é famoso o ferimento recebido por Hemingway na frente de guerra italiana, pois ele o transformou em metáfora essencial da dor da vida em uma nova e perturbada era. Scott Fitzgerald vinha de acabar seu treinamento para o corpo de oficiais e estava a ponto de embarcar para a Europa quando o Armistício foi assinado; William Faulkner foi treinado na Real Força Aérea do Canadá, e viria a encorajar a lenda de que servira como piloto na França. Para muitos desses escritores, a guerra foi o tema de suas primeiras expressões literárias. Tratava-se da imagem de uma transição fundamental, um desafio aos valores da cidade pequena na qual tantos deles haviam crescido, bem como à velha idéia heróica da batalha, à idéia de "cultura" como um corpo de valores, modos de ser ou linguagens estabelecidos. "Cultura" também havia significado Europa; porém agora a Europa, a se estraçalhar nos campos de batalha, significava experiência não como arte e tradição mas como horror, situação extrema, denúncia histórica. A própria linguagem parecia estar encolhendo, tornando-se inoperante em face do que estava acontecendo, e os que tinham estado na guerra pareciam estar fundamentalmente divididos daqueles que não tinham - Krebs, no conto de Hemingway "A Soldier's Home" ("O lar de um soldado"), volta a seu local de origem no Meio Oeste e descobre que os velhos valores, significados e maneira de falar de lá se haviam tornado inúteis para ele. Na nova história apocalíptica, que começava agora, os homens precisavam de novas percepções, novos modos de autoconhecimento existencial, novos estilos de vida e expressão a fim de sobreviver.

E por tudo isso a guerra produziu o romance de guerra: as duas obras de crescente desilusão de John Dos Passos, *One Man's Initiation*: *1917* (*A iniciação de um homem*: *1917*) (1920) e *Three Soldiers* (*Três soldados*) (1921); o experimental *The Enormous Room* (*O cômodo imenso*) (1922) de E.E. Cummings, a respeito de seu confinamento em um campo de prisioneiros francês depois de ele haver expressado opiniões pacifistas; romances de guerra realistas, como *Through the Wheat* (*Através do trigo*) (1925) de Thomas Boyd; romances sobre a "paz em separado" do herói moderno desencantado, principalmente *Adeus às armas* (*A Farewell to Arms*) (1930) de Hemingway. Esses foram livros nos quais a experiência da guerra forçou o aparecimento de um novo estilo, que expressava um conjunto de relações entre homem, natureza, cultura e história totalmente alterado. Porém o que dominou a década de 1920 nos EUA foi o romance do *pós-guerra* - o romance perpassado pela guerra, que fazia dela uma metáfora apocalíptica, sinal de um mundo rompido com seu passado, mudado, obscurecido, modernizado. "Eu estava certo de que todos os jovens seriam mortos na guerra", dizia Scott Fitzgerald, ao explicar a gênese de *Este lado do paraíso*, escrito durante seus períodos de licença do serviço militar, "e eu queria botar no papel o registro da estranha vida que eles viveram em seu tempo". *O Sol também se levanta* (*The Sun Also Rises*) (1926) de Hemingway é - assim como o apocalíptico *O amante de lady Chatterley* (1928), de D.H. Lawrence - dominado pelo ferimento de guerra castrador e modernizante, presente não só em seu herói mas no "rebanho" de sua geração que o cerca, sempre a buscar um novo estilo de vida e algum conceito de valor em um mundo que se esvaziara. Imagens de desperdício e esterilidade predominam no que se escreve durante os anos 20: notavelmente no *Hugh Selwyn Mauberley* (1920) de Ezra Pound e em *The Waste Land* (*A terra devastada*) (1922) de T.S. Eliot, mas também presente no "Valley of Ashes" ("Vale das cinzas") de *O grande Gatsby* (*The Great Gatsby*) de Fitzgerald (1925) ou no abrangente vazio de *O sol também se levanta*. Do mesmo modo o *Soldier's Pay* (*Soldo de soldado*) (1926) de Faulkner focaliza a figura central do soldado ferido voltando do desgaste do campo de batalha para um novo mundo no qual as relações sexuais tornaram-se oblíquas e os valores heróicos tradicionais alterados. A guerra falava ao sentido de um triste chamamento moderno, de uma nova fissura entre as velhas versões da vida e os fatos presentes. E uma reação foi a da recuperação da própria decadência, a tentativa de fazer o estilo transfigurar a história, dar forma à vida individual, e gerar substância estética a partir da contingência.

O senso da decadência, no entanto, não era estimulado só pela guerra mas também pelo desenvolvimento norte-americano do pós-guerra. As concessões de Wilson no Tratado de Versalhes, o fracasso do Senado dos Estados Unidos em aprovar sua proposta para uma Liga das Nações, o pavor do comunismo, a ampliação da Lei Seca pela Lei Volstead, a reversão ao que o republicano presidente Harding, sucessor de Wilson, chamava de "normalidade" - tudo isso ajudou a intensificar o sentimento de fracasso político, de falta de objetivos, de vazio cultural que caracteriza tamanha parte do que foi escrito nos anos 20. Em seu romance escrito nos anos 30 e que volta seu olhar para os 20, *U.S.A.*, John Dos Passos faria de 1919 - o ano de Versalhes e do pânico vermelho - o ano-fulcro, e do ponto de vista da Depressão, não lhe fora difícil ver os anos 20 como o que eles vieram depois a ser aos olhos de muitos - a década das ilusões, da ignorância política, da jactância capitalista, do materialismo, do isolacionismo e da intolerância. E no entanto o paradoxo dessa época é o fato dessa década conservadora ter posto em marcha algumas das mais profundas mudanças da história norte-americana moderna - mudanças menos políticas do que comportamentais, psicológicas e estruturais, que varreram do cenário muitos dos valores que os norte-americanos pensavam estar abraçando fortemente. Pois à medida que a economia transferia seu centro da produção para o consumo, que o crédito era liberado e os gastos pessoais se ampliavam desordenadamente, à medida que a classe média se expandia e a nação ficou toda interligada graças às novas tecnologias na mídia e nos meios de transporte, a modernidade parecia avançar em passo acelerado. Os estilos de vida se alteraram, as gerações se dividiram, os hábitos sexuais se transformaram. A época do puritanismo e da Lei Seca também foi a época da psicanálise, do jazz, das melindrosas; a época que desafiou as inovações e olhou nostalgicamente para o passado rural foi também o tempo da introdução maciça de novos avanços técnicos e comerciais - do automóvel, do aeroplano, do cinema, do rádio, dos empolgantes arranha-céus da cidade moderna. O misto de reacionarismo e inovação é ilustrado nos principais conflitos desse período - o julgamento Scopes, o caso Sacco-Vanzetti. E ele se manifestava igualmente nas artes, que eram assombradas por imagens de um passado rural mais simples no momento mesmo em que reagiam à nova modernidade e a incorporavam em seu bojo.

Mas se a ficção norte-americana dos anos 20 foi de experimentação, decadência e divergência, ela não foi de desespero total. Afastando-se do naturalismo e do progressivismo a caminho da vanguarda, do experimental, do boêmio, em nada expressou ela tão bem a desilusão e o distanciamento em relação à vida norte-americana quanto no êxodo em massa de escritores para Paris. Componentes de um desapontamento outrora progressista e indignação com a ordem social dos anos 20 estavam por trás de muitos desses auto-exílios - manifestados na antologia de ensaios de Harold Stearns, *Civilization in the United States* (*Civilização nos Estados Unidos*), de 1922, na qual muitos outros ex-progressistas concluíam que, na nova ordem, ordem não havia; o próprio Stearns recomendava aos escritores norte-americanos que saíssem de lá. Paris oferecia uma boemia barata graças ao câmbio favorável, porém por trás da divergência e do desejo do novo muitas vezes existia nostalgia por uma América do Norte mais antiga e pastoral; trabalhando nos ateliês experimentais de Paris, muitos desses expatriados escreviam, dessa distância formal, sobre um mundo norte-americano rural, muitas vezes do Meio Oeste, que haviam abandonado. Instruídos por Stein, Pound e Joyce na tradição já estabelecida do modernismo europeu, eles mesmo assim mesclavam seu modernismo com mitos norte-americanos. Servindo-se da mitologia modernista do colapso cultural, adaptando as convenções pós-realistas da dissipação da cronologia e da narrativa linear, da descontinuidade entre história e forma, eles buscavam uma nova mitologia que expressasse não só as rupturas e derrotas mas também os entusiasmos da enérgica modernidade da América do Norte contemporânea. Como dissera Gertrude Stein, o modernismo parecia peculiarmente norte-americano, expressão natural do novo "contínuo espaço-tempo" que de fato era a vida norte-americana. As técnicas do estilo modernista - a forma espacial, o corte rápido, a necessidade de modos de expressão mais novos e mais duros, a mecanização ou a abstração da figura humana, o sentido de deslocamento histórico, a lesão psíquica, a anonimidade vazia da natureza e da paisagem - pareciam oferecer discurso apropriado à experiência norte-americana. Ele expressava o ritmo das mudanças, a sensação de movimento, a evanescência e perda de raízes da vida urbana, porém ainda mais especificamente o sentido de que a própria América do Norte era em si o centro da modernidade.

A adaptação ao modernismo na ficção norte-americana dos anos 20 ligava novamente esta a muito do trabalho experimental mais importante que estava acontecendo naquele momento na Europa; mas era também um meio de responder às forças de transformação em operação na experiência norte-americana. O modernismo não deixava de ter certo aspecto de reportagem, sendo um novo estilo de arte correspondendo a novos estilos de vida. Parte de seu objetivo era captar a nova consciência e as novas estruturas na literatura: donde a tentativa de John Dos Passos de expressar as mudanças da cidade por meio de técnicas expressionistas em *Manhattan Transfer* (*Baldeação de Manhattan*) (1925), a de Faulkner de examinar as desordens temporais e históricas da moderna consciência sulista em *O som e a fúria* (*The Sound and the Fury*) (1929). Outra parte, porém, não era tanto a de pintar o colapso da ordem e da estrutura quanto a de tentar recuperá-las por meio do constructo descontínuo, que podia explorar partes de uma cultura na ânsia de descobrir uma nova forma coerente. Assim, um importante esforço que corre por todo o modernismo norte-americano dos anos 1920 é o da tentativa de se superar a sensação de ruptura histórica e desespero cultural spengleriano por meio de um épico moderno espacial, uma nova versão do Grande Romance Americano. Fitzgerald dissipa e cria o sonho americano em *O grande Gatsby*; Stein, em *The Making of Americans* (1925), tenta investir os Estados Unidos de um mito modernista; as grandiosas experiências autobiográficas de Thomas Wolfe podem ensinar que o passado está perdido e que ninguém pode voltar para casa, mas ensina também que é possível sonhar o mito da nação reconstituída ("Tão cedo a manhã, cedo a manhã, Oh América"). Ambições épicas modernistas estão por trás de toda a saga de Yoknapatawpha de William Faulkner, como o crítico mas anelante *U.S.A.*, de Dos Passos, que fragmenta a fim de denunciar e redimir a fragmentação.

É isso que empresta aos textos modernistas norte-americanos tanto sua qualidade de reportagem quanto um sentido de esperança e promessa que não está presente em muitos dos épicos disjuntivos do modernismo europeu - nos quais a consciência do moderno como condição psíquica, histórica e política extrema vai mais fundo. O romance norte-americano dos anos 20 mostra-se extremamente atento à sensação do moderno, bem como à sua perturbação. Ele é visitado por ânsias apocalípticas, perturbado por uma profunda inquietação cultural, e exibe decadente desalento ante o mundo material e a ordem política. Mesmo assim ele anseia por fazer o mundo recobrar sua coerência, seja alcançando por trás do presente um mundo pastoral recuperado, seja por fazer da própria forma uma expressão de cultura enquanto possibilidade. Subjacente à década existia, na verdade, um entusiasmo pela experiência que deu à ficção norte-americana todo um novo impulso. Novas formas e novos talentos de grande porte apareceram; Malcolm Cowley corretamente chama esse tempo de "segundo florescimento", comparável ao primeiro grande florescimento norte-americano nas décadas de 1840 e 1850, a era de Hawthorne, Emerson, Melville e Whitman. Os escritores que estavam aparecendo agora deram ao romance norte-americano uma nova versão do moderno e uma nova versão do modernismo. "Algo de sutil parecia ter passado pelos Estados Unidos, um estilo do homem", disse Fitzgerald, aquele extraordinário cronista da década, em um ensaio; em medida considerável, o mesmo foi verdadeiro em relação à ficção moderna.

II

O escritor dos anos 20 que mais obviamente sentiu a intensidade da moderna experiência norte-americana em todos os específicos e cambiantes detalhes foi efetivamente Scott Fitzgerald. Para muitos de seus críticos ele tem parecido pouco mais do que um cronista, um homem de tal modo imerso na vida social de seu tempo, seu dinheiro, divertimentos, comportamento, modas, no desfiar diário dos detalhes de sua história, que não lhe seria possível afastar-se um passo e refletir sobre ele. Fitzgerald foi, mais do que a maioria, um romancista de imersão; pelo que, sendo o âmago de sua tática literária, ele pagou com altíssimo preço. O processo implicava uma competição pela fama e a atenção públicas que afetou profundamente sua vida psíquica, seu casamento e seus textos. Seu ensaio "The Crack-Up" ("O colapso") estabelece forte analogia entre o desenvolvimento histórico dos EUA durante os anos 20 e sua própria trajetória psíquica, com a euforia se transformando em trauma e distúrbios; o próprio craque da bolsa torna-se uma analogia pública de seu colapso pessoal. Tais identificações eram funcionais exatamente porque Fitzgerald as viveu como tais, pessoalmente amarrado ao estilo de vida de brilho cosmopolita que foi parte do experimentalismo da década, e colhendo daí seu sentido de estilo pessoal e artístico. Em idade ele corria paralelamente às décadas do século; nascido em Saint Paul, Minnesota, em 1896, os seus 20 anos foram os anos 20 americanos. Em 1913 ele entrou, no leste, para a Universidade de Princeton, entrando para o mundo do patriciato da Costa Leste, um mundo de promessas, riqueza, e sonhos, que para sempre o fascinaria, no qual ele sempre seria um arrivista, e do qual tratariam as histórias que ele já começava a escrever.

Seu primeiro livro, *Este lado do paraíso*, saiu quando a nova década estava nascendo e foi imediato sucesso de vendas, rivalizando nas listagens com *Rua principal*, romance de seu conterrâneo de Minnesota, Sinclair Lewis. Fitzgerald oferecia uma visão completamente moderna do moderno, pois tentava captar o clima de sua geração claramente perturbada, a mesma daqueles que por pequena margem haviam sido jovens demais para entrar na guerra. Como um outro romance contemporâneo muito em moda, *Jurgen* (1919), de James Branch Cabell, trata-se de um livro conscientemente decadente sobre o "menino de ouro", "sacramentado por sua própria juventude", que faz de sua própria vida o objeto de uma experiência social e estética. Amory Blaine é o "egoísta romântico", atraído por um lado pelo investimento narcisista em sua própria juventude e beleza, do outro pelas frágeis promessas da sociedade: o "resplandecente sistema de classes" de Princeton e a mulher que o corporifica mas permanece sempre fora de alcance. Beleza e dinheiro transformam-se em versões invertidas uma do outro; o estilo era tudo, uma espécie de autodesgaste, com a história sendo internalizada como moda, auto-exibição, conduta ousada. Mais enérgico do que bom, o livro enuncia, mesmo que em forma não-resolvida, muitos dos temas primordiais de Fitzgerald: a evanescência da riqueza e da beleza, consciência da danação a que leva o amor a si próprio, uma conscientização da fragilidade da história, um idealismo neo-religioso transposto para a sociedade.

O excepcional sucesso do livro encorajou Fitzgerald a assumir a postura de modelo de estilo para seu tempo, filtro e promotor de seus climas emocionais e modas. Casou-se com a distante Zelda Sayre e juntos começaram a executar os anos 20 como uma dança de romance e cinismo - correndo atrás da riqueza ostensiva, porém consumindo também a moral subjacente e a fragilidade econômica. Zelda era a nova mulher, a melindrosa que exibia força, masculinidade e moral provisória; Scott era o novo homem, de flamejante estilo consumista, escrevendo para "meu próprio público pessoal - isto é, para um incontável número de melindrosas e jovens universitários que pensam que sou alguma espécie de oráculo". Os títulos de seus livros seguintes de contos - *Flappers and Philosophers* (*Melindrosas e filósofos*) (1921), *Tales of the Age of Jazz* (*Contos da era do jazz*) (1922) - indicam que era volitiva sua relação com o estilo de época. Seu romance seguinte, *Belos e malditos* (*The Beautiful and the Damned*) (1922) apresenta o "toque de desastre" que ele via como outro tema essencial: Gloria e Anthony Patch querem fazer de seu casamento "um espetáculo vivo, bonito e glamouroso" confiantes de que "alguma coisa iria acontecer". Mas a irresponsabilidade moral e a pressão do tempo cobram seu tributo: "Eu não quero viver sem meu rosto bonito", grita Gloria.

Mas a essa altura, concluída essa obra prematura e desigual, Fitzgerald assume nova seriedade. O fato é muitas vezes explicado como resultado de haver ele aprendido a afastar-se um pouco da obra; porém se há então qualquer mudança em seu nível de imersão, será apenas para maior profundidade. Como seu personagem Dick Diver em *Suave é a noite* (*Tender is the Night*) (1934), impelido a arriscar tanto seu cotidiano e sua sanidade a fim de compreender a consciência dos outros, Fitzgerald acreditava que o escritor precisa ser um "ser em ação", um agente nos lugares onde os tempos são mais plenamente vividos. Tanto seu estilo pessoal quanto o de sua ficção eram modos de envolvimento; porém agora, no melhor de sua obra, ele começava a compreender cada vez mais as forças motoras por trás daquela superextensão psíquica. Com *O grande Gatsby* (1925), um dos mais notáveis romances norte-americanos do século XX, essa mistura de envolvimento e compreensão atinge extraordinário equilíbrio. O livro é um clássico do controle formal (que em parte Fitzgerald aprendeu com Conrad); e é também um livro que busca exatamente penetrar em seu tempo e lugar mas tentando alcançar mais além deles - exatamente como seu personagem central, Jay Gatsby, espera fazer. Trata-se da história de uma sociedade grosseira, materialista e despreocupada, de riqueza bruta espalhada em cima de um mundo estéril; sobre este último é atirada uma extraordinária ilusão, a do ex-Jay Gatz, que se recriou como Jay Gatsby. Homem cujo passado de pobreza e apoios econômicos corruptos ficam escondidos por seu brilho individual, do mesmo modo Gatsby redecora todo o seu mundo por intermédio de seu amor por Daisy Buchanan. A sociedade é decadente em um sentido, Gatsby em outro: ele é um dândi do desejo, um desejo que foi redirecionado de seu objetivo humano ou material para uma fantasia, que busca reter um momento passado em um instante sem fim de contemplação. Seu objetivo, com efeito, é o de transformar dinheiro em amor - um sonho simbolista, uma agressão à realidade, ao sistema, do próprio relógio do tempo. O relógio continua a tiquetaquear, Fitzgerald o ouve; Gatsby é um sonhador corrupto, Daisy um corrupto objeto de amor, casada com um marido violento, danoso, cercada por "desleixo" e indiferença social, com a voz transbordante de dinheiro. Porém o autor permite a grandiosidade do eu inventado, bem como o espalhafatoso valor de suas paixões: "Os mais grotescos e fantásticos conceitos assombravam [Gatsby] em sua cama à noite. Um universo de inefável espalhafato ia se desfiando de seu cérebro enquanto o relógio tiquetaqueava perto da pia e a lua encharcava com sua luz molhada suas roupas amarrotadas no chão..." Gatsby corporifica o objetivo simbólico do próprio livro, uma figura que flutua no sonho americano enquanto embaixo dele uma série confusa de fatos econômicos e sociais se desenrola.

Gatsby é um platonista grosseiro, dedicado à busca de uma vasta beleza vulgar e meretrícia, porém seu sonho sustenta sua força, em parte porque o livro lhe permite investir o fato naturalista com sua intenção pessoal, e reconhece a exigência simbolista, em parte porque ele é mediado por um narrador, Nick Carraway, que conscientemente cala a voz do julgamento. A tolerância particular de Carraway se deve a estar ele próprio envolvido em uma vida fantástica na qual ele é um tanto *parvenu*, mas também porque ele é instrumento do método oblíquo de Fitzgerald de interpretar a narrativa. *Gatsby* é um romance de uma vida de sonhos moderna; seus meios pedem mais do que naturalismo ou avaliação moral direta. Ele é em si um texto semi-simbolista, cujo cenário é o mundo surrealista da cidade moderna, Nova York e suas cercanias, com seus detalhes surpreendentes emergindo em momentos e imagens - nas modas cambiantes em roupas e música, na decoração dos quartos de hotel, no movimento do trânsito, nas pilhas de lixo e nos carros fúnebres que atraem a atenção de Carraway, em seu movimento ágil e hiperativo através da populosa paisagem urbana. Como narrador, Carraway torna-se a voz do que Fitzgerald chamava de "delicadeza seletiva", filtrando impressões e sensações em uma ordem adequada à sua crescente compreensão da natureza de Gatsby, a distribuir em torno de si uma paisagem de imagens geradoras, de modo que Gatsby, que poderia ser considerado como um produto corrupto desse mundo, vai sendo gradativamente distinguido dele, colocado de encontro a ele, e finalmente tornando-se vítima de sua contingência e desleixo. O tema do romance é o derramamento do ideal sobre o material, da matéria-prima transformando-se em objeto encantado; e isso não acontece só por causa dos poderes e qualidades peculiares de Gatsby, mas porque constitui a base do próprio modo de escrever, quando este investe as ações, as festas e as roupas de Gatsby com um brilho característico e simbólico.

Dois mundos alternativos, um de riqueza irresponsável e o outro de esquálida pobreza, são daí em diante contrastados no romance - velados pelo deus ausente, os olhos cegos do dr. Eckleberg. Porém o verdadeiro contraste é o que existe entre a contingência de ambos esses mundos e a busca de Gatsby de uma visão transfiguradora, de um mundo para além do relógio do tempo histórico, de uma vida que será sem sentido a não ser que seja investida de sentido. O objetivo de Fitzgerald é surreal, o de tornar brilhantes determinadas coisas evanescentes para que viessem a ter qualidade de sonho; mas no final do livro o sonho lhe é subtraído e uma outra surrealidade, o pesadelo de uma implacável massa de objetos materiais, toma seu lugar. A morte de Gatsby é o produto da irresponsabilidade e da contingência. Nick a imagina:

> Tenho a impressão de que o próprio Gatsby não acreditava que ele [o telefonema de Daisy] acontecesse, e talvez nem se importasse mais. Se isso fosse verdade, ele deve ter sentido que perdera o velho mundo quentinho, que pagara um alto preço por viver tanto tempo com um único sonho. Ele deve ter olhado, ao alto, para um céu pouco familiar, através de folhas assustadoras, e tido um arrepio ao descobrir que coisa grotesca é uma rosa e como era crua a luz do sol sobre a grama apenas criada. Um novo mundo, material sem ser real, no qual pobres fantasmas, respirando sonhos como se fossem ar, andavam fortuitamente à deriva... como a figura cinzenta, fantástica, que deslizava em sua direção através das árvores amorfas.

De um lado existe um mundo de tempo parado, de passado mantido em suspenso, de amor e sonho; do outro há um mundo moderno de imagens deslocadas, sem raízes e grotescas: da mistura Fitzgerald destila dois componentes essenciais da escrita moderna. O livro fez dele o historiador extraordinário desses dois mundos interligados - o mundo da história moderna investido de um mito atemporal, no qual o relógio volta atrás como o relógio de Gatsby sobre o consolo da lareira quando ele beija Daisy, e o mundo da história sem peso, reduzida a fragmentos destituídos de ordem evidente, um deserto moderno. Essa tensão e ambigüidade persistem no famoso final, onde Fitzgerald a um tempo recria "o sonho americano", sonho de uma América do Norte inocente e pastoral criada pela capacidade de deslumbramento do homem, vendo-a como um desejo nostálgico daquilo que o próprio tempo derrota. Do mesmo modo que Gatsby é um substituto artístico, a perseguir com sua "paixão criativa" um símbolo que é tanto transcendental quanto corrupto, *O grande Gatsby* é uma tragédia simbolista - sobre a luta da imaginação simbólica para existir num tempo histórico mais baixo, e sobre a ambigüidade inata desse símbolo, sua maravilha e sua vulgaridade.

Gatsby é provavelmente o melhor e certamente o mais bem acabado dos livros de Fitzgerald: uma concretização de seu talento nos anos 20, um sinal de sua capacidade para penetrar em um mundo espalhafatoso e destrutivo, e de tirar dele um significado. Ele conseguira não só internalizar seu tempo - o espírito de "toda uma raça a se tornar hedonista, optando pelo prazer" - mas em configurá-lo na forma. Porém, à medida que a insatisfação dos anos 20 crescia, Fitzgerald internalizou isso também, sensível que foi ao custo econômico a ser cobrado, aos juros morais devidos. Um sucesso formal, *Gatsby* não o foi no campo financeiro; Fitzgerald passou a ter de produzir um sem-número de contos para revistas populares, a fim de poder sustentar seu estilo de vida, protelando seu romance seguinte, que de qualquer modo estava passando por muitos rascunhos. Por detrás da fachada pública, o casamento com Zelda a essa altura estava muito tenso, enquanto cada um dos dois lutava pela autopreservação e a sobrevivência. O craque de 1929 destruiu a base simbólica de sua existência e o que estivera latente na política interna do casamento - a esquizofrenia de Zelda, o alcoolismo de Scott - tornou-se evidente. "Não há chão debaixo de nossos pés", lançou ele em seu livro de anotações. Quando o estilo de vida que os dois haviam promovido começou a se esfacelar, ele começou a ler Spengler, Henry Adams, Freud e Marx, sentindo a necessidade de uma "Grande Mudança". Passando a ter consciência do deslocamento histórico dos ricos, ele voltou os olhos para as raízes de sua própria riqueza, começou a fazer concessões à realidade do processo histórico e a investigar a desordem sexual de sua época.

Tudo isso entrou no plano de seu romance seguinte, *Suave é a noite*, um livro perturbado e perturbador, do qual temos duas versões, e que Fitzgerald descreveu da seguinte maneira: "Mostrar um homem que é um idealista natural, um padre estragado, que se entrega por várias razões às idéias da *haute Bourgeoise* [*sic*], e que em sua escalada até o topo do mundo social perde seu idealismo, com seu talento voltando-se para a bebida e a dissipação. O ambiente é aquele em que a classe ociosa é vista em seu momento mais autenticamente brilhante e glamouroso..."[1] O pano de fundo é a Riviera Francesa dos *socialites* expatriados, onde se reúnem os norte-americanos, para onde convergem a arte e a riqueza, onde a grandiosa farra dura mais do que deve e uma geração do pós-guerra tenta reconstruir uma existência depois que a conflagração abatera a tiros a antiga sociedade. A causa, porém, é divorciada do efeito, e no mapa de perturbada geografia moderna o divertimento aparecia ao lado da *Angst*, assim como a Riviera Francesa ficava perto das clínicas psiquiátricas suíças nas quais o preço daquilo tudo era pago. *Suave é a noite* é um romance de desorientação psíquica, no qual esta é vista não só dentro de seu próprio âmbito mas também em relação ao processo histórico - de modo que, dizia Fitzgerald, "Naquele momento os Divers [seu casal central] representavam exteriormente o exato ponto extremo de evolução de uma classe". O livro se passa em um mundo de acaso, violência e mortes inexplicadas, com ecos da guerra ressoando a toda hora ao fundo. O método é panorâmico e expositório, porém o alcance histórico está relacionado à violência e ao desespero interiores - e acima de tudo à insanidade de Nicole Diver e o modo pelo qual esta compromete seu marido, o psiquiatra Dick Diver, o salvador moderno que tenta curar as dores e arcar com a carga daqueles psiquismos que se desintegram, em um mundo sexualmente confuso e perverso que também está se desintegrando. Como Gatsby, Dick tenta unificar o caos e dar significado à desordem; como Gatsby, ele é um herói idealizado, um homem com "ótimo brilho de superfície" que destila momentos brilhantes de transcendência e transforma a vida em uma festa bem-sucedida que não pára nunca. Ele é um mestre-estilista - "ele possuía algo de agradável que simplesmente tinha de ser usado" - e boa parte do início do romance fala de seu poder de unificação, da capacidade que ele tem de fazer o mundo entrar no lugar para os outros. Seus poderes são mais do que psiquiátricos, são sacros; ele abençoa o mundo em que entra e é na verdade seu "sacerdote mimado".

---

1 O "Plano Geral" de Fitzgerald para o livro, apresentado como "Apêndice B" em *The Far Side of Paradise*, de Arthur Mizener (1951, ed. revista, 1965). A edição revista de *Tender Is the Night*, por Malcolm Cowley e incluindo algumas das idéias do próprio Fitzgerald, apareceu em 1951. A complicada história do texto é analisada em *The Composition of "Tender Is the Night"*, de Matthew J. Bruccoli (1963).

Mas, para fazê-lo, Diver* terá de mergulhar realmente no mundo histórico em colapso, terá de arriscar sua integridade inicial - "Ele sabia... que o preço de sua inteireza era o ser ele incompleto" - e suas ilusões - "eram as ilusões de uma nação, as mentiras de gerações de mães das fronteiras do oeste que tinham de sussurrar com falsidade que não havia lobos do lado de fora da porta da cabana" - na vida caótica e estraçalhada pela guerra de sua época. Ao casar-se com Nicole, uma de suas pacientes, rica e corrupta, ele assimila seu misto de divertimento e dor; seu humanismo fica maculado, sua desintegração se inicia lentamente. Figura redentora no começo, no final ele está alquebrado pela bebida, violência e tensão emocional; já incapaz de executar o truque simbólico - outrora realizado com elegante facilidade - de carregar um homem nas costas ao cavalgar uma onda, ele desaparece da história significativa do livro em suas últimas páginas. Como Fitzgerald, ele se torna um homem comprometido; e o comprometimento o arrasta para o âmago do desastre, a superextensão psíquica que passa agora a ser o tema essencial de Fitzgerald. A conscientização do livro é a um só tempo psicológica, social e econômica; o que vemos é uma superfície externa, um mundo de indivíduos impelidos por processos subjacentes para ações expressivas que revelam as implicações de tais processos. *Suave é a noite* difere de *Gatsby* por ter dois métodos largamente desenvolvidos: um é espacial-simbólico, método adequado à figura sacerdotal de artista que fica ao centro do livro e que procura agarrar-se à integridade romântica e à inteireza em meio a um tempo destrutivo; o outro é histórico-evolutivo, a história desse tempo como sistema, uma história em desenvolvimento com a qual Fitzgerald não estava atentamente preocupado. Processo e símbolo lutam para dar ao romance uma cronologia oblíqua, e Fitzgerald jamais teve certeza quanto à sua verdadeira ordem de construção; ele começou a emendá-lo mesmo após a publicação, que é a razão pela qual o leitor de hoje tem à sua escolha o original e um texto reconstruído.

Esse aspecto incompleto do romance é em certa medida apropriado; pois esse estado incompleto e o desmascaramento eram agora o tema de Fitzgerald. Nos notáveis ensaios de 1936 e 1938, "The Crack-up" e "Early Success", ele observa a desintegração de seu primeiro estilo na vida e na arte, jogando seus próprios 30 anos contra seus 20, e os anos 30 contra os 20, destilando daí sua preocupação com a dissolução externa e interna. A essa altura o alcoolismo já era sério, Zelda estava em um hospital para doentes mentais, e Fitzgerald se voltara para Hollywood, para um emprego como roteirista de cinema. Seu derradeiro romance, *O*

---

* O nome "Diver" quer dizer, literalmente, mergulhador. (N.T.)

último magnata (*The Last Tycoon*) (1941), que se passa lá, é ainda mais incompleto; o livro foi deixado inacabado quando de sua morte prematura em 1940. Mas fica evidente que ele deveria contar uma história semelhante à de *Suave é a noite*, a de outro mestre-estilista e integrador, destruído pelas forças desintegradoras do mundo exterior e de sua própria vida emocional. Mas onde *Suave é a noite* era expositório e extenso, *O último magnata* iria voltar-se para alguns dos métodos de *Gatsby*: para a concentração surrealista nas cenas e para o uso do narrador em primeira pessoa, de modo que a ação é vista por Cecilia Brady, a terceiranista do Bennington College que vê Hollywood com ironia mas está apaixonada por Monroe Stahr, o "último magnata". Aqui haveria novamente uma imagem ligando a época e a imagem, a consciência e a economia. Hollywood, o cenário, é a grande fábrica de sonhos das ilusões norte-americanas - Nathaniel West também estava destilando seu significado surrealista em *The Day of the Locust* (*O dia do gafanhoto*) (1939). Stahr, o último dos grandes produtores, vivendo em meio a imagens distorcidas e fabricadas, tentando manter seu controle, é um homem que "mal tinha conseguido sair de um milênio de judaísmo para o final do século XVIII", e que preza "a apaixonada lealdade do *parvenu* a um passado imaginário". Ele está no fim de seu período de existência possível; a ascensão dos sindicatos, a complexidade moderna e a desintegração contemporânea o ameaçam, e ele é um herói que começa a cair: "Não existiam mundos desses sem heróis, e Stahr era o herói. ... As velhas lealdades estavam abaladas, e havia pés de barro em toda parte; mas ele ainda era o homem deles, o último dos príncipes".

Como *The Day of the Locust*, *O último magnata* é um romance clássico de imagens culturais captadas em um momento de distorção extrema. A própria história tornou-se distorcida; Stahr é comparado a antigos presidentes dos Estados Unidos, os príncipes que têm de relacionar suas vidas interiores às necessidades e fantasias públicas, mas a casa de Andrew Jackson está fechada, e um homem morre em seus degraus, enquanto Abraão Lincoln aparece para almoçar no refeitório do estúdio, com seu rosto bondoso fixado em uma refeição de 40 centavos, sobremesa incluída, envolto em seu cachecol como que para se proteger dos caprichos do ar refrigerado..." Uma paisagem absurda e semi-acabada de sonhos e desejos plásticos cerca Stahr e é parte dele, de sua história exterior e de seu mundo psíquico interior. Perturbações apocalípticas o atingem; no começo do livro há uma cena grotesca na qual um terremoto faz um dilúvio invadir o terreno do estúdio, arrastando uma cabeça de Siva na qual dois "sobreviventes" cavalgam. Da cabeça desce uma mulher com o rosto da mulher morta de Stahr - mulher essa que ele passa a perseguir ao longo de uma seqüência de cenas transitórias, fragmentadas, assim como de modo decadente alguém poderia perseguir tanto a sobrevivência quanto a própria morte. O livro é feito de imagens concentradas como essa, e prevê a queda de Stahr - uma tragédia inserida em um crepúsculo histórico. A tragédia de certo modo era a do próprio Fitzgerald. Escritor que lutara intensamente com o problema da unificação de forma e tempo, arte e processo, esperando sempre encontrar um valor romântico e outro moral, ele vive o velho sonho da redenção da riqueza e do deslumbramento levado até o seu extremo. Além do mais, sua carreira estava declinando, sua sensibilidade estava à flor da pele, e ele tinha pressentimentos de que morreria em breve. *O último magnata*, na forma em que o temos, inacabado, termina com uma anotação de trabalho que ele escrevera para si mesmo: "AÇÃO É CARÁTER" - um epitáfio válido para um escritor que lutara por conseguir com sua vivência gerar uma forma experimental para a experiência moderna.

III

Era uma frase que, de forma diversa, aplicava-se igualmente bem ao amigo e rival de Fitzgerald durante os anos 20, Ernest Hemingway. Como companheiro de auto-exílio em Paris, Fitzgerald ajudou Hemingway com o final de *O sol também se levanta* e encorajou sua publicação; já nos anos 30, Hemingway, que não gostava de "The Crack-Up" pela franca admissão de fraqueza de Fitzgerald, estava enfatizando a distância entre eles. Como Fitzgerald, Hemingway foi um autor firmemente engajado com seu tempo - ele dizia que seu primeiro livro de verdade fora *In Our Time* (*Em nosso tempo*) (1925) - e se sentia acorrentado à sua própria geração, aquela dos que tiveram de se haver com o ferimento sem razão da guerra. Como Fitzgerald, ele via sua tarefa como a de relacionar um estilo de vida a um estilo de arte; o escritor era um ser executivo que assimilava ou se distanciava de áreas de seu eu para que estas lhe fornecessem uma economia de forma. Mas onde para Fitzgerald isso significara enfrentar riscos declarados consigo mesmo e com a experiência, e onde, no caso, o mesmo foi verdadeiro para Hemingway, para este último a questão era, exatamente, a de economizar - controle do desgaste de si mesmo, rigidez estilística e física, uso controlado das palavras. A técnica, na vida como no escrever, era a da precisão - uma precisão que Hemingway veio a julgar que faltava a Fitzgerald. O constructo ficcional de Hemingway seria sempre um lugar claro e bem iluminado, um mundo de mínimos duros e bem demarcados; Fitzgerald amealhava matéria-prima desordenadamente, desperdiçava tanto esta quanto a si mesmo. O de Hemingway seria sempre um mundo no qual as emoções românticas e as dores seriam causas ocultas, jamais efetivamente enunciadas, um mundo específico, exato, exclusivo, com seu próprio tipo de terreno, sua *paysage moralisé*, sua própria geografia de lugares santificados, bebidas especiais, armas e varas de pescar, seus próprios modos realistas de falar. Sobre esse terreno, e movendo-se com igual solidez e economia seletiva, como seu locatário apropriado, caminha o herói específico de Hemingway, cruzando seu perigoso e perturbado latifúndio com certo ar de à vontade e conforto que cobre mas não esconde inteiramente o que está por trás: a tensão, a insônia, as feridas, a dor, o pesadelo moderno.

Foi essa capacidade de produzir um estilo de pura imitação que fez Hemingway parecer tanto a seus leitores quanto a seus críticos um experimentador com a experiência e a forma modernas. Sua rija técnica objetivista era, como salientaram os críticos, análoga às doutrinas poéticas da "impessoalidade" e do "correlativo objetivo" do modernismo; mas ao mesmo tempo ela era condicionada pela experiência pessoal. Hemingway nasceu em 1899 em Oak Park, Illinois, e cresceu em uma família cindida, de mãe forte, respeitável, evangélica e repressora, e pai mais fraco e, finalmente, suicida. Os papéis e funções masculinos eram expulsos da casa para um mundo da natureza, a um tempo de iniciação e de crueldade sem sentido - o mundo das florestas de Michigan, onde a família passava seus verões, e que Hemingway evocaria em inúmeros de seus contos. Em 1917 Hemingway foi trabalhar como jornalista na redação do *Kansas City Star*; posteriormente ele ampliou seu encontro com a "realidade" quando entrou para o contingente do American Field de ambulâncias e serviu na frente italiana, onde foi ferido em 1918. O episódio transformou-se em seu encontro-chave existencial e de certa maneira ele tentou repeti-lo a partir de então em situações estilizadas e em esportes perigosos como a tourada, o pugilismo, a caça de grande porte, a pesca. Voltando para os EUA, que agora lhe pareciam inócuos e esterilizados, ele trabalhou como jornalista e em 1921 voltou a Paris como correspondente especial, com cartas de Sherwood Anderson apresentando-o a vários dos gurus expatriados. Muito embora mais tarde tentasse minimizar o episódio, ele sentou-se com proveito aos pés de Gertrude Stein e assimilou muito da mitologia modernista. A decadência boêmia não era, à primeira vista, o estilo de Hemingway; ele preferia ter como seu modelo o jornalista, o soldado da fortuna, o esportista, todos aqueles que funcionam por intermédio da habilidade, da competência profissional, acima de tudo na presença de algum acontecimento centralizado, de "alguma coisa real" que precisava ser enfrentada com precisão dentro dos rituais do controle formal. "Comece de novo - e concentre", disse Stein a Hemingway, ao examinar seus primeiros contos, e a concentração tornou-se então seu primeiro objetivo na ficção. Ele partiu para um estilo de prosa formalizada, antiadjetiva que parecia menos um maneirismo estético do que uma eliminação de toda e qualquer referência indefinida ou evocativa. "Tudo que você precisa fazer", conta-nos ele ter dito a si mesmo, "é escrever uma frase verdadeira. Escreva a frase mais verdadeira que conhece." O estilo era, então, uma fusão do ato de escrever com o ato de ser, o estabelecimento de limites sobre a falsa experiência ou a falsa ação verbal. A linguagem marca o ponto de interseção entre o eu realizado e o evento exterior e cognoscível; ela é um ato discursivo que se auto-autentica e que expurga o mundo de contingências ou associações, reduzindo-o a um concentrado de essência lingüística. A linguagem assim contém intensamente o eu, transforma-se no intermediário rígido e firme entre a consciência e o objeto ou evento, e apresenta a luta do encontro em econômica e tensa autenticidade.

A extraordinária nova economia lingüística de Hemingway apresentou-se pela primeira vez dentro da constrição do conto, em dois pequenos volumes publicados por uma editora expatriada de Paris - *Three Stories and Ten Poems* (*Três contos e dez poemas*) (1923) e *in our time* (*em nosso tempo*) (1924) - mas acima de tudo no ampliado *In Our Time*, publicado nos EUA em 1925. Contendo 15 contos e muitos pequenos esboços sem título, apresenta Nick Adams em sete desses contos, personagem que é claro substituto do autor, e que vai aparecer novamente em *Men Without Women* (*Homens sem mulheres*) (1927) e *Winner Take Nothing* (*Ganha mas não leva*) (1933). Iniciação é o tema desses contos autobiográficos, alguns sobre Nick quando criança crescendo em uma família do Meio Oeste com uma mãe com pretensões de respeitabilidade e um pai médico derrotado, passando pelas dores do conhecimento da morte e da violência, e alguns sobre a violência da própria guerra, vista como um terror naturalista no qual os corpos dos mortos parecem não valer mais do que os animais mortos dos matadouros de Chicago. Em ambos os mundos, a natureza consome suas próprias criaturas e aparece apenas como um campo que nos deixa expostos às forças exteriores. A mente e as emoções, limitadas em suas respostas, impõem um estoicismo trágico, uma dependência restrita apenas às coisas que não se podem perder; o desejo imprudentemente despendido leva a resultado trágico. As próprias palavras, potencialmente uma forma de emoção, precisam ser contidas igualmente, para que transmitam a coisa exata, o centro pertubador da experiência, sem romantização. Adjetivos são cortados, restando uns poucos após muita reflexão; conectivos causais e metáforas são reduzidos, objetos funcionam como símbolos atenuados ou exemplos duros e enérgicos. A violência exterior e a vulnerabilidade interior exigem assim limitação de sentimento e irônica materialidade, na qual há um pequeno número de detalhes que vivem austera e cuidadosamente justapostos uns aos outros. O objetivo da linguagem é duplo - o de forçar a atenção para a economia do gesto, a limpeza da linha, e o de transmitir com integridade e estoicismo o desenho mais amplo da experiência. A escrita de Hemingway não é psicológica no sentido mais conhecido; ela não internaliza, mas sim projeta a ação para fora, razão pela qual o terreno é tão cuidadosamente mapeado, o lugar e a estação do ano tão cruciais. Mas o mundo exterior é uma metáfora total de uma condição psíquica, com a conexão sendo estabelecida quando o leitor preenche os espaços vazios e ocupa a área de dor e histeria implícitas.

A busca de Hemingway por um estilo moderno controlado explica a paródia de seu mentor Sherwood Anderson em *As torrentes da primavera* (1926); e ela é também o tema de seu primeiro romance, *O sol também se levanta* (publicado na Inglaterra com o título de *Fiesta*), um livro explicitamente a respeito das pressões dominantes da modernidade, dos anos 20 vistos tanto como condição histórica quanto como moda, como nova era de estilo. O romance continua a ser um dos melhores de Hemingway justamente porque estabelece uma localização histórica para sua visão, uma psico-história para seu protótipo de herói, uma patologia para seu existencialismo romântico. Aqui o herói, e narrador do livro, é Jake Barnes, escritor que é ferido nos órgãos genitais na guerra, e que vivendo o estoicismo compulsório de sua assexualidade, é impelido a buscar nova maneira de viver, um estilo para sua situação: "Não me importava do que se tratasse; só o que eu queria saber era como viver com aquilo. Talvez se eu descobrisse como viver com aquilo eu descobrisse do que se tratava". "Aprender a viver naquelas circunstâncias" é a atividade coletiva do livro, aquele em que Hemingway fica mais explicitamente "na moda", situando-se entre os auto-exilados de Paris e da Espanha nos anos 20, entre artistas norte-americanos e europeus, e cosmopolitas, seus séquitos e agregados. O livro é um guia de conhecimento social e moral, uma aula adequada quanto às bebidas certas, os lugares certos, a sensibilidade certa; ele gira em torno de se saber das coisas, daquele acesso ao iniciado que a obra de Hemingway haveria de fornecer. Porém a moda, a tentativa de realizar o instante histórico, é uma condição; e a conquista de *O sol também se levanta* é sua penetração no que constitui tal condição; ao adquirirmos certo estilo de vida nós podemos realmente descobrir "do que se tratava aquilo". O romance é um retrato de uma elite moderna, o "rebanho" de iniciados, o mapa territorial, social e emocional adequado para suas perturbadas personalidades, para as quais a moda e o cinismo substituíram a moralidade tradicional, a religião e o idealismo. Prevalece um novo romantismo, o romantismo da dor administrada e estóica, que nasce da capacidade para se exibir força e exatidão, para descobrir ocasiões de prazer e alegria no mundo da experiência potencialmente falsa, sem abdicar do sentido do trauma moderno ou cruzar a fronteira da emoção corretamente despendida. No desempenho limpo e econômico da tauromaquia de Romero na Espanha, na limpa e momentânea alegria natural da viagem de pesca, aparecem as imagens da exatidão, as pequenas essências de uma existência caótica.

O Sol também se levanta é prefaciado por duas epígrafes, uma do Eclesiastes sobre a resistência da terra, a outra de Gertrude Stein: "Vocês são todos uma geração perdida". Hemingway obviamente tinha a intenção de que elas fossem lidas juntas, e quis remover o rótulo de "geração perdida" quando ele se transformou em clichê; Gertrude Stein duvidava que tivesse dito essa frase. Mesmo assim, o livro gira firmemente em torno da idéia do advento de uma nova geração, que funciona em uma nova natureza e uma nova história, transfigurada pela guerra e suas conseqüências, testada e com expectativas reduzidas por ela, arcando com certos tipos de trauma psíquico e certos tipos de conhecimento ignorados por seus predecessores - ou para falar a verdade por certos contemporâneos inocentes como Robert Cohn, que usa a linguagem errada, lê os livros errados, gosta dos países errados pelas razões erradas e tem os sentimentos errados. Dessa nova conscientização o mais ressonante símbolo é o ferimento - real ou simbólico -, a intolerável intrusão no eu que é igualmente o realismo último, que inicia e aponta para a vulnerabilidade moderna, o ataque que parte do nada, o vácuo da história do presente. Ele conduz a um mundo de trauma, à falta de sono, à perda, à conscientização do *nada*, ao vácuo do universo; e cria também uma consciência comum para os que - principalmente como Jake Barnes e Lady Brett Ashley, cuja ninfomania é a contrapartida da esterilidade forçada de Jake - compartilham de uma percepção mais profunda do moderno, mesclando desejo romântico com o sentido de seu deslocamento. Para além do nada e da esterilidade há lampejos de renovação; o ferimento de Jake é na verdade um símbolo ambíguo, que lhe oferece estranha proteção contra a disfunção sexual e o novo mundo andrógino das relações sexuais. Nesse mundo decadente, os caminhos indiretos são necessários; a impotência de Jake, a ninfomania de Brett, são imagens complexas e interligadas de esterilidade transformada em heroísmo. A imagem final do livro, do cassetete levantado do policial, sugere toda a condição do seu mundo; a emoção direta é obstruída, mas indiretamente realocada, seja como um desperdício de experiência, seja como uma contida pureza solitária. A necessidade é a de encontrar uma definição clara; a impotência de Jake o mantém dentro de um mundo de restrita camaradagem masculina, de homens sem mulheres, de coisas que não se podem perder; embora seja "bonitinho pensar" que as coisas poderiam ser diferentes, o que é bonitinho simplesmente não acontece. Mas uma sobrevivência controlada *é* possível, nos lugares certos, para além do mundo social, na vida pastoral primitiva entrevista na Espanha e na viagem de pesca. A resistência da natureza, a perenidade da terra com sua hostilidade surda, podem ser enfrentadas se a finura e a habilidade estiverem presentes, em um dispêndio do eu ritualístico e bem administrado.

Boa parte da ficção tardia de Hemingway concentra-se em variantes dessa confrontação, com a natureza e com o eu dissociado. *Adeus às armas* (*A Farewell to Arms*) (1929), seu romance seguinte, enfrenta diretamente a guerra e a vê como uma grotesca manifestação da natureza. Passada na frente italiana, em meio à doença, à matança e à retirada, a cuidadosa topografia do livro abraça e delimita os acontecimentos desoladores, os acontecimentos niilistas, as estatísticas de cadáveres e os movimentos vazios dos homens. Montanhas, lagos e chuva são tanto contexto quanto condição: exemplos metonímicos na prosa desconexa de Hemingway, eles se transformam em metáforas, como a chuva que lava as mortes que assombram o livro. O tenente Frederic Henry, o narrador, é o cronista preciso, outro estilista moderno cirurgicamente separado do discurso do passado: "Sinto-me sempre embaraçado pelas palavras sagrado, glorioso e sacrifício, assim como pela expressão em vão. Palavras abstratas, como glória, honra, coragem, ou santificado, eram obscenas ao lado dos nomes concretos de aldeias, dos números das estradas, dos nomes dos rios, dos números dos regimentos e das datas". No entanto, a emoção reprimida pelo método controlado de minimização de Henry vaza na forma de simbolismo trágico. Do mesmo modo sua resposta controlada aos horrores de guerra é posta em risco quando ele se apaixona por Catherine Barkley, a enfermeira britânica, e faz sua "paz em separado" desertando do exército italiano, esperando com isso fazer uma paz para dois. A emoção reprimida em *O sol também se levanta* é liberada, e os dois tentam construir uma solidão coletiva com base no amor: "Nós conseguíamos ficar sozinhos quando estávamos juntos, sozinhos contra o mundo". Porém as imagens da ameaça de morte na chuva se acumulam; natureza e guerra, ambas, lutam contra esse tipo de domesticidade. A paisagem irônica gera uma conclusão trágica: Catherine morre de parto, sacrificada ao processo inexorável da dor: "Era isso o que se fazia. Morrer". O naturalismo agora revelava-se como uma tragédia perene para o indivíduo humano inserido em uma paisagem indiferente:

> Certa vez no acampamento eu botei no fogo uma acha que estava cheia de formigas. Quando começou a queimar, as formigas correram em massa e foram primeiro no sentido do centro, aonde estava o fogo, depois voltaram-se correndo para a ponta. Quando o número acumulado na ponta foi demais, elas caíram no fogo. Algumas escaparam, com os corpos queimados e achatados, e saíram sem saber para onde iam. Mas a maioria foi em direção ao fogo e depois de volta para a ponta e se esquentaram na ponta mais fria e finalmente caíram no fogo. Lembro-me de ter pensado então que era o fim do mundo e que eu tinha uma esplêndida oportunidade de ser um messias... Mas não fiz nada...

Uma natureza indiferente ou surdamente hostil gera sua própria reação controlada: no final do livro o tenente Henry, retornado a uma condição de isolamento estóico que abrange a dor trágica, caminha de volta para seu hotel sob uma chuva avassaladora.

Nos romances e contos de Hemingway dos anos 20 a economia verbal e a emocional unem-se para formar um estilo moderno existencial, central, uma atenuação formal complexa comparável às tendências da época na pintura. Em seu livro seguinte, o estudo-reportagem *Death in the Afternoon* (*Morte na tarde*) (1932) - que é em grande parte sobre as touradas na Espanha mas principalmente a respeito do processo da criação do estilo, e da exatidão que este exige - Hemingway refletiria: "... a verdade da coisa, a seqüência de movimento e fato que faz a emoção, e que seria igualmente válida em um ano, ou em dez anos ou, com sorte e se você conseguiu enunciá-la com suficiente pureza, para sempre, estava fora do meu alcance e eu estava trabalhando muito para conseguir alcançá-la". Porém ao mesmo tempo tanto *Death in the Afternoon* quanto *As verdes colinas da África* (*The Green Hills of Africa*) (1935), também de reportagem, implicam considerável exibição pessoal; o estilo, que depende exatamente do ritmo de expressão e contenção, estava começando a fixar-se como maneirismo, e o próprio Hemingway a se fixar como um herói durão a atuar publicamente. E há ainda uma outra mudança; como muitos escritores norte-americanos dos anos 30, Hemingway estava se afastando da ética da solidão e caminhando para uma ética comunitária ou social. *Ter e não ter* (*To Have And Have Not*) (1937), a história de Harry Morgan, contrabandista de bebidas que, tendo feito contrabando de Cuba para a Flórida durante a Lei Seca tenta depois, na época da Depressão, garantir sua sobrevivência como empresário independente ampliando seus atos de corrupção, trata de negligência econômica e injustiça. O bucaneiro Harry, que diz "Eu não sei quem fez as leis, mas sei que não há lei que diga que você tem de passar fome", demonstra coragem e habilidade em um mundo decadente e em colapso. Mas ao morrer ele nos oferece a nova lição hemingwayana: "Seja como for, um homem sozinho não tem porcaria de chance nenhuma". A lição é o inverso da dos romances dos anos 20, e dá a impressão de ser superimposta em um livro desajeitado e menor.

Por quem os sinos dobram (*For Whom The Bells Toll*) (1940), com seu conceito, tirado de Donne, de que "homem algum é uma ilha" corporifica igualmente o novo sentido de engajamento social de Hemingway. Tratando da guerra civil espanhola, ele expressa o crescente engajamento de seu herói, Robert Jordan, em uma operação de sabotagem por trás das linhas fascistas, e em um caso de amor com uma moça espanhola, Maria, estuprada pelos falangistas que lhe assassinaram o pai. Jordan começa como o velho herói em transição de Hemingway ("se é que ele haveria de estabelecer julgamentos, ele os estabeleceria depois"), mas adquire convicções quanto ao valor do sacrifício, que outrora lhe parecera uma abstração absurda; e o amor, outrora principal área de risco e traição, transforma-se aqui em complexa união mística, não só com a outra pessoa ("um mais um é um") mas com a natureza e a própria terra. Como o moribundo Harry Morgan, Jordan, uma vez cumprida a sua missão, e ao jazer ferido e aguardando a morte no final do livro, em meio a uma natureza agora tornada tolerante e receptiva, descobre que aprendeu uma lição da vida: "Gostaria que houvesse um meio de passar adiante o que aprendi, apesar de tudo. Cristo, como eu estava aprendendo depressa no fim". Assim como Jordan se muda do mundo existencial para o transcendental, também Hemingway passa de um modo existencialista de ficção para outro, transcendentalista, no qual os antigos naturalismo e niilismo trágicos cedem lugar a um novo humanismo; o eu tenso e moderno finalmente encontra um modo de ação heróica satisfatória, e se torna agente ativo ao invés de vítima estóica. O romance é documentação tão notável quanto qualquer outra que tenhamos do crucial conflito espanhol; porém ao englobar tal mudança a compacta prosa de Hemingway já está começando a perder algo de sua precisão. O resultado é uma notável liberação de muita coisa que, ao que parece, o estilo anterior de Hemingway e a respectiva percepção haviam lutado para conter: sua obra agora volta-se para um maduro romantismo moderno.

A vida na verdade agora parecia conspirar para deixar esse romantismo se desenvolver; ele cada vez mais se comportava como seu próprio herói supremo. Depois de ter sido correspondente de guerra na Espanha, e operado um navio-chamariz ao largo da costa cubana em busca de submarinos alemães, ele se tornou correspondente na Europa durante a Segunda Guerra Mundial, voou em missões com a RAF, formou um exército irregular na França, e libertou o Ritz de Paris antes do exército francês. Seu ferimento tornou-se o mais famoso desde o de Filotectes, suas noites insones as mais famosas desde as de Lady Macbeth. Ele se transformou na imagem da capacidade de resistência moderna, um estilista heróico até mesmo para ele próprio; e ao mesmo tempo a inquietação subjacente aumentava. *Do outro lado do rio e entre as árvores* (*Across the River and Into the Trees*) (1950), aparecendo após um intervalo de dez anos, é a história de um homem tão legendário quanto ele, o Coronel Robert Cantwell, uma versão do Hemingway tardio tanto quanto seus heróis anteriores haviam sido do seu eu inicial. Ele é heróico mas também ferido e prejudicado, como Hemingway o era agora, e sente camaradagem instintiva em relação "àqueles que lutaram ou foram mutilados"; sua topografia é a do esporte, da guerra e de uma sociedade de elite, de Veneza, de plataformas de artilharia, de posições de tiro. Ele está universalmente "por dentro" e é um homem profundamente ritualizado, um homem de códigos extremos; a experiência humana é conduzida a uma série de atos e dons pessoais, que vão de pescar a comer e a fazer amor, com todos esses rituais tendo a necessidade de apresentar a mesma precisão de estilo que o Hemingway de outrora emprestara à linguagem.

Em verdade, a complexa idéia de uma linguagem exclusiva aponta para um grupo social de Eleitos, sendo que agora Cantwell é o líder de um deles. O que justifica tal eleição é seu ferimento e o que ele faz dele; e o tema principal do livro é sua volta ao local onde ele teve lugar e a organização que impõe ao mesmo. Sob certo aspecto trata-se de um livro somatório, a concretização dos princípios de Hemingway em toda uma vida. Porém, apesar de um início brilhante, ele vai adquirindo um certo ar de absurdo, transformando-se em um pasticho ou uma paródia do estilo anterior e mais hesitante de Hemingway. Cantwell pega "acuradamente e bem o balde de champanhe", ele "fica de pé e reto e beija direitinho", e em tempo de paz, em qualquer restaurante, tem uma mesa de canto onde fica com o flanco protegido. Em sua forma fossilizada, o código e a frase de Hemingway se transformam em chavões - exatamente como acontecera com os códigos e frases de Anderson quando Hemingway os parodiara cerca de 20 anos antes.

Mas é claro que é a pureza de suas limitações que liga a obra de Hemingway tão profundamente com a experiência e o estilo modernos. A economia lingüística torna-se um universo purificado bem como uma purificada moralidade, um mundo específico reduzido a determinado terreno, a uma dada versão da história, a determinado uso do eu em todas as coisas. Aquele eu, autenticado pelo arriscado desempenho humano de cada um, é um derivativo romântico da busca do saber verdadeiro, que é forjado fora da sociedade, a partir de frágeis recursos internos, que então adquirem a capacidade para a descoberta verídica. Como na decadência, a moralidade das sensações corretas torna-se crucial. No entanto, atos de violência autêntica podem tornar-se apenas violência, e a autocelebração física uma causa perdida à medida que a idade vai tirando o que a força e a capacidade de resistência haviam dado, com o que o desespero subjacente vai novamente aumentando. E agora o que na vida de Hemingway parecera seguro e moralmente justificado estava efetivamente lhe sendo subtraído, quando, após uma série de graves acidentes, seu corpo massacrado começou a perder as forças para os rituais masculinos chaves que ele mesmo celebrara: beber, caçar, lutar, fazer amor. Seu livro seguinte, *O velho e o mar* (*The Old Man and the Sea*) (1952), com sua mensagem essencial de resistência, sua afirmação de que o homem pode ser destruído porém não derrotado se conquistar sua própria humanidade, responde a tudo isso; trata-se de um romance naturalista com uma solução humanista, a narrativa de uma confrontação ritual entre o velho pescador cubano e as forças da própria erosão, quando ele luta primeiro com um marlim gigante, que domina e captura, e depois com os tubarões predadores que reduzem seu prêmio a um esqueleto que mesmo assim ele traz de volta para o porto. O modo é simples e épico, um método de alegoria simbólica com fortes alusões cristãs; sua lição parece muito distante dos antigos tons niilistas de Hemingway, porém estava implícita neles; seu mito de heroísmo, humildade, assim como as virtudes morais da capacidade para resistir sem dúvida ajudaram Hemingway a ganhar em 1954 o Prêmio Nobel de Literatura.

No entanto o romance tem seu obverso escuro, que se torna patente quando alguns de seus outros contos sobre o mar, com os quais ele viria a ser ligado, apareceram, postumamente e não totalmente completos, como *Ilhas na correnteza* (*Islands in the Stream*) (1970). As três narrativas do livro são a respeito de Thomas Hudson, um pintor que mora em Cuba, cuja vida pessoal espelha a de Hemingway. Hudson é um estóico alquebrado, que repetidamente ultrapassa os limites de seu próprio controle, à medida que vai perdendo sua dependência da força, da sexualidade, da camaradagem, da paternidade. Os contos são a respeito do desgaste do cotidiano, e a conhecida dimensão trágica estende-se agora para um reino de perda total, de grande dor, de pesar e privação sexuais após dois desastres matrimoniais. O espírito estóico é pressionado até seus limites: o herói de Hemingway, o herói da experiência e da competência, é agora torturado pelo conflito entre os restos da esperança romântica e o desespero crescente. Fisicamente enfraquecido e privado de muitas das "realidades" essenciais da vida física plena que tanto seu desempenho humano quanto seus textos haviam celebrado, o próprio Hemingway passou a temer por si mesmo e a duvidar dos motivos dos outros; quando o ato de escrever, que em última análise justificaria toda a ação, deixou de vir a ele, a sombra do nada que estivera por trás até mesmo de seus romances mais otimistas e humanistas, escritos entre as décadas de 1930 e 1950, dominou tudo. Estilo de vida e estilo de arte estavam ambos entrando em colapso, chegando ao fim de um complexo empreendimento heróico. A 2 de julho de 1961 ele levou sua maior história a uma conclusão trágica, matando-se com uma espingarda de caça, como seu pai fizera muitos anos antes.

IV

A visão de mundo de Hemingway, que fora provocada pela guerra e pela perda de sua inocência, exigindo novos estilos tanto de vida quanto de arte, foi compartilhada por muitos norte-americanos de sua geração. A Primeira Guerra Mundial pareceu um marco decisivo a muitos norte-americanos, mesmo que por razões as mais diversas: como cruzada moral fracassada, como incursão pela corrupção européia, como complô capitalista para proteger investimentos e protelar a revolução ocidental. Foi sob este último aspecto que John Dos Passos encarou aquela guerra, e o mais surpreendente é que ele jamais se tenha envolvido nela. Filho ilegítimo de um advogado de origem portuguesa que venceu na vida por seu próprio esforço, ele foi uma criança solitária, fraca, arredia, que certa vez disse a seu próprio respeito: "nunca houve criatura mais dependente da literatura para encontrar vida e estímulo". Além do mais, na altura de 1916, quando saiu de Harvard, ele já havia tomado o caminho que levava a princípios radicais, anarquistas e pacifistas, sob a influência de Emma Goldman. No entanto, a guerra o atraiu como realidade essencial, e ele foi para a França e a Espanha a fim de ficar mais próximo dela, sempre tentando convencer seu pai a permitir que se alistasse no corpo de ambulâncias. Exatamente o que veio a fazer quando seu pai morreu, explicando aos amigos que não havia "ficado militarista" mas "apenas queria ver um pouquinho da guerra pessoalmente" e encarar "a insensata agonia da destruição". Em cartas, diários, poemas e um romance que começou a escrever em colaboração com Robert Hillyer, ele condenou "a montanha de mentiras", a "alegre parada que está sufocando de brutalidade todas as belas coisas do mundo". Porém embora a guerra fosse "loucura suicida" ela era também a experiência extrema, que clamava por imersão e expressão: "Eu quero ser capaz de expressar mais tarde - tudo isto - toda a tragédia e a odiosa excitação que ela provoca. Até agora vi tão pouco que preciso experimentar mais, & mais ainda. Os dedos cinzentos e contorcidos dos mortos, o aspecto sombrio dos corpos imundos estraçalhados..."

Dos Passos encetou então uma busca estilística que o conduziu através de várias formas e maneiras do romance, à medida que tentava encontrar os tons adequados e a historiografia correta para a experiência que ele sentia ter obrigação de transcrever. O relatório inicial apareceu, rapidamente, em *One Man's Initiation: 1917*, publicado pela primeira vez na Inglaterra, em 1919. Como *Le Feu*, de Barbusse, trata-se de um livro intuitivo e confuso, uma reação subjetiva, como fica sugerido pelo título. Ele se concentra em um soldado, individual e sensível, Martin Howe, com origens muito semelhantes às do próprio Dos Passos, que vê a guerra primordialmente como uma violação de seus valores culturais e seu sentido de forma. Dos Passos sente-se claramente culpado por tal esteticismo, que parece uma forma de retirada. Questões históricas mais amplas estão por trás do livro - a montanha de mentiras distribuída pelo governo, os efeitos brutais da máquina militar, o potencial de crescente fervor revolucionário que Dos Passos vê no exército e ao qual ele veio a atribuir uma esperança purificadora - porém estão presentes apenas de forma impressionista; a verdadeira preocupação é com a conscientização insegura e pessoal do próprio Howe, e seu sofrimento estético. Que Dos Passos queria assumir visão menos pessoal, mais ampla, mais histórica e explanatória, torna-se evidente em seu segundo romance de guerra, *Three Soldiers*, cujo próprio título sugere maior âmbito, um sentido da guerra como experiência coletiva.

Three Soldiers tem estrutura elaborada, uma construção feita para apresentar a guerra como uma máquina maciça que esmaga o individualismo - uma máquina que vai se espraiando pela vida em geral. Os três soldados são Andrews, um compositor sensível que começa a assimilar ritmos militares, até revoltar-se romanticamente contra a arregimentação; Chrisfield, o jovem fazendeiro de Indiana, inadvertidamente corajoso e instintivo, impelido para o assassinato daqueles que agora organizam e limitam sua condição de homem; Fuselli, o escriturário municipal que sonha com uma grande aventura e ascende à hierarquia militar, até apanhar uma doença venérea. Dos Passos luta por um estilo modernizado, expressionista, no qual a mecanização rítmica da vida e a redução dos homens a funcionários em uma coletividade que lembra um formigueiro são captadas e configuradas. Porém ele não chega a conseguir abdicar do modo subjetivo e estabelecer significação histórica objetiva para a sua narrativa; a guerra torna-se simplesmente uma "agonia insuportável" e uma escolha entre a abnegação e a deserção. Ao suprimir, com seu estilo mais duro, as erupções de subjetividade romântica e estética que são sua razão de oposição à guerra, Dos Passos parece afastar-se de suas necessidades. Os papéis que voam pelo quarto de Andrews no final do romance quando, com pleno autoconhecimento, ele silencia e aguarda a polícia militar, aparecem como uma imagem da auto-abnegação pessoal de Dos Passos.

A verdadeira brecha no sentido do estilo moderno em Dos Passos apareceu em *Manhattan Transfer*, um romance notável que se passa não na guerra mas naquela outra metáfora crucial tanto da escrita naturalista quanto da expressionista, a grande cidade moderna. Livro consoante com os princípios do modernismo europeu em desenvolvimento, ele se insere entre os grandes clássicos urbanos - *The Princess Casamassima* de James, *The Secret Agent* de Conrad, *Ulysses* de Joyce, *Berlin Alexanderplatz* de Doblin, *Petersburg* de Biely - onde a cidade é vista menos como um vasto sistema ou uma selva de forças em guerra do que como um ambiente sincrônico de conscientizações múltiplas, impressões tremeluzentes, contingência e variedade. *Manhattan Transfer* acrescenta à antiga cidade naturalista de massa determinante e destrutiva a nova cidade expressionista, de energias, estranhas personalidades em marcantes justaposições, um Eros moderno. Os métodos relacionam-se com os de romances urbanos maciços como o de Biely, nos quais a experiência acontece em estranhas unidades luminosas, e com a colagem e as técnicas de montagem de cineastas modernos como Eisenstein e Griffith. A dívida para com Joyce é evidente (Dos Passos comprara *Ulysses* em Paris em 1922), mas enquanto Joyce apresenta sua Dublin paralisada como uma cidade da qual a forma só pode nascer por intermédio da revelação da arte, Dos Passos, de modo mais construtivista, vê sua Manhattan como um vasto movimento coletivo, um útero mecânico, uma máquina que tanto dá quanto suprime vida. Podemos ver em seu Jimmy Herf a figura do indivíduo sensível derrotado; porém o que é tomado à vida individual é reinvestido na operacionalidade da própria cidade. O mecanismo e a destrutividade são a dominante, e os personagens vão se assemelhando ao ambiente impessoal no qual se movem; porém esse ambiente tem seu próprio movimento e vigor. Como disse Jean-Paul Sartre em elogioso ensaio, o que Dos Passos inventara fora o "romance sem autor" com "personagens sem personalidade": "ações, emoções e idéias repentinamente estabelecem-se em determinado personagem, botam-se à vontade e depois desaparecem sem que ele tenha muito o que dizer a respeito. Não se pode dizer que ele se submeta a elas. Ele as vivencia".[2] A Manhattan de Dos Passos é um dínamo carregado de movimento, uma eterna contenda entre o vitalista e o mecanicista na qual - assim como no longo poema de Hart Crane *The Bridge* (*A ponte*) (1930) - o mecânico adquire poderes românticos na cidade mais moderna e mais futurista do mundo.

Porém à medida que os anos 20 chegavam ao fim e a ficção tomava direção marcadamente diversa, as técnicas de Dos Passos também mudavam. *Manhattan Transfer* é espacial e sincrônico, retratando uma história cíclica e destituída de objeto. Mas Dos Passos estava caminhando firmemente para o comunismo e o anarquismo, na frente da maioria de seus contemporâneos. Na seqüência de três romances constituída por *The 42nd Parallel* (*Paralelo 42*) (1930), *Nineteen Nineteen* (*Mil novecentos e dezenove*) (1932) e *The Big Money* (*Dinheiro graúdo*) (1936), reunidos sob o título de *U.S.A.* (1937), ele buscou usar suas técnicas espaciais em um contínuo histórico, e tratar a história como processo. *U.S.A.* é na verdade uma narrativa muito dos anos 30, que reflete sobre a vida norte-americana pregressa a fim de cobrir a evolução da nação desde 1900 até o final da década de 1920. Vistos do ponto de vista radical da década dos 30, os anos 20 foram o nadir, a década desacreditada, dominada pelo comercialismo e o materialismo, a supressão dos radicais (culminando com a execução de Sacco e Vanzetti) e uma especulação financeira cada vez mais absurda, que apontavam para o craque econômico. *U.S.A.* é portanto uma história negativa, um processo no sentido da integração (com o pregressivismo) e, depois, da desintegração. Dos Passos recorre às técnicas que desenvolvera em *Manhattan Transfer*, utilizando a narrativa pluralizada, vasta gama de personagens, interseções entre matéria documentária e material naturalista, para criar um amplo épico moderno. Abrangendo uma grande curva histórica e um vasto âmbito geográfico, a preocupação da obra não é só com a vida interior dos Estados Unidos mas

---

2 Jean-Paul Sartre, *Literary and Philosophical Essays* (1955).

também com a internacional, em sua evolução de potência a superpotência, e do capitalismo moderno simples para o complexo.

U.S.A. deixa transpirar todas as preocupações de Dos Passos, sejam as pessoais, sejam as formais. Ele é não só uma grande visão da América do Norte corrompendo a si mesma durante a própria vida do autor, distorcendo a psicologia de seus cidadãos, afundando-se no pântano capitalista e na guerra dos aproveitadores e, a seguir, em uma grosseira paz comercial, vindo a perder desse modo seu contato com a comunidade e a própria língua; ele é também um grande empreendimento técnico no qual é feita uma tentativa, por intermédio de técnicas de apresentação, para relacionar a vida estética subjetiva do autor com o processo histórico. O livro tem quatro níveis estruturais básicos - as prolongadas vidas dos muitos personagens de ficção; as biografias factuais de figuras públicas verdadeiras; a colagem de "Noticiário Cinematográfico" de dados documentais, cabeçalhos, canções, discursos, relatórios; e os segmentos de "Olho da Câmera", um ininterrupto fluxo de consciência nascido do percebido da própria posição do autor. Esses níveis técnicos se fundem entre si, porém cada um deles tem sua historiografia implícita. Assim, as trajetórias individuais, de Margo Dowling, Dick Savage, J. Ward Moorhouse e assim por diante, são histórias de tipos. Alguns deles se cruzam, outros simplesmente correm paralelos, alguns permanecem por toda a seqüência, outros ficam pelo caminho; mas eles formam uma narrativa composta de decepções e fracassos, principalmente de fracassos progressistas, ou de sucessos comerciais corruptores. Os retratos de indivíduos verdadeiramente históricos compõem uma hagiologia radical de heróis (Big Bill Heywood, La Follette, Veblen, Randolph Bourne, Frank Lloyd Wright, participantes de protestos, artistas ou sonhadores) e vilões (Woodrow Wilson, J.P. Morgan, Insull, políticos e capitalistas). Os Documentários Cinematográficos, coletados de fontes documentais, funcionam por vezes como uma colagem relevante, por vezes como fonte de justaposição irônica, ilustrando o conflito entre a retórica e a realidade. E os segmentos de "Olho da Câmera" seguem um desamparado narrador que existe em penoso isolamento de imagens, em autodiminuição e auto-abnegação, um homem faminto de fala e clareza porém incapaz de fazer mais do que registrar impressões até que o caso Sacco-Vanzetti consegue provocar seu ultraje verbal.

A obra oscila entre duas possibilidades: um épico coletivista e expressionista da vida norte-americana, e um antiépico modernista - no qual a soma das partes indica não um significado coletivo mas uma perda de significado. Subjacente ao livro há um ideal dos Estados Unidos, baseado em mitos passados, esperanças e desejos coletivos e a possibilidade de uma grande civilização tecnológica reformada. O rapaz do prólogo, andando pelas ruas urbanas que se esvaziam, vê linhas divisórias, mas encontra-se ávido pelo discurso, faminto à maneira de Whitman pelo domínio das contradições: "U.S.A. é o maior vale ribeirinho do mundo, emoldurado por montanhas e colinas, U.S.A. é um bando de funcionários públicos falastrões com contas bancárias demais... Mas U.S.A. é principalmente a fala do povo". Mas já no fim a linguagem não consegue emergir do crescimento da nação, pois é controlada por outros sistemas; daí ela só poder ser voltada contra seu processo ("Os Estados Unidos, a nação, foi sovada por estrangeiros que viraram a língua pelo avesso...". "Nós só temos palavras contra"). A multiplicação e divisão da consciência são os processos técnicos do livro, bem como a natureza maculada da experiência moderna; eles mudam de função, de expressão de uma história a princípio coletiva e depois contingente. Pois em todas as linhas mestras da narrativa está em operação uma seqüência histórica de mecanização e desumanização crescentes, uma supressão das esperanças estéticas e possibilidades radicais, uma derrota de potencial orgânico e de ideais de cultura que estão por trás do livro e tornam possíveis suas ambições épicas. Porém (muito como nos *Cantos* de Ezra Pound) a justaposição transforma-se em consciência do espaço que separa seus significados real e ideal.

Os três volumes de *U.S.A.*, assim, exploram três fases de uma história em declínio. *The 42nd Parallel*, que cobre os anos entre 1900 e a entrada dos EUA na guerra, em 1917, apresenta esperanças do século XX para a nova nação, e caminha, ritmicamente, na direção da ascensão do impulso progressista e dos desafios radicais ao sistema capitalista; depois do quê ele se volta para os campos de batalha europeus, terminando com o silêncio forçado do personagem Charlie no momento em que seu navio se aproxima da França em guerra. Em *Nineteen Nineteen*, o volume crucial, a guerra é vista como o "conluio de grandes interesses", como um lugar de horror, achincalhamento, de um novo oportunismo sexual, e de crescente ímpeto revolucionário, que culmina com a Revolução Russa. Porém não aparece nenhum paralelo ocidental, e nem mesmo a "paz em separado" é realmente possível; tudo acaba no idealismo corrompido da conferência de Versalhes, enquanto que, em casa, a greve geral de 1º de maio de 1919, que poderia ser "a primeira manhã do primeiro dia do novo ano", desmorona ante o medo do comunismo, deixando aberto o caminho para o comercialismo e o capitalismo de superpotência. *The Big Money*, que se passa nos anos 20, é uma continuação de tudo isso, retratando uma sociedade economicamente coesa, socialmente divisora e emocional e pessoalmente destrutiva. O colapso emocional dos personagens principais e o desperdício econômico do sistema correm paralelos; as mortes de Sacco e Vanzetti marcam o fim da esperança social direta. Porém Dos Passos está escrevendo a partir do que veio depois, e o mito crescente por trás do livro, o de um verdadeiro idealismo oculto no povo e na história atemporal do continente, que é contrastado com "a corrida do bilhão de dólares", é um mito dos anos 30; ele se ocupa de leis e processos, mas acredita em algo mais - na força de resistência da terra, na fala do povo.

Dos Passos usa técnicas modernistas como uma forma de historicismo moderno: *U.S.A.* não tem a intenção de ser apenas uma história exterior de uma crise, mas a *forma* específica de uma crise dentro da própria estética do escritor, de sua própria capacidade para gerar mitos ou criar linguagem. Ele escrevera sempre a respeito do homem em busca da realidade e da inteireza, mas jamais chega realmente a encontrá-las. Suas relações com o Partido Comunista Norte-Americano também foram assim: ele se engajou profundamente, mas conservando sempre sua independência e foi, quando o pêndulo caminhou para a esquerda na década de 1930, dos primeiros a decidir que o comunismo não era a solução: antes o despotismo de Henry Ford do que o de Mike Gold. "Eu acredito que haja mais vida nas ruínas da democracia do que pensam os camaradas", e transformou-se em integrante do grupo pró-nazista *America Firsts*. Seus romances tardios, alguns de consideráveis pretensões, como *Mid-Century* (*Meados do século*) (1961), tentaram construir o mito de que, em *U.S.A.*, a história teria estado trabalhando para destruir; paradoxalmente, faltalhes a força e a complexidade de investimento técnico de sua primeira e principal ficção.

V

Dos Passos deu uma importante contribuição para o modernismo ficcional norte-americano, porém a figura talvez mais crucial e exemplar de todas tenha sido William Faulkner. Nem todos os críticos compartilham de tal opinião a seu respeito. Para muitos, ele é primordialmente um romancista daquela diferenciada região dos Estados Unidos, o Sul: um produto tardio e complexo de suas tradições românticas, de sua celebração do heroísmo e do cavalheirismo, seu idealismo, suas instituições semifeudais, sua arraigada luta contra a industrialização, suas derrotas, dores e ansiedades. Para outros ele é, antes, uma das grandes figuras da experiência modernista internacional - um escritor com largo alcance, potencialidade e preocupações formais que associamos com Joyce, Proust ou Virginia Woolf, um experimentador, um simbolista, uma testemunha do exílio moderno. Ele se encarava como indivíduo isolado e fazendeiro, um homem de sua região, um escritor que escrevia sobre os valores humanos permanentes, honra, capacidade de resistência, compaixão, sacrifício, em retórica gerada, como dizia ele, "pela Oratória e por causa da Solidão". Ele teve sua fase boêmia, mas na capital sulista de Nova Orleans, não tendo nunca freqüentado as festas dos expatriados em Paris; e ele voou na guerra, porém apenas como piloto em treinamento no Canadá. Embora seus textos utilizem os métodos básicos do modernismo - fluxo da consciência, apresentação em forma de colagem, alterações de tempo e acronia - ele jamais explicou plenamente, em suas afirmações estéticas, os impulsos que o conduziram à utilização de tais técnicas. E enquanto que muitos dos modernistas enveredaram cada vez mais profundamente pela experimentação, os escritos experimentais de Faulkner restringem-se a uma "fase", no meio de sua carreira.

Essas duas visões de Faulkner, no entanto, não são incompatíveis; na verdade elas atestam sua extraordinária complexidade. É em grande parte quando seu trabalho fica mais comprometido com o sul e, nessa medida, mais provinciano e localizado, que suas experimentações técnicas têm maior impacto. E por certo Faulkner foi muito um escritor do sul; nascido em 1897, ele cresceu em Oxford, Mississipi, e passou lá a maior parte de sua vida. Indo cedo para Nova Orleans na ânsia de realizar sua ambição de ser escritor, lá conheceu Sherwood Anderson e um ambiente de boemia; suas primeiras obras, muito influenciadas por tudo isso, foram principalmente de poesia; sua dívida para com os românticos, particularmente Keats, porém acima de tudo os poetas decadentes *fin-de-siècle*, é notável. Esses primeiros textos são repletos de empréstimos avaros, o acúmulo de um provinciano autodidata que estende a mão para certos românticos e alguns textos modernos (como *The Waste Land*) para estabelecer suas preocupações estéticas e encontrar seu caminho. Como Fitzgerald, Faulkner via-se como um egoísta romântico, e sabia que os belos eram malditos; ele via o mundo faminto de arte atravessado pelo deserto da vida moderna. E via também a necessidade de um estilo redentor, na nova moda decadente. Então, à medida que começou a caminhar para a ficção, conceitos de fracasso da história, do declínio do ocidente, das degenerescências da modernidade, do narcisismo da existência moderna, da depreciação da sexualidade, da necessidade do refinamento das sensações, bem como os reclamos da boemia eram, todos, parte de seu ímpeto no sentido de uma definição moderna da arte e da descoberta de um estilo moderno.

Seus dois primeiros romances, *Soldier's Pay* e *Mosquitoes* (*Mosquitos*) (1927) foram portanto obras da nova decadência. O tema está vestido em seus trajes modernos, em figuras como a do aviador ávido de morte, da nova mulher andrógina, do artista que busca o momento estável no tempo. Em *Soldier's Pay* a figura central é Donald Mahon, o veterano cego e coberto de cicatrizes que ao voltar para casa encontra o mal-estar da sociedade do pós-guerra na esterilidade da gente à sua volta, incapaz de interligar desejo e realização. No vazio de um tal mundo, espaços e circunscrições expressionistas abundam. O virginal e o maculado estão invariavelmente em conflito, enquanto o tempo apodrece e desfaz. *Mos-*

quitoes é situado mais diretamente entre artistas em Nova Orleans; a busca keatsiana no livro é a de uma beleza atemporal capaz de captar e transcender a realidade presente, e a de um modo de realização que seja mais do que palavras e eufonia, que tenha compromisso com a vida. Em ambos os romances, Faulkner parece adotar a postura do escritor sofisticado e cosmopolita, embora haja muita inquietação interior. Mas com *Sartoris* (1929) vem uma grande mudança. Faulkner voltou para casa, descobrindo que seus temas essenciais não eram simplesmente contemporâneos, tendo antes dimensão histórica e social mais ampla, nascida do ambiente do Mississipi que conhecia tão bem, bem como seu passado. É um livro bem menos "esperto", um romance muito mais profundamente estruturado, apresentado de maneira bastante convencional; um romance de profundo envolvimento social, que explora uma comunidade em muitos níveis. Dele nasce o condado de Yoknapatawpha, a versão local, mississipiana, que Faulkner fez do Wessex de Hardy, uma complexa sociedade inventada, colocada sobre outra, real, que ele haveria de reorganizar, alterar e complicar ao longo da maior parte do resto de seus romances. Com Jefferson como sede do condado e seu mundo característico de aristocratas decadentes, carreiristas políticos, colonos e empresários, seus negros e seus coros permanentes de mexeriqueiras, com seus bosques, tardes de pilequinho, caçadas de ursos e "maldição" histórica específica, nascida da posse de terras de indígenas, a história da escravidão e as profundas feridas da guerra de Secessão, Yoknapatawpha transforma-se em uma cidade plenamente operacional, uma comunidade com estrutura racial e de classes perfeitamente caracterizada, suas próprias agonias interiores, seus próprios processos de transformação histórica no sentido do comercialismo e do industrialismo.

Faulkner estabelece o presente de *Sartoris* no mundo do pós-primeira guerra, no Sul inquieto e cambiante para o qual o jovem ex-piloto Bayard Sartoris retorna, inseguro quanto à sua virilidade e seu lugar na vida, buscando tresloucadamente sua morte masculina em máquinas modernas. Um mundo, porém, evoca outro: o de Bayard é uma versão recente da tresloucada coragem de seus ancestrais aristocratas sulistas. E uma história evoca outra: o presente, em forma degradada, tanto libera quanto torna a fazer viver o passado. Dois contrastes essenciais dominam a obra: um entre o culto do cavalheirismo masculino pelos Sartoris e o efeminado mundo dos Benbow, delicado, intelectual e em última análise narcisista, em desacordo com a ação e o tempo; e outro entre aqueles que investiram em um sentido histórico e social, como os Sartoris, De Spain e Compson, e aqueles que agem segundo seus auto-interesses empresariais e gerenciais, dentre os quais destacam-se os Snopes. Desses contrastes nasce um terceiro, entre passado e presente, uma ação passada, uma esterilidade presente, um mundo de homens, um mundo de mulheres. Pois agora desaparecem as barreiras de classe, modos aristocráticos são impingidos a um mundo comercial, escravos são substituídos por colonos, as mulheres aprenderam a voltar-se para dentro e os homens para a tragédia interior, e acima de tudo as máquinas começam a dominar. Desse modo um pedacinho pequenino e delimitado de solo, perseguido por sua própria história, suas instituições e seu sentido de tragédia moderna começa a ser populado e "eu descobri", disse Faulkner, "que escrever era uma coisa muito boa. Você se torna capaz de fazer indivíduos ficarem de pé nas pernas traseiras e projetarem sombras. Eu senti que possuía toda aquela gente e, assim que o descobri, senti que queria trazê-los todos de volta".

Trazê-los de volta, porém, parecia implicar uma complexa introversão estética, como que forçada pelo próprio fato de tornar seus personagens parte de uma história mais ampla e, portanto, parte de uma narrativa pluralizada. Outras coisas, porém, também o forçavam: uma profunda sensação de ruptura temporal, um sentido apocalíptico de tempo; e o desejo de investigar e compreender os mitos psíquicos por trás das necessidades e rituais daquela sociedade. É nas obras do final dos anos 20 e dos anos 30 que podemos sentir com plena força a capacidade experimental de Faulkner; *O som e a fúria* (1929), *Enquanto agonizo* (*As I Lay Dying*) (1930), *Luz de agosto* (*Light in August*) (1932) e *Absalão, Absalão!* (*Absalom, Absalom!*) (1936). Essas são obras que implicam um sentido de história, embora não sejam necessariamente romances históricos; e a maioria delas penetra, de forma segmentada, como pequenas unidades seletivas, na experiência de Yoknapatawpha, reproduzindo-a não como narrativa expositiva, mas como unidades de percepção. A história subjacente – que abrange desde o momento do assentamento na nova terra até o confuso instante contemporâneo – é em si uma ficção imaginativa, um processo no qual momentos de concentração e dissipação ocorrem tanto coletiva quanto individualmente, onde o tempo psicológico atravessa estranhamente o tempo histórico, quando momentos milenares no mundo e instantes congelados de percepção pessoal se entrelaçam, quando a oportunidade para a inocência humana é novamente oferecida aos norte-americanos, mas onde a mácula, a corrupção e o estupro tornam a viver seus ciclos históricos e hereditários. Os textos de Faulkner contêm alguns dos mais fortes momentos de inquietação modernizante da literatura contemporânea. A intensidade nasce em parte dos fatos da história sulista: o Sul concentrou em um único evento, a Guerra de Secessão, cem anos de história ocidental, enfrentando a absorção do moderno, a derrota e a privação cultural e o processo de industrialização de uma só vez. Donde a história de Faulkner ser apocalíptica: ela existe no contexto de um Éden caído, muito embora a conseqüente degeneração – em que a terra como espírito submete-se à terra como propriedade, as florestas submetem-se aos machados, os jardins às máquinas, o Sul ao Norte – ainda contenha momentos de promessa, renovados fora do tempo e do processo, provocados pelas contingências de um desenvolvimento histórico negligente.

Nos livros que Faulkner agora começava, a pluralização modernista começava a ocorrer, nascida da ruptura temporal e da relação dividida entre a conscientização "social" e a "subjetiva". Ele apresenta um notável conjunto de estratégias de ficção, estruturando seu mundo não por meio de ordenação cronológica ou histórica, mas sim por meio de seqüências radicais alternadas que desafiam tais ordens e geram ressonâncias simbólicas. Suas táticas têm bases racionais muito diversas, digamos, das de Joyce ou Proust. Uma dessas é a interligação histórica das histórias: seus personagens têm, por assim dizer, uma realidade fora das histórias em que aparecem. Como disse Faulkner deles: "Concluí que toda essa gente me pertence e que tenho o direito de movimentá-la pelo tempo quando preciso dela". O mesmo é aplicável à história mais ampla de Yoknapatawpha: Faulkner não nos apresenta a cidade como estando realmente "ali", mas sim manifestando as condições nas quais ele a está inventando naquela determinada ocasião. "O tempo", a interligação de presente e passado, de histórias públicas e privadas, é efetivamente um mistério essencial na obra de Faulkner. Nesses romances cruciais e nos contos relacionados com eles, há uma estrutura recorrente de presente contínuo no qual estão empilhadas diferentes camadas de tempo, validadas na história por uma variedade de justificativas. Assim, no longo conto "The Bear" ('O urso') e em *Desça, Moisés* (*Go Down, Moses*) (1942), há camadas que pertencem especificamente à evolução de Ike McCaslin, a figura central, e tratam de sua vida aos 16 anos, aos 18, e assim por diante; mas há outras relacionadas a uma ampla visão apocalíptica da história ("*Junho de 1883 ano em que caíram estrelas*"). Em *O som e a fúria* temos um presente não-causal ou contínuo que nos é dado por razões miméticas, porque estamos tratando com as percepções de Benjy, um idiota com idade mental de cinco anos; mas temos também complicados níveis de consciência relacionados com as razões para o suicídio de Quentin Compson. Em *Luz de agosto* há um fluxo de consciência adequado à atual posição de Joe Christmas em contraposição às crises de sua infância, que estão presentes em sua consciência sem que seja realmente "sabido" que elas ali estão, o que nos ajuda a compreender a confusão de sua identidade psíquica e racial. Mas para além de tudo isso está um autor experimental extrema e conscientemente interessado em suas próprias retórica e estrutura, em seu próprio poder para gerar forma.

Esses romances do final dos 20 e início dos 30 são clássicos de forma espacial, cada um deles muito diferente dos outros, cada um deles gerando sua própria base racional. Existem, no entanto, dois paradigmas recorrentes: um é histórico ou de ingerência temporal exterior na vida pessoal; o outro é o momento de deslumbramento ou de renovação pessoal, e de visão não localizada, de auto-descoberta semelhante à de Adão (como a experimentada, por exemplo, por Ike McCaslin em "The Bear"), que são convertidos em momentos eternos dentro do tempo. É a conversão disso - o fluxo e a parada, o processo e a transcendência - em arte que constitui a base característica da história e do experimentalismo de Faulkner. Esses romances-chaves são modos de penetrar no símbolo, na psiquê e no processo histórico. Em *O som e a fúria* a história central trata da tentativa de Quentin para deter a marcha tanto do tempo histórico quanto do subjetivo, e proteger a virgindade de Candace contra a corrupção psíquica e o fluxo do tempo; o romance partiu, segundo nos disse Faulkner, de uma única imagem, a das calcinhas sujas de Caddy. Há quatro níveis de reação interligada: a narrativa de Benjy, contada por um idiota no presente contínuo, segura a história e suas imagens na forma de memória atemporal; Quentin traduz a imagem para tragédia psíquica e histórica, em uma forma de causa e efeito; Jason vê tudo de forma causal e empírica, e Dilsey oferece uma continuidade perene. Elos associativos, como a coincidência entre o nome de Caddy e o *caddie* no campo de golfe, geram o processo de multiplicação. Os conectivos psíquicos interiores permitem que a preocupação de Faulkner com a consciência se desenvolva; ao mesmo tempo a história liga-se para fora com a mais ampla história "objetiva" de Yoknapatawpha, na qual o suicídio é um acontecimento chave. *Enquanto agonizo* mostra outra tática experimental. Tratando da viagem fúnebre de seis dias da família Bundren, ele é narrado por meio de 59 monólogos interiores, reflexões sobre movimento e parada, vida e morte, a carroça que se move "com uma aparência exterior de forma e objetivo, porém sem qualquer inferência de movimento, para a frente ou para trás", e o complicado e grotesco panorama de vida que a cerca.

O início dos anos 30 viu uma mudança nas preocupações de Faulkner - um sombreamento de temas, maior preocupação com um estéril mal moderno, com a destruição dos homens seja pela sexualidade corrupta e imunda das mulheres, ou por sua fecundidade, com as soturnas conseqüências do histórico de puritanismo e miscigenação do Sul. *Santuário* (*Sanctuary*) (1932) cria uma moderna figura do mal em Popeye, um homem esgotado que tem "a maligna qualidade sem profundidade da lata prensada", e que vinga sua impotência estuprando, com uma espiga de milho, Temple Drake, a prostituta cuja sexualidade decadente por seu turno derrota o sentimental santuário de inocência buscado por Horace Benbow. *Santuário* é sensacional, e foi em grande parte escrito com objetivos comerciais; *Luz de agosto* explora temas semelhantes no que é provavelmente o melhor romance de Faulkner, uma obra de extraordinária experimentação escrita por meio de narrativas extremamente indiretas. Neste caso interligam-se três histórias essenciais. A narrativa central trata de Joe Christmas, o órfão negro errante, cujo desequilíbrio sexual provoca o assassinato da mulher que o protege e o insulta, bem como sua autoimolação final em um linchamento racial. A história do reverendo Gail Hightower apresenta a esterilidade sob uma outra forma, na medida em que Hightower tenta trancar-se em um único momento atemporal da Guerra Civil Americana quando a vida tivera significação e, incapaz de se relacionar seja com o amor seja com a violência, agora busca, como Christmas, sua própria crucificação. Essas duas histórias sombrias são envolvidas por uma terceira, a da fértil e abundante Lena Grove, a camponesa que vai para a cidade procurar o pai de seu filho, que vive em atemporalidade e estado de resistência naturais, em perene outono de sexualidade natural, oposta ao mundo rigidamente puritano da cidade. Faulkner produziu nesse mesmo período ainda um outro extraordinário romance experimental, *Absalão, Absalão!*, obra que se encaixa mais diretamente em sua contínua história de Yoknapatawpha. Trata-se de uma narrativa imensa, histórica, gótica, do "desígnio" de Thomas Sutpen, de terra maldita, velhas tragédias e crimes, da interligação da história e da desorientação e perversão psíquicas. Este é seu último livro verdadeiramente "modernista", mas abre uma nova fase na arte de Faulkner.

Pois a essa altura o condado de Yoknapatawpha - "William Faulkner, único dono e proprietário", 3.800 quilômetros quadrados de histórias que se cruzam, teia de dinastias e genealogias, taras e crimes, histórias e contadores de histórias - estava ficando infinitamente populoso. Muito da obra tardia de Faulkner amplia essa população, como por exemplo nas extraordinárias histórias de *Desça, Moisés*, com sua complexa exploração da transformação da terra virgem norte-americana por meio de máculas, crimes e exploração racial, em esgotamento e vazio, mas com suas imagens de atemporalidade redentora. Faulkner encontrou inúmeros tons de voz para isso - desde o da austera tragédia de *Absalão, Absalão!* até o da comédia de sua tardia trilogia Snopes (*The Hamlet* [*A aldeia*], 1940, *The Town [A cidade]*, 1957, e *The Mansion [A mansão]*, 1959) ou até o da nota de animação de seu último romance, *The Reivers* (*Os Reivers*) (1962). Em seus livros mais tardios, Faulkner perde algo de sua maneira complexa, ou então caminha no sentido da convenção. Mas tal complexidade sempre fora o produto de suas visões. Uma era a da luta de Faulkner com a história; seus múltiplos de conscientização parecem, como os fragmentos de Eliot, ser parte da perda da significação e ordem que ele via do Éden caído do Sul norte-americano. A outra era o seu oposto: Faulkner interessava-se não só pela desordem da psiquê, mas por sua plenitude, sua sensibilidade e lirismo, suas estruturas e mitos. E porque a conscientização é criativa, como efetivamente o é no fluxo lírico da prosa dentro da própria mente do autor, então o tempo não precisa destruir; ele antes pode ser revivido, passado de um ser humano para outro. O passado é perpetuado e, assim, renovável; graças à própria conscientização, a história pode tornar-se atemporal.

De modo que o artista é crucial e o estilo é seu ofício. Faulkner chegou a criar uma linguagem que funcionava não por meio de causa e efeito, mas por intermédio de processos de distilação imagística, por intermédio dos momentos expressionisticamente suspensos entre o movimento e o repouso, que mesclam passado e presente, entre o movimento que avança e o centro estático, a percepção e a coisa percebida. Tais momentos formam o âmago de seu estilo, como neste trecho de *Luz de agosto*:

> Embora as mulas caminhem sempre pesadamente em hipnose firme e incansável, o veículo não parece progredir. Ele parece estar suspenso em uma distância média para sempre e sempre, tão ínfimo é seu progresso, qual uma conta barata no suave fio vermelho da estrada. Tanto é assim que ao observá-lo o olho o perde quando vista e sentido sonolentamente mesclam-se e misturam-se, como a própria estrada, com todas as pacíficas e monótonas mudanças entre escuridão e dia, como um fio previamente medido a ser enrolado em um carretel.

As frases de Faulkner freqüentemente funcionam assim, produzindo não a "escrupulosa mesquinharia" do estilo moderno que Joyce advogava e Hemingway concretizou, nem aquele "temor das abstrações" proposto pelo imagismo, mas uma retórica moderna complexa, prolixa, lírica. Tal retórica é idêntica à convicção de Faulkner de que o lapso moderno é temporário, que nas vidas humanas há poderes transcendentais de resistência, que a maldição poderá ser suspensa, que a história, passada ou presente, detém o potencial de transformar-se em mito atemporal.

Em 1950 Faulkner ganhou o Prêmio Nobel de Literatura e falou de sua crença em "coragem, honra, esperança, orgulho, compaixão, piedade e sacrifício", o material humano da atemporalidade em sua obra. Essa obra se origina em meio às ansiedades dos anos 20, em seu desespero decadente, sua tentativa de fazer do romance um gênero moderno e modernista, uma forma de se abranger nossa compreensão das desorientações da experiência do século XX, mas também as possíveis recuperações artísticas por meio dela. Faulkner retrata um mundo no qual a história perde o rumo, e suas figuras centrais passam por desorientação extrema ou danos psíquicos, nos quais tanto o tempo quando a pessoa são grotescos. Porém, mudando por intermédio de surpreendentes alterações de gênero, de tragédia para comédia, de narrativas de som e fúria para histórias de divertida loquacidade, sua obra caminha no sentido da recuperação formal e mítica. Tanto o regionalismo quanto o modernismo de seus empreendimentos tornam-no uma influência moderna crucial. A extraordinária linha de moderna ficção gótica sulista por certo não se teria materializado sem ele; ele cria a paisagem e a ansiedade histórica e moral que alimentaram as obras de sucessores importantes como Robert Penn Warren, Eudora Welty, Carson McCullers e Flannery O'Connor. Mas sua ativação das potencialidades da forma moderna como um novo discurso para se enfrentar perturbações temporais e psíquicas, ou as alterações existenciais da mente moderna fizeram dele uma influência internacional, uma grande força, digamos, na moderna ficção francesa assim como na tradição sulista. A contribuição de Faulkner foi importante no principal empreendimento dos anos 20, o da tentativa de ver o moderno tanto como situação histórica quanto como nova condição estética.

Em sua ânsia por novos estilos, novos hábitos, novas formas, novos modos de auto-realização no tempo e na história, os anos 20 norte-americanos sustentaram uma das mais notáveis gerações de escritores modernos de ficção. E no entanto, em fábula que se repetia, sua nova intensidade formal baseou-se em um *afastamento* artístico dos anos 20 norte-americanos, uma reação contra o puritanismo e o materialismo, um deslocamento de vanguarda. De fato, esses escritores compartilharam do misto de progresso e nostalgia de sua época. Eles olharam a América do Norte através da distanciadora lente oferecida pela boemia, ou por Paris, ou pela ironia decadente, mas também retornaram para captar as notas de aceleração que fizeram dela uma década de modernização e mudança. Foi uma das grandes ironias da década que muitos dos escritores que assim se haviam expatriado, convencidos de que a América do Norte jamais compreenderia seus artistas mais avançados, viram-se no final dela famosos e comercialmente bem-sucedidos. E ironia ainda maior foi a de que o comercialismo sem limites e as possibilidades que haviam alimentado a década e deslocado seus escritores, acabassem explodindo, eles mesmos, no Grande Craque de 1929. Esta foi, como percebeu Fitzgerald, uma crise não só econômica mas também psíquica, quando uma época frágil e ilusória deixou à mostra muitas de suas tensões e desordens subjacentes. Esse tema, no entanto, estivera presente na nova ficção através da década, quando os escritores exploravam duas histórias, uma que Fitzgerald chamava "a grande esbórnia alegre" do moderno, e a outra a da desordem econômica, psíquica e formal que, se compreendida, poderia conduzir à redescoberta nacional.

5. *Realismo e surrealismo: a década de 1930*

Onde estão as ruas modernas de Nova York, Chicago e Nova Orleans nesses romancezinhos? Onde estão os cotonifícios, e o assassinato de Ella May e suas canções? Onde estão as crianças escravas nos campos de beterraba? Onde estão os suicídios da Bolsa, os aproveitadores trabalhistas ou a paixão e morte dos mineiros de carvão?

Michael Gold, "Thornton Wilder: Prophet of the Genteel Christ (Profeta do Cristo fidalgo)" (1930)

Creio que estamos perdidos aqui nos Estados Unidos, mas creio que seremos encontrados. E essa crença, que galga agora no sentido da catarse do conhecimento e da convicção, é para mim - e penso que para todos nós - não nossa única esperança mas o sonho perene e vivo da América do Norte. Eu penso que a vida que construímos nesta América, e que nos tem formado - as formas que fizemos, as células que cresceram, as colméias que criamos - era autodestrutiva em sua natureza e precisa ser destruída. Creio que tais formas estão morrendo, e precisam morrer, assim como sei que a América do Norte e o povo que há nela não terão morte, não foram descobertos, são imortais e precisam viver.

Thomas Wolfe, *You Can't Go Home Again (Não se pode voltar para casa)* (1939)

I

À medida que o Grande Craque de 1929 transformou-se, nos anos que se seguiram, em profunda Depressão nacional e mundial, tornou-se rapidamente evidente que o clima social e cultural que dominara os anos 20 havia acabado definitivamente. Em 1931, quando fábricas e bancos estavam fechando, a agricultura entrando em colapso, o parque industrial funcionando em 12 por cento de sua capacidade, milhões de desempregados andando pelas ruas, e a pobreza e a dor espalhavam-se cada vez mais, Fitzgerald assinalou o encerramento de sua "Era do Jazz": "Ela acabou há dois anos, porque a confiança total que era seu sustentáculo essencial sofreu um imenso abalo, não levando muito tempo para a fragilíssima estrutura cair por terra... Seja como for, era um tempo roubado". No mesmo ano, em sua notável obra de história instantânea, *Only Yesterday (Ainda ontem)*, o observador social Frederick Lewis Allen olhou para trás, para os anos 20, para vê-los como "uma era distinta da história norte-americana", com seus estilos e atitudes já acabados e distantes. Foi uma mudança rapidamente transcrita para o romance. Em Paris, os cheques deixaram de chegar, e a Europa também estava caminhando para o tumulto econômico e político; os expatriados que lá haviam ficado durante toda a "Revolução do Mundo" surrealista, encetavam agora o que Malcolm Cowley chamou um "retorno do exilado" para a revolução do mundo. Eles voltaram para uma América do Norte voltada para si mesma e para seus problemas econômicos e sociais. Os valores progressistas e as paixões políticas não haviam sido inteiramente submersos nos anos 20; o debate em favor de uma "literatura proletária" viera da Rússia pós-revolucionária, e fora abraçado desde os idos de 1921 por Michael Gold. Vozes radicais vinham soando na ficção imigrante judaica, a começar com *The Rise of David Levinsky (A ascensão de David Levinsky)*, de Abraham Cahan, em 1917, e na ficção negra do Renascimento do Harlem, como em *Cane (Cana)* de Jean Toomer (1923). Em 1927 os intelectuais encontraram uma causa política bem definida no protesto contra a execução dos anarquistas Sacco e Vanzetti. Porém foi só depois que ao frenesi da bolsa de valores em 1928 seguiu-se o colapso de um sistema financeiro construído à base de gastos excessivos, capitalização excessiva e empréstimos excessivos que a necessidade de uma nova prestação de contas tornou-se evidente.

Agora que as atitudes progressistas se renovavam, as linguagens do naturalismo, do documentário e da denúncia política eram chamadas de volta, os escritores se engajavam ou reengajavam politicamente, e figuras conhecidas como Sherwood Anderson, Upton Sinclair, Theodore Dreiser e John Dos Passos abraçavam causas radicais ou passavam a escrever nos novos jornais radicais sobre a depressão, o desemprego, o desespero urbano e a miséria rural. A retórica da identificação social tornou-se importante: "Há uma coisa boa em ser escritor", escreveu Anderson, fazendo a reportagem de uma luta pela sindicalização em uma cidade sulista de cotonifícios. "Pode-se ir a todo lugar... Eu sou aceito pelos trabalhadores, em toda parte, como sendo um deles, e sinto-me orgulhoso por isso". E desse modo, enquanto castigava o sistema econômico, o escritor podia sentir-se identificado com a América do Norte "verdadeira"; ao desafiar a ordem política, ainda era possível celebrar a nação. Um clima de comemoração nacional veio substituir o distanciamento cosmopolita, adquirindo tom épico: "América era uma palavra que aparecia em todos os títulos, e o desejo de abraçar a desordenada totalidade norte-americana é que impelia escritores como Dos Passos e Thomas Wolfe. Porém isso não eliminava o problema da obrigação do escritor; o engajamento com as "classes trabalhadoras", que no momento não encontravam trabalho, podia ajudar a gerar um naturalismo épico, mas para além disso estava o clássico problema do "comprometimento literário" - problema tornado mais agudo pelo fato de que por mais que o escritor pudesse sofrer com sua angustiada culpa burguesa, as massas norte-americanas permaneciam surpreendentemente despolitizadas. Havia larga oferta de respostas cristalinas. Mike Gold, editor do jornal comunista *The New Masses*, que renascera dos escombros do radicalismo de 1926, havia atacado ao longo de toda a década de 1920 a "imbecilidade" política da literatura norte-americana. Agora ele instava os autores a "tomarem a esquerda", transformarem-se em trabalhadores identificados com os trabalhadores, experimentarem, anotarem e radicalizarem o munto proletário que fornecia ao escritor "toda a matéria-prima de que necessitava". Um violento ataque de Gold publicado na *New Republic* em 1930 contra o experimentalismo "respeitável" da ficção burguesa e estética de Thornton Wilder atingiu o alvo; para Edmund Wilson, isso representou o começo de um novo clima literário.

O ano de 1930 foi certamente o dos romances com preocupação social e do naturalismo engajado. Um romance sobre o gueto do East Side de Nova York, radical e de autoria do próprio Gold, *Jews Without Money (Judeus sem dinheiro)*, foi publicado e também *The 42nd Parallel* (primeiro volume de *U.S.A.*) e livros com títulos fortes e reveladores - *Bottom Dogs (Gente sem importância)*, de Edward Dahlberg, *Strike! (Greve!)* de Mary Heaton Vorse. Em 1928 o *New Masses* clamara por trabalhadores-correspondentes e escritores-lutadores; escritores de antecedentes proletários, como Jack Conroy, ou de sangue imigrante ou negro, como o próprio Gold ou Richard Wright, começavam a se fazer notar. Logo após o craque, em novembro de 1929, o *New Masses* patrocinou em Nova York a fundação de um clube John Reed para escritores jovens, que tinha como lema "A Arte É uma Arma de Classe"; e já em 1934 nada menos de 30 desses clubes existiam por todo o país, com um total de mais de 1.200 sócios. Nem todos os escritores achavam a análise marxista convincente, mas a tendência para a esquerda era forte; e dentro em pouco apareceram as cisões dentro dela própria. Em 1934 os clubes John Reed patrocinaram o que viria a ser o principal periódico intelectual da década, a *Partisan Review*, editada e em grande parte escrita pela *intelligentsia* radical judia de Nova York, que tinha como objetivo desafiar o liberalismo debilitante na literatura, repolitizar os escritores e engajar os intelectuais em um debate histórico moderno e, acima de tudo, na luta de classes. Assim como a do primeiro Congresso de Escritores Americanos, a posição da revista era stalinista; mas já em 1937, após os Julgamentos de Moscou, seus editores reagiam contra a "tendência totalitária" inerente à atitude marxista em relação à cultura, questionando a primazia do texto proletário sobre o modernista, e adotando teorias críticas cada vez mais sofisticadas, um de seus editores, reconhecendo como mais tarde explicou William Phillips, que "a imaginação não podia ser contida por nenhuma ortodoxia".

A dissolução da síntese radical no sentido de um "novo liberalismo" viria a ser um desenvolvimento crucial para a vida intelectual norte-americana. Os debates em torno da guerra civil da Espanha, o impacto dos expurgos de Moscou, o relativo sucesso do New Deal de Roosevelt, e acima de tudo a assinatura do pacto nazi-soviético em 1939 racharam a postura marxista. Em espetacular rompimento com o Partido após a assinatura do pacto, Granville Hicks, o grande promotor dos textos proletários, notou: "O quanto de força e influência o Partido Comunista [dos EUA] perdeu ainda está por ser verificado, porém acredito que os acontecimentos das últimas semanas destruíram em grande parte sua eficácia". Quando os anos 30, por seu turno, terminaram com o espetacular colapso do isolacionismo americano após o ataque a Pearl Harbor em 1941, que atirou os Estados Unidos em nova guerra mundial contra o Eixo, a maioria dos escritores que haviam pertencido à Esquerda durante a década já havia rescindido seus antigos compromissos políticos; voltados agora contra o pacifismo, eles com freqüência usaram sua habilidade de documentaristas, desenvolvida durante a Depressão, para fazer a cobertura dos campos de batalha - Dos Passos no Pacífico, Hemingway e Steinbeck na Europa - no interesse da democracia americana.

Afirma-se às vezes que o retorno ao realismo e ao naturalismo, e principalmente o movimento no sentido da "literatura proletária" foi o caminho essencial do que se escreveu nos anos 30 norte-americanos. Isso, porém, é muito simplista; por um lado, muitos dos melhores escritores dos 30 começaram suas carreiras nos 20, e as novas ênfases sociais não substituíram integralmente seu modernismo. Hemingway e Fitzgerald na verdade mudaram de direção e expressaram novas preocupações sociais e históricas sem deixarem de ser esteticamente experimentais; se a obra de Faulkner, nos 30, fica mais desesperada, gótica e historicamente angustiada, a década vê também seus romances mais complexos e modernistas. O notável *U.S.A.*, de Dos Passos, possivelmente a obra-chave da década, utiliza um expressionismo radical moderno que liga de maneira notável a paixão documentária da época com a ânsia pela experiência formal. Muitos escritores jovens por certo voltaram-se para temas proletários, enveredaram pelos bolsões da pobreza e da degradação social, pela alienação dos guetos: eles buscavam o imediatismo e o engajamento, uma linguagem que atacasse e violentasse, um relato que fosse igualmente uma atitude; porém ao fazê-lo viram-se muitas vezes a braços com uma complexa busca de novas formas. Para alguns, como James T. Farrell, um documentário objetivo monumental era a resposta; para outros, como Thomas Wolfe, o necessário era uma subjetividade abrangente. Alguns, como John Steinbeck, tentaram recuperar o mito épico como a linguagem do comprometimento; para outros, como Djuna Barnes e Nathanael West, a busca de mitos racionais e ordenados era ilusória, e o que era preciso não era o realismo épico mas o surrealismo grotesco. Os anos 30 começaram, para os romancistas, com um tema urgente - um mundo de filas de pão e de guetos, ira proletária, autoquestionamento burguês - que desafiava as idéias formais existentes. Mas, à medida que crescia a necessidade de uma nova linguagem para tratar a degradação, a alienação e a profunda inquietação geradas pela vida norte-americana urbana, tecnológica e capitalista, nasceu um novo retrato estético de ficção norte-americana que configuraria o romance não só na época das filas de pão mas também na da recuperação econômica da guerra e a subseqüente afluência da guerra fria.

II

No início dos anos 30 o debate literário dominante versava sobre a "Proletcult" e seu grande enunciador foi Michael Gold, que descreveu a si mesmo em 1930 como "o primeiro escritor dos EUA a proclamar o advento de uma literatura proletária mundial como concomitante à ascensão do proletariado mundial". Pressupondo que o modernismo estava desacreditado, que era um sedimento irrelevante dos estéticos, subjetivistas e apolíticos anos 20, ele propôs, em um outro artigo de 1930, seu modelo para o "Realismo Proletário". Suas obras, dizia, não deveriam apresentar pessimismo, mas sim *élan* revolucionário; elas tratariam da vida das classes trabalhadoras, e de conflitos e sofrimentos reais, em lugar das agonias privadas burguesas; teriam temas sociais, procurando ação rápida, forma clara, linha direta; expressariam a nova poesia das matérias e o espírito do trabalhador formando seu próprio mundo. Gold escrevia com confiança, pois havia um número crescente de livros expressando o espírito que ele estava tentando definir - entre os quais não era menos importante o seu próprio *Jews Without Money*, que saíra pouco antes, naquele mesmo e crucial ano de 1930.

Como vários dos escritores mais jovens, inclusive Waldo Frank e Ludwig Lewisohn, Gold era judeu, oriundo de sangue urbano imigrante recente; *Jews Without Money* é um romance de gueto passado entre imigrantes romeno-judeus do Baixo East Side de Nova York no início do século, quando o influxo de europeus do leste atingiu seu ápice. Pode ser "realismo proletário", porém seu lugar mais óbvio está na nascente linhagem de romances judaico-norte-americanos, com seu tema básico de conflito entre os valores do Velho Mundo e uma identidade étnica e religiosa e uma assimilação secular novas. *The Rise of David Levinsky*, de Abraham Cahan, publicado em 1917, o ano da Revolução Russa, pode ser lido como o ponto de partida de tal linhagem; sua clássica narrativa do judeu da diáspora ansioso por sua terra prometida e buscando-a em sua localização mítica moderna, a América do Norte, é uma fábula de sucesso econômico e catástrofe moral. Levinsky deixa sua velha terra, a Lituânia, bem como a vida *shtetl*, já duvidando de sua fé e sentindo o apelo do novo, esperando "transformações maravilhosas" no "mundo distante e estranho" da América do Norte; chegando a Nova York com quatro centavos no bolso, cortando a barba e os cachos rituais, ele segue seu caminho da pobreza à riqueza, tornando-se duas vezes milionário. O mito de Colombo torna-se um mito judaico de passagem, uma mudança de um estágio de história para outro, de uma vida de raízes e religião para um novo mundo de secularidade, alienação, sexualidade complexa; no entanto, o sentido de "realidade" de Levinsky permanece no Velho Mundo, ele jamais consegue ligar o desejo e sua realização. O sucesso de Cahan não foi só o de registrar uma experiência judaica essencial, a da mudança do Velho Mundo para o Novo, mas o de encontrar notáveis forma e linguagem de ficção para tratar a alienação resultante.

Jews Without Money é uma versão política dessa fábula, a história de um judeu inteligente que permanece pobre e encontra Marx. Obra altamente autobiográfica, na verdade confessional, ela é formada por uma série de incisivos esboços temáticos sobre a própria formação e conscientização de Gold. Ela tem temas naturalistas, que retratam gangsters e prostitutas, os exploradores da mão-de-obra, as cabeças-de-porco decadentes e os percevejos, os recém-chegados passando diretamente da Ilha Ellis para o caos urbano e a inércia religiosa, o desespero político e os sonhos desencantados que se vão por água abaixo na violência das ruas, na corrupção política, e na exploração do Tammany Hall.* A cidade é uma "selva" e uma "prisão", derrotando todo encanto, todo desejo de transformá-la em um "circo" de alegria e prazer; ela é um "sonho do demônio, a cidade mais urbanizada do mundo. Ela é toda ângulos geométricos e pedra. Ela é mítica, uma cidade enterrada por um vulcão". Na terra prometida do novo começo as promessas utópicas fracassam, e a velha vida comunitária e tradicional desmorona sob a pressão da ganância e do egoísmo, gerados por princípios competitivos e individualistas. Em tal cidade, com suas maravilhas corrompidas pelas árduas condições de trabalho, pela doença, a depravação, a distorção sexual, mensagens apo-

---

* A ilha Ellis era o mais famoso ponto de controle de imigração, na entrada de Nova York, e o Tammany Hall o símbolo da corrupção dos Democratas. (N.T.)

calípticas são de esperar; a política tem de vir para restaurar o sonho e substituir a fé desgastada. A velha religião está maculada e uma outra, secular, se torna necessária: o narrador, identificando-se com os judeus, os "judeus sem dinheiro", torna-se comunista. Na maior parte do livro, o método é o da imagem, que retrata uma vida que paira entre lembranças do Velho Mundo e os fatos do novo na "Terra da Pressa"; a cenas como essa o comentário político não fornece mais do que um aparte retórico. Mas nas linhas conclusivas o escritor passa por sua revelação e conversão ao marxismo, a nova religião transcendental ("Ó Revolução dos trabalhadores, tu me trouxeste a esperança, a mim, um menino solitário e suicida. Tu és o verdadeiro Messias"). A história de alienação de Cahan é redimida; o futuro utópico é restaurado com nova forma.

O naturalismo comprometido e autobiográfico de Gold liga seu livro com obras como *Bottom Dog*, (1930) história igualmente poética de Edward Dahlberg, de seu início de vida em orfanatos e, depois, como vagabundo sem rumo durante os anos que antecederam a guerra. E é uma narrativa vista por quem está por baixo - como acontece também em *The Disinherited (Os deserdados)* (1933), de Jack Conroy, sobre um jovem trabalhador de Missouri que troca a mina de carvão pela linha de montagem de automóveis durante o surto econômico, e depois, durante a Depressão, descobre sua solidariedade de classe e espera por algum abalo violento que haverá de renovar apocalipticamente a cidade e o sonho norte-americano. A renovação apocalíptica foi, na verdade, a grande preocupação da década, que afastou os escritores da causa de um realismo nu e cru. Porém, como sugere *Jews Without Money*, que é muito melhor como um conjunto de vívidos esboços do que como um ato de estruturação ideológica, isso deixou os escritores à procura de uma nova linguagem redentora adequada aos tempos - um tema muito precisamente concretizado quando, cinco anos depois do romance de Gold, Henry Roth publicou *Call It Sleep (Chame-o de sono)* (1935), que quase pode ser lido como um sutil comentário do livro de Gold e de sua causa. Assim como *Jews Without Money*, ele conta a história de um menino que cresce no Baixo East Side de Nova York, entre imigrantes do leste europeu, antes da Primeira Guerra Mundial, tratando igualmente do colapso do mito da terra prometida norte-americana. Roth era simpático ao marxismo e recorre às técnicas do naturalismo urbano para apresentar as ruas tristes e violentas, a sexualidade degradada, o pai amargurado, a mãe vivificante e os rabinos corruptos que Gold retratara. Porém o assunto do Roth não é, afinal, o da perda da fé ou o da necessidade de uma religião secular, mas o da perda de uma língua e o da necessidade de um signo, de uma nova dádiva de línguas. Seu livro encara o destino poliglota do migrante e vê nele a necessidade de novas formas criadoras; o resultado é um romance de primeira linha.

Não é de surpreender que o crítico do *New Masses* o tenha atacado: "É uma pena que tantos autores jovens do proletariado não possam tirar melhor proveito de sua experiência nas classes trabalhadoras do que fazer dela matéria-prima para romances introspectivos e febris", queixou-se ele. Na realidade, *Call It Sleep* é uma obra de complexo expressionismo urbano que servia de ponte sobre o espaço entre o naturalismo político e social e a redescoberta da ficção. Roth se concentra em três anos da infância de David Schearl e narra sua história da perspectiva de sua consciência, ou seja, a de uma criança que cresce em um "mundo que foi criado sem se imaginar que ele existiria". Porém esse mundo é primordialmente um mundo discursivo, da mixórdia lingüística da fala das ruas, que expressa o caos e a fragmentação do mundo exterior, impedindo a existência de qualquer língua interior adequada ao desejo e à consciência. O que David deseja é uma linguagem de sua individualidade que lhe dê inteireza psíquica e emocional em um mundo fragmentado; o clímax é atingido quando ele enfia a concha do leite na fenda eletrificada dos trilhos dos bondes, em busca de uma revelação que derrote a babel de política e obscenidade que enche o mundo das ruas à sua volta. Perdendo os sentidos com o choque e deslizando para o sono no término do livro, ele é deixado em um novo silêncio que engloba promessas pentecostais, porque se relaciona a uma nova consciência interior, um sentido de aquiescência triunfante. E assim como a busca de David é a de uma revelação lingüística, assim também a tarefa do escritor é a de abrir caminho através da barragem de discursos que o cerca com caótica multiplicidade de mensagens, na direção de uma forma simbólica. *Call It Sleep* é, como resultado, uma obra de grande força experimental; sendo sem dúvida o melhor romance judaico-norte-americano na década, ele também desbravou o caminho no sentido da ficção judaica-norte-americana das décadas de 1940 e 1950.

Roth concretiza uma tranqüila revolução formal do romance radical judaico-norte-americano; Richard Wright viria a fazer o mesmo pela ficção negra. Nascido no Mississipi rural e mudando-se para Chicago às vésperas da Depressão, Wright estava despreparado, dizia ele, tal como muitos de seus irmãos negros, para a cidade moderna. Ele entrou para o clube John Reed de Chicago, tornou-se seu organizador e entrou para o Partido Comunista em 1934. Seu primeiro livro, *Uncle Tom's Children** (1938), cinco novelas indignadas a respeito da vida no Sul racista e brutal, rememora suas origens no Mississipi. Porém a confrontação com a cidade seria o tema de um romance documentário, *Lawd Today (Sinhô, hoje)* que

* **Com a devida evocação do clássico da escravatura, o nome viria a ser *Os filhos do Pai Tomás.* (N.T.)**

ele começou a seguir; este acabou suprimido, por não corresponder aos critérios do partido, e não foi publicado senão em 1965, depois da morte de Wright. O material, no entanto, abriu caminho para seu único romance importante, *Native Son (Filho nativo)* (1940), a história de Bigger Thomas, que cresce nas favelas de Chicago, mata uma mulher branca, foge, torna a matar, é julgado, defendido como vítima política, e executado. A situação lembra a de *An American Tragedy* de Dreiser. Bigger é o assassino no papel de vítima, produto - como diz o advogado em seu julgamento - de forças sociais e, como diria mais tarde James Baldwin, usa a fórmula do "romance de protesto de todo mundo". Suas credenciais naturalistas são impecáveis; Wright explicou mais tarde que escrevera de um ponto de vista científico, inventando situações em tubos de ensaio nas quais pudesse colocar Bigger Thomas. No entanto, o notável poder do livro nasce mais do sucesso de Wright em fazer de Bigger não tanto a vítima do sacrifício, mas a imagem do homem moderno privado de identidade. Ele é um homem sem essência; sua condição é o medo, sua situação o confinamento, sua ação a violência. Ele é um estranho, sentindo que vive "do lado de fora do mundo, espiando pelo buraco de um nó na madeira da cerca". Suas experiências essenciais são as da fuga, da captura e do julgamento; e no final ele se identifica como pertencente à "humanidade que sofre". O que nós seguimos, porém, é sua tentativa de resistir ao papel de vítima social; são outros, não o próprio Bigger, que vêem forças externas como governantes de sua existência. Para Bigger, isso é uma outra forma de invisibilidade; sua primeira necessidade é a de se tornar visível e real para si mesmo.

O tema, em poucas palavras, é existencial; e na verdade o próprio Wright levou avante tal ligação ao mudar-se para Paris e associar-se aos existencialistas franceses. Seu romance *The Outsider (O estranho)* (1953) não só tem um título sugestivo de Camus como também tem intenção diretamente filosófica. Nele Wright exibe um certo desconforto de tom, mas a sua história do herói rebelde negro Cross Damon, que contesta um mundo sem sentido, é uma nítida tentativa de fazer do negro uma metáfora moderna, o tipo essencial do homem contemporâneo, "o século XX posto por inteiro no papel". Cross Damon é Bigger Thomas incomparavelmente mais consciente de si mesmo. Ele elege sua própria invisibilidade, fingindo morrer em um acidente de metrô ao ser ameaçado com chantagem e prisão. Renascido sem identidade, ele fica rebeldemente livre para se reinventar. Também ele comete um assassinato, e a história leva até os limites sua personalidade demoníaca, perseguindo a questão da responsabilidade moral em um mundo de identidades eliminadas. Os dois romances que Wright publicou em vida podem começar próximos do naturalismo, e seu espírito existencialista é em parte confinado e qualificado por ele. Seu tema essencial, porém, da vontade do homem para passar do não ser para o ser, vendo ao mesmo tempo um vazio moderno à mostra dentro de tamanha fome de si mesmo, viria a passar para o melhor da ficção negra da década de 1950. O espírito do realismo proletário ajudou a propiciar a existência de tais livros, mas com o tempo tal espírito veio a parecer estreito demais para contê-los; Roth e Wright representam a transmutação da espécie de romance que Gold celebrava em uma outra possibilidade ficcional, e uma década mais tarde tanto a ficção judaico-norte-americana quanto a negra haviam evoluído para formas centrais de expressão da modernidade norte-americana.

III

As intenções naturalistas, porém, e o sonho de uma abrangência documentária foram muito importantes para os escritores dos anos 30, como fica aparente na obra de James T. Farrell, outro escritor de Chicago com tendências marxistas, cujo assunto também iria ser a vida do imigrante da classe trabalhadora. Os antecedentes de Farrell eram católicos irlandeses, e ele tivera muita experiência pessoal nas ruas de Chicago, trabalhando em sapatarias, tabacarias e postos de gasolina antes de começar, quando estava na Universidade de Chicago, um esboço - sobre o velório de um jovem que a bebida matara de repente - que haveria de tornar-se sua obra mais famosa, a trilogia "Studs Lonigan". *Young Lonigan (O jovem Lonigan)* (1932), *The Young Manhood of Studs Lonigan (Studs Lonigan jovem adulto)* (1934) e *Judgment Day (Dia do julgamento)* (1935) começaram de sementes pequenas, mas que cresceram e transformaram-se em maciço constructo por meio do que Farrell mais tarde explicou em um ensaio como sendo os princípios "objetivos" da composição naturalista. Studs, "um americano normal de seu tempo e sua classe", que cresceu "a vários passos de distância das favelas e da necessidade econômica desesperada", foi cuidadosamente escolhido "não só como um personagem de ficção mas também como uma manifestação social". O que ele manifesta não é tanto a pobreza econômica quanto a espiritual, e sob esse aspecto os livros dessa trilogia partilham com a obra de Gold, Roth e muitos outros autores da época, da convicção de que o sonho do imigrante fracassou não só devido à depressão econômica, mas por meio da busca corrupta e anestesiante da riqueza material. Os livros de Farrell são denúncias da cultura vazia da família católica irlandesa, da comunidade, da vida religiosa, e sua história principal trata não dos anos da Depressão mas do que os antecede, antes que a vida brutalizada de Studs termine com sua morte em agosto de 1931, aos 29 anos.

Studs é uma figura que fica ao centro de um grande mapa de insuficiências históricas e sociológicas, e sua história é narrada contra um pano de fundo encardido. Ele torce o nariz com desprezo para o colégio que pouco ou nada o afetou e que abandona bem no momento em que Woodrow Wilson, o presidente que prometeu manter o país fora da guerra é novamente indicado para a presidência; ele entra para a selva das ruas no momento em que a guerra explode, torna-se um bêbado na época sem lei dos anos 20, e morre quando o novo radicalismo dos 30 vislumbra a possibilidade de alguma mudança. Em todas as áreas de sua vida, em casa, na escola, na igreja e no trabalho, existe enfraquecimento cultural; Farrel explicou que ele se opunha à teoria de um determinismo ambiental total, como o que a obra de Dreiser parece expressar; a causalidade social, dizia ele, sempre tinha de ser transformada em motivação individual, ou em "caráter", para que o leitor tivesse um núcleo de experiência com o qual se pudesse identificar. E o que cerca Studs é menos a pressão de um corpo de forças condicionantes e determinantes do que uma contingência compacta e sem sentido, uma cultura sem cultura, desprovida de qualquer peso ou significado. Ele vive em um mundo naturalista porque não existe nada de melhor, porque objetivos e impressões mais profundos na vida cultural foram todos degradados. Na ausência de uma cultura substancial ele recai na, e explora a, agressividade brutal e na proeza física e sexual. Suas principais qualidades, segundo o modo de Farrell caracterizá-lo, são as do movimento, desejo e vitalidade amargurada; tal caracterização faz dele o centro natural de um mundo densamente mapeado com acontecimentos e detalhes casuais, ao qual ele responde por meios primitivos. Studs pode ser um tipo social exemplar, mas ele é também o receptor sensorial da grande ambição documentária de Farrell, o ponto de referência de uma imensa tarefa de reportagem.

Os textos de Farrell pertencem à Depressão por vários motivos. Eles desemaranham as rudes ambições e expectativas sociais e as traídas promessas históricas, que levaram ao caminho do colapso econômico, que era também espiritual; e eles também reagem aos tempos falidos com um sentido de fracasso, e vêem a escolha essencial da vida entre levar uma vida social debilitada em um mundo malfeito e um vitalismo autodestrutivo. No entanto, em seu confinamento, a rebelião de Studs é inconsciente e primitiva, sendo inevitável que a atenção recaia não só sobre o poder acumulado de eventos e experiência, sobre a implacável expressão da realidade da vida real, mas também sobre o seu vazio. Como resultado, sua paisagem de fatos crus parece curiosamente privada de estilo; quaisquer apelos que esta ficção possa fazer à nossa atenção nascem por meio do conhecimento detalhado que o autor tem de um determinado ambiente. Farrell parecia cônscio desse problema que passou para uma nova e ainda mais longa seqüência semi-autobiográfica de romances dedicados a Danny O'Neill, o herói mais inteligente e criativo de *A World I Never Made (Um mundo que eu nunca fiz)* (1936), *No Star Is Lost (Nenhuma estrela se perde)* (1938), *Father and Son (Pai e filho)* (1940), *My Days of Anger*

(Meus dias de raiva) (1943) e *The Face of Time (A face do tempo)* (1953). Esses são livros obcecados por prestação de contas, que deixam à mostra a necessidade urgente de O'Neill registrar e relatar o mundo que ele deixou para trás; e sugerem que, para Farrell como para vários outros escritores dos anos 30, seu acervo básico era um assunto que pedia registro sem fim. Ele fez de tal assunto, a brutalizada cidade dos imigrantes, um dos cenários mais convincentes para a vida moderna norte-americana; mas porque ele o tratou como assunto mais do que como forma, nós hoje voltamo-nos para a sua obra muito mais como fonte documentária do que por seu interesse criativo.

Se existiu um James T. Farrell para criar, para os anos 30, a cidade brutalizada, houve igualmente um Erskine Caldwell para criar um interior brutalizado. Sulista da Georgia, Caldwell nos apresentou o lado inferior mais vil do Ruralismo Sulista que se desenvolveu como tendência cultural e literária nos anos 30. *I'll Take My Stand (Tomarei minha posição)*, uma coletânea de ensaios expressando forte fé social nas características particulares e no tradicionalismo sulista, apareceu em 1930: e um novo Renascimento Sulista apareceu nos anos que se seguiram, quando todo um grupo de escritores mais jovens que Faulkner explorou com cuidadosa formalidade de estilo uma paisagem complexa de condições sociais e psíquicas extremas. Romancistas como Caroline Gordon *(Alex Maury, Sportsman [Alex Maury, desportista]*, 1934), Allen Tate *(The Fathers [Os pais]*, 1938), e Robert Penn Warren *(Night Rider [Cavaleiro da noite]*, 1939) ligaram preocupações modernistas com a sensação de uma história antiga e tradicional cuja herança de sangue e dor necessitava de um registro amaneirado. Não existe essa elegância formal ou social na obra de Caldwell, que funcionava pela reversão dessa imagem. Radical que havia publicado obras-documentário sobre problemas sociais e alguma ficção sobre as classes trabalhadoras, Caldwell ganhou fama com dois romances que tratam da vida dos bóias-frias em tom próximo ao da comédia grotesca. *A estrada do tabaco (Tobacco Road)* (1932) e *O pequeno rincão de Deus (God's Little Acre)* (1933) misturavam o documentário da Depressão com temas sexuais sensacionais; como disse certa vez Kenneth Burke, o naturalismo de Caldwell vem do modo pelo qual ele "coloca indivíduos em situações sociais complexas enquanto os faz se comportarem com os tropismos escassos e primários de um inseto". A seriedade social está presente; estas são histórias de terra exaurida, fazendeiros explorados, cultura de miséria, e Caldwell dizia que seu objetivo era o de "descrever da melhor maneira de que sou capaz as aspirações e o desespero da gente a respeito da qual escrevi". O modo realista, no entanto, é entrecortado pelas tradições do humor do sudoeste; a vida dos pobres é tratada como uma cultura de degenerescência, primitivismo e matreirice. O realismo é transformado em melodrama. Luxúria, avareza e esperança – o sonho de Jeeter Lester de conseguir extrair uma boa colheita de tabaco de uma terra maltratada, ou o de Ty Ty Walden de achar ouro embaixo de um solo inútil em *O pequeno rincão de Deus* – são os temas principais; o naturalismo primitivo de Caldwell transforma-se em sensacionalismo, e marca menos em função de seu registro social do que de sua capacidade para chocar.

A reportagem realista da classe proletária foi uma das tarefas literárias urgentes dos anos 30; outra foi a exploração realista das perturbações do mundo burguês. Estas encontraram seu melhor cronista em John O'Hara, o romancista, como disse Lionel Trilling, "da consciência social exacerbada", que converteu o modo tradicional do realismo burguês em poderoso discurso para os tempos da Depressão. A ficção de O'Hara é construída, graças a infinita precisão, sobre a patente solidez da sociedade – o peso das coisas, as detalhadas características do que se possui, o valor simbólico dos bens, os problemas de hierarquia, classe, riqueza e religião. Mas, como Fitzgerald, que ele reconhecia como companheiro arrivista para o qual a promoção social oferecia o assunto mágico da ficção, O'Hara escreveu quando o âmago já estava podre, quando a antiga solidez já não era mais sólida. Seu ambiente principal, "Gibbsville, Pennsylvania" e a "Região" circundante, era seu próprio habitat, uma área de preciso conhecimento social onde complicadas demarcações e discriminações tinham de ser compreendidas; O'Hara captou esse mundo no momento em que sua substância entrava em colapso sob pressão histórica. Seus romances – destacando-se entre os melhores *Encontro em Samarra* (*Appointment in Samarra*) (1934) e *Butterfield 8* (1935) – formam uma crônica essencial dos Estados Unidos dos anos 30, investigando o abismo entre o ser social e o privado. *Encontro em Samarra* é exemplar: nele Julian English, convencido de que sua posição social está assegurada, deixa de reagir à pressão de um tempo mudado no qual ninguém é dono da estrada em que viaja, e por isso mesmo encontra a tragédia. As tragédias de O'Hara chegam de modos variados, mas giram em torno da percepção de que o indivíduo a um só tempo repousa sobre e se rebela contra seu ser social, conseqüentemente colocando-se em perigo. A sexualidade, mais do que qualquer outra coisa, ameaça a coerência social; o típico herói de O'Hara é o devasso respeitável que escapa da monogamia insatisfatória e que depois se afunda tragicamente através da fina superfície de gelo da estabilidade social. Esse foi um tema que captava com precisão a angústia da Depressão, muito embora O'Hara o mantivesse em seus romances das décadas de 1950 e 1960.

IV

Durante os anos 30, o realismo e o naturalismo pareciam os caminhos "naturais" para fazer o registro de uma sociedade passando por mudanças profundas. Porém só muito raramente o realismo atingiu a precisão que teve O'Hara, ou o naturalismo se desenvolveu sistematicamente preocupado com uma retratação determinista ou biológica da condição humana. O único escritor a fazer uma tentativa em grande escala no sentido desse tipo de naturalismo sério foi John Steinbeck, nascido em 1902 no vale de Salinas, na Califórnia, onde tantos de seus livros se passariam. Um autodidata que recebera certa educação formal em Stanford, um "menino pobre de verdade", cujos pais eram um gerente de um moinho de farinha de trigo e uma professora, ele sempre deu ênfase às suas origens proletárias: e foi carpinteiro, agrimensor, vendedor em loja de departamentos, empregado de farmácia, de uma fábrica de açúcar, e de um rancho. Por trás dele havia uma tradição mais antiga de naturalismo da Califórnia, da obra de Frank Norris e de Jack London, e eventualmente ele veio a compartilhar do desejo deles por uma explicação biológica da natureza verdadeira e primitiva do homem. Encontrou seu guru apropriado no biólogo marinho Edward F. Ricketts, com quem viria a colaborar e que ofereceu a Steinbeck uma descrição "científica" da natureza humana e animal que levou à filosofia idealizada que estaria por trás de seus livros. (Várias versões de Ricketts como a sábia figura do médico cujas reflexões sobre a vida guiam ou motivam a narrativa são encontradas em muitos de seus romances). As ambições de Steinbeck eram tanto científicas quanto proféticas: explicar a biologia coletiva das ações humanas e afirmar a natureza e a necessidade espirituais da existência humana. E é disso que se origina grande parte de sua popularidade imensa, uma vez que ele passou de seus primeiros e exóticos textos dos anos 20 (seu primeiro romance publicado, *A taça de ouro [Cup of Gold]* de 1929, é um florido romance histórico sobre o bucaneiro Sir Henry Morgan) para os temas mais familiares e populares encontrados na vida que o cercava.

Os assuntos eram populares, porém Steinbeck os investia de preocupações místicas. Seus dois livros seguintes, *The Pastures of Heaven (As pastagens do céu)* (1932) e *A um Deus desconhecido (To a God Unknown)* (1933), seguem uma onda e um mito coletivos, o movimento "oestizante" dos norte-americanos através do continente, partindo do passado já assentado na direção do paraíso dos vales da Califórnia, onde o homem procura suas raízes primitivas. Mais e mais ele queria mostrar que tais raízes não residiam em satisfações individuais, posse de propriedades ou considerações por alguma moralidade convencional. "O que me fascina", escreveu ele em uma carta de 1933, "é como o grupo tem uma alma, um ímpeto, um fim, um método, uma reação e um conjunto de tropismos que de modo algum se assemelham a essas mesmas coisas quando possuídas pelos indivíduos que compõem o grupo". A "falange de emoções humanas" tornava-se agora o tema essencial de sua ficção. Tal conceito originou-se para ele de um naturalismo biológico e até certo ponto político, porém emerge como misticismo primitivo em sua obra principal: em seu romance californiano *Boêmios errantes (Tortilla Flat)* (1935), em seu romance "de greve" *A batalha incerta (In Dubious Battle)* (1936), na poderosa novela *Ratos e homens (Of Mice and Men)* (1937), em contos como *O menino e o alazão (The Red Pony)* (1937), nas narrativas de *A rua das ilusões perdidas (Cannery Row)* (1945) e, acima de tudo, em *As vinhas da ira (The Grapes of Wrath)* (1939). Este último, um livro que para muitos sintetiza os anos 30, é sua narrativa clássica da migração "Okie" durante os anos da Depressão, da Bacia do Pó de Oklahoma para os vales da Califórnia, seguindo aquele mesmo "movimento oestizante" e seus mitos de sustentação através de um mundo de desastres econômicos e naturais. Todas essas obras são por vezes lidas como realismo social, embora elas não o sejam realmente. "Eu jamais tive muito talento para o realismo, e nem fé ou confiança nele", explicou Steinbeck certa vez. "Até onde consigo conceber, é uma forma de fantasia". Sua preocupação, dizia ele, era com "fluxos que correm no homem mais profundamente e com mais força do que a libido freudiana", com as determinantes biológicas e sociológicas do ser, as emoções abaixo do consciente ou do controle que transformam a vida em um mistério relativo a forças pagãs e primitivas.

De modo que Steinbeck também pertence à linhagem do transcendentalismo norte-americano - o idealismo emersoniano daqueles que viam uma alma única para homem e natureza, e que buscavam a salvação da alma em uma nova América do Norte vista como um jardim do paraíso, no qual a vida retorna à inocência e a suas fontes primeiras. Os romances de Steinbeck são sobre a participação do homem na sociedade e na natureza; crimes morais ocorrem quando as necessidades humanas são bloqueadas pelas instituições. A camaradagem natural é o tema de seu primeiro romance de sucesso *Boêmios errantes*; baseado no mito da camaradagem cavalheiresca da távola redonda arturiana, ele canta generosamente as vidas espontâneas, sem dinheiro ou propriedade, dos paisanos (mexicano-norte-americanos) de Monterey. *Ratos e homens* é uma tragédia sobre o colapso de outra dessas comunidades "naturais", que tem lugar quando Lennie, a "criança inacabada" idiota, comete um assassinato "inocente". *A batalha incerta* (1936) toma seu título e mito de Milton; a "batalha incerta" é o conflito entre o capitalismo e o comunismo nos paradisíacos vales californianos, durante uma greve de apanhadores de frutas no vale de Torgas. O romance contém algo da amarga indignação social de *The Octopus*, de Norris, com o qual pode ser comparado com proveito. As simpatias políticas de Steinbeck estavam nitidamente com os radicais, porém estes também estão tentando impor um sistema à natureza: "Não acredito na causa mas acredito nos homens" diz o sagaz Doc Burton de Steinbeck, expressando o espírito do livro.

E esse é também o espírito de *As vinhas da ira*, o livro que Steinbeck escreveu depois de viajar para o oeste com os migrantes *okie* que fugiam da Bacia do Pó e das hipotecas vencidas. Obra que expressa desespero social e indignação política em relação ao modo pelo qual o fracasso e a decadência geram uma colheita de ira, ele é também um dos mais otimistas dentre os romances modernos norte-americanos - um mural narrativo épico, com personagens expressionistas e exagerados, com ímpeto mítico e as bases de um evolucionismo biológico que expressa as teorias de Steinbeck sobre a existência coletiva instintiva. Dois mitos governam o livro: um é o da esperançosa oestização norte-americana, configurado na viagem da servidão para a terra prometida; o outro é o da evolução heróica, a viagem vital do homem da solidão para a individualidade na comunidade. A trajetória da família Joad vai da aridez da Bacia do Pó de Oklahoma, nascida tanto dos bancos quanto dos tratores, até o Éden californiano onde, a despeito das favelas de Hoover e da repressão social, sobrevivem velhos sinais de promessa, dos quais o trajeto dos próprios Joad, de família nuclear para a participação em uma pluralidade mais ampla, não é dos menos importantes. Por vezes as duas jornadas parecem entrar em conflito ou contradição. Por vezes o movimento parece uma viagem racional e moral no sentido de uma forma utópica de coletividade humana; por vezes ele é um processo cego, amoral e instintivo, que não revela vontade e opções individuais mas, antes, uma capacidade de resistência animalesca. Às vezes Steinbeck é um escritor político, que comemora em grandes pinceladas retóricas a necessidade que os homens têm de transcender o egoísmo, formar a família humana, tornarem-se um; e em outros momentos ele se transforma no cientista observador, que olha indiferentemente a ação sociologicamente cega dos sistemas vivos que procuram a sobrevivência. E assim a cena crucial, na qual Rose de Sharon amamenta o homem esfaimado depois de perder o próprio filho, pode ser lida como símbolo do amor e da ação políticos, ou (como salientou o próprio Steinbeck em uma carta) da sobrevivência biológica, da vida a assegurar sua própria continuidade.

À medida que a efervescência política da década de 30 foi morrendo, foi o segundo veio, o do naturalismo mítico, que Steinbeck carregou para a obra graças à qual lhe seria concedido o Prêmio Nobel de Literatura de 1962. Seu tardio romance épico, *A leste do Éden (East of Eden)* (1952) reverte à antiga temática do Oeste norte-americano como Éden, a terra virgem onde os sonhos e os conflitos clássicos do homem são vivenciados. O personagem central, Adam Trask, viaja para o oeste, de Connecticut para o vale de Salinas, onde seus filhos repetem o conflito entre Caim e Abel que introduz a morte na natureza. A essa altura a postura política de Steinbeck já havia mudado, e seu tema não aponta para a criação de uma coletividade humana ideal mas antes para idéias de uma independência jeffersoniana amaldiçoada pela natureza decaída do homem. Algumas de suas fraquezas mais óbvias tornaram-se mais evidentes: seu sentimentalismo hoje não chega realmente a registrar a complexidade do mal que ele pressente no homem, nem seu ruralismo a apreender a natureza da industrialização. Steinbeck força o caminho para o puramente maravilhoso, para a escala mítica e a grandiosidade. No entanto ainda restavam marcas da força e da esperança transcendental que fizeram de *As vinhas da Ira* não só uma obra de protesto social, mas também lhe emprestavam proporções épicas modernas, buscando, e expressando, graças à vitalidade de sua redação, uma unidade purificadora, emersoniana.

Essa nota épica e transcendental é contrapeso importante para a crítica social que perpassou os anos 30. Ela poderia apontar para uma unidade perdida, um desejo de incorporar em si o total da experiência, um sentido de naturalismo como desperdício, que objetivos espirituais poderiam suplantar. Mas a tarefa poderia também ser vista de maneira mais subjetiva, tal como fora concebida por Thomas Wolfe - outro romancista dos anos 30 com ambições épicas, mas que se concentrava firmemente em si mesmo. Vindo do sul dos Apalaches e de família escocesa-norte-americana, Wolfe nasceu em 1900, filho de um canteiro de Asheville, Carolina do Norte, que se transformaria na "Altamont" e na "colina Libya" de seus romances quando ele se tornou, como fora sempre seu intento, um Grande Escritor. Tal intento, porém, implicava o afastamento do lar; ele freqüentou a Universidade da Carolina do Norte, depois teve aulas de composição literária em Harvard, indo a seguir para Nova York e para a perturbada Europa dos anos do entre-guerras. Nessas viagens ele buscou captar o espírito dos tempos, lugares e pessoas, a fim de escrever, disse ele, sobre "a noite e a escuridão na América do Norte, e os rostos dos que dormiam em dez mil cidades; e sobre as marés do sono e os rios que correm ininterruptamente na escuridão... Escrevi sobre a morte e o sono, e sobre aquela fabulosa rocha de vida a que chamamos de cidade". Os romances que passou a escrever eram vastos épicos de individualidade espraiada sobre um mundo social e historicamente desorientador de altos e baixos, uma vasta paisagem de natureza e força, que ele tentava levar a uma unificação transcendental, para torná-la "fabulosa". O objetivo era captar as marés da vida criando um mito ao centro do qual estava o próprio eu romântico do autor. O projeto foi marcadamente bem-sucedido; Wolfe tornou-se um dos escritores mais célebres da época, antes de sua morte prematura, devida a uma infecção cerebral seguida de pneumonia, em 1938. Embora não fosse, a meu ver, um Grande Escritor, Wolfe imbuía-se das maiores e mais grandiosas intenções: "A tarefa do autor", anotou ele, "é antes a de escrevermos 'por que?' ao longo do pergaminho de nossa existência, para nele responder à questão que levantamos". Se a pergunta era inocente, também o foi a resposta: ela residia, de algum modo, como de fato para outros escritores dos anos 30, na grandiosidade do indivíduo.

Isso significava que a história que o escritor tinha para contar era, essencialmente, a do que ele era e dos caminhos trilhados para sê-lo, o que Wolfe fez com seu primeiro romance, *Look Homeward, Angel (Olhe para casa, anjo)*, que saiu em 1929, seis dias antes do craque de Wall Street. "Toda obra séria é autobiográfica...", afirmava ele no prefácio. "O livro foi escrito com simplicidade e desnudamento de alma... É um livro feito da minha vida e representa minha visão de minha vida aos meus 20 anos". Em 1935 veio o segundo volume, *Of Time and the River (Do tempo e do rio)*, que levava a história adiante. É uma história um tanto semelhante à do George Willard de Sherwood Anderson; o alter ego de Wolfe, Eugene Gant, cresce em um mundo sulista provinciano, esterelizante mas dotado de raízes, e depois rompe seus limites, partindo para águas mais profundas da experiência. Gant é um artista, que deixa o lar para encontrar novos lugares, fazer novas descobertas, sondar as cidades do Norte e o mundo estrangeiro; e seu artista é uma personalidade isolada, em função de sua sensibilidade e seus poderes especiais - seus apetites devem ser, como Wolfe gostava de dizer, "gargantuescos", um registro de tudo o que pode ser sofrido, conhecido e sentido. A arte é um conluio entre o artista faminto e o objeto de sua fome, "a vida"; o herói da vida é o próprio artista. "Há poucas vidas heróicas", disse Wolfe em uma carta, "e mais ou menos a única a respeito da qual sei bastante é a minha própria. Isso pode parecer jactância, mas como é verdade, eu não vejo maneira de negar". O aspecto principal de sua obra é que ele jamais o fez.

Os romances de Wolfe, desse modo, tornaram-se um épico confessional, um imenso jorrar de experiência pessoal. Organizar o que escrevia em forma publicável ficava mais ou menos além de sua capacidade: Maxwell Perkins, o editor da Scribner que ficava em casa enquanto seus protegidos, que também incluíam Fitzgerald e Hemingway, viviam na Europa, completou o processo da redação para Wolfe, aparando o registrado para dar-lhe unidade de livro. O papel de Wolfe era o de vivenciador, do homem que passa pela vida pespegando a tudo - felicidade e infelicidade, atividade física, solidão e devaneio - os grandes significados dos quais Eugene Gant era o foco:

> Parecia-lhe que todo aquele inacreditável milagre de sua própria vida e destino ordenara todos aqueles acontecimentos acidentais em forma coerente, dando-lhes significados relacionados. Ele sentia que tudo - o potente movimento de um trem, o infinito mistério e o deserto de solidão da terra, o sentimento de suntuosidade, abundância e riqueza ilimitada estimulado pela rica decoração do trem pullman, bem como o ar geral de afluência daqueles homens prósperos - pertenciam-lhe, haviam saído de sua própria vida, e estavam prontos a servi-lo a seu pedido e ordem.

A partir de tais sentimentos, é claro, qualquer experiência servirá tanto para o autocrescimento quanto para matéria de ficção; até mesmo coisas não experimentadas diretamente por Gant podem ser livremente agregadas com o objetivo de aumentar o portentoso ar geral ("Exatamente naquele momento o trem entrara no estado de Virgínia, muito embora nenhum dos homens ali sentados conversando soubesse disso"). Trata-se, na verdade, da clássica redação de má qualidade, sempre a se estufar por meio da retórica para adquirir importância; o dom de Wolfe era o de encontrar uma lógica que justificasse a patente extravagância. Pois os romances que falam de Eugene Gant são exatamente sobre esse tipo de avidez: sobre a educação sensorial, emocional e imaginativa de Gant, sobre a "curva cíclica de uma vida familiar - gênese, união, decadência e dissolução" que o envolve, sobre a crescente sensação de isolamento em relação aos outros, e sobre a esterilidade e a paralisia, que impelem o artista eternamente para a frente.

Look Homeward, Angel, que leva o subtítulo "A história de uma vida soterrada", explora a vida da família e da cidade sulista que fornecem as raízes do mundo de Gant, oferecendo-lhe ao mesmo tempo a moldura ancestral e natural de que ele necessita e a prisão da qual, como artista, precisa fugir. Conflitos arquetípicos dessa espécie - imobilidade e movimento, teia e rocha - geram o mito de Wolfe, ainda mais ampliado por *Of Time and the River*, que leva Gant para o mundo do Norte, de mudança e urbanidade, para Boston, Nova York, Oxford e a França. A cidade é vista como local de deslumbramento, confusão, contingências, mas ela também é "a vida"; a busca de Gant é a de alcançar "a cidade de mim mesmo, o continente de minha alma". Os romances são de busca - de busca, dizia Wolfe, de um pai, por certo de um princípio organizador, uma idéia de arte. Esse tema se torna manifesto quando, na cidade, Gant começa um caso de amor com uma mulher mais velha que oferece forma à sua vida, caso que será a chave de sua perseguição sem fim de algo que transforme a experiência casual em transcendência, transmute o puro tempo em forma. O problema é o do artista moderno; a vida começa na tradição, no "realismo" da vida em casa, porém não pode ser contida ali porque, à medida que cresce o artista que há no homem, também tem de se ampliar o mundo do qual ele vai tomando conhecimento. E o mesmo se dá com o escrever, pois Wolfe começa no romance tradicional da comunidade, do mundo no qual os homens têm ancestrais, vivem densamente em famílias e tomam o passado como guia para o presente; mas ele avança para o romance moderno de busca desabrida, busca de expor a si mesmo dentro de um desordenado mundo urbano que rende incontáveis experiências mas não chega realmente a transformá-las em conhecimento. Emocional e tecnicamente Wolfe se propõe à tarefa de fundir as duas coisas. Seus livros então transformam-se na resposta, sendo o seu perigo o de que com freqüência o espaço que fica no meio acaba preenchido com uma ansiosa individualidade, expressada como uma incansável retórica de vontade e desejo - retórica essa por vezes esplêndida, por vezes inconfortavelmente sobrecarregada de ressonâncias vazias e ecos vagos e hiperliterários.

Os dois romances sobre Gant deram fama a Wolfe; o problema era o que poderia vir a seguir. Como Farrell, ele voltou ao ponto de partida inventando um novo alter ego, George Webber, com história muito próxima da de Gant, que fica rico e famoso. Em *The Web and the Rock (A teia e a rocha)* (1939) encontramo-lo no meio de seu caso amoroso com a mulher mais velha, que desmorona quando ele descobre o que há de corrupto na vida artística que levam, partindo ele para as corrupções históricas mais amplas da Alemanha; em *You Can't Go Home Again* (1940) ele efetivamente volta para casa, retornando para uma América do Norte da Depressão, do desespero, do fracasso e da "ruína da consciência humana", mas achando uma nova esperança social de que a nação mostre a saída da decadência a uma nova humanidade. Por meio de dor, corrupção, decadência e solidão, a inocência é recuperada, a esperança épica reconquistada. Estes livros diferem um pouco da seqüência anterior, e não só porque postumamente eles foram cortados e organizados por um outro editor, Edward C. Aswell, que tinha uma visão diversa sobre as intenções de Wolfe. O próprio Wolfe enfatizava a mudança, parcialmente derivada do maior distanciamento estabelecido em relação a seu passado na Carolina do Norte, e de um sentido mais aprofundado da mudança histórica, oriundo em parte de uma visão política mais forte, em parte de seu desejo de emprestar maior peso simbólico ou mítico ao material autobiográfico, produzindo assim um esquema de tempo muito mais complexo. Essas obras sob certos aspectos mais documentais são também mais "modernistas", na medida em que a justaposição de elementos - vida passada e presente, vastas entidades simbólicas como a teia (da sociedade tradicional) e a rocha (a cidade) - torna-se mais oblíqua. Wolfe substitui as antigas e não raro canhestras técnicas narrativas por modos mais complexos. A lógica da memória se altera, as tonalidades do simbolismo são mais fortes, e há um maior distanciamento satírico e paródico do material utilizado. Mas o elemento autobiográfico persiste com firmeza - esses romances são épicos do eu, da vida e dos EUA, três grandes empreendimentos - como persiste igualmente a americaníssima ânsia de Wolfe por uma confissão afirmativa, transcendente, que por intermédio de sua afirmação de haver passado por uma gama crucificante de experiências, transformaria todas as coisas em épicas. Ele escreve sobre a derrota da Depressão, do domínio do mundo por avareza satânica, mas - dado seu instinto para a retórica abstrata - não há a menor dúvida quanto ao que sua descoberta viria a ser, uma grandiosa profecia: "Creio que estamos todos perdidos aqui nos Estados Unidos, mas creio que seremos encontrados". A arte e a confissão levam à sabedoria profética, a uma pura confissão da verdade, e o objetivo final torna-se o produto de um livro não-livro que veria e diria tudo de forma nova.

V

Wolfe não seria o único autor dos anos 30 com a ambição de transcender o livro:

> Isto então? Isto não é um livro. É um libelo, uma calúnia, uma difamação de caráter. Isto não é um livro no sentido comum da palavra. Não, isto é um insulto prolongado, uma cusparada no rosto da Arte, um chute nos fundilhos de Deus, do Homem, do Destino, do Tempo, do Amor, da Beleza... do que você quiser. Eu vou cantar para você, talvez um pouco desafinadamente, mas cantarei. Cantarei enquanto você coacha, dançarei sobre o seu cadáver imundo...

Assim começava *Trópico de Câncer (Tropic of Cancer)* (Paris, 1934; Nova York, 1961), primeiro livro da série dos "Trópicos" de Henry Miller, escritor que de várias formas tentou reverter ou afrontar todas as tendências e valores da década. Na época em que os expatriados voltavam para casa, ele escrevia na Paris dos expatriados, e seus livros eram impressos lá, só vindo a serem publicados nos EUA na década de 1960, excluídos não por seu conteúdo vanguardista mas em função de sua franqueza sexual, seu violento erotismo e sua aparente perversão. A recusa de Miller a escrever "um livro" era um ataque deliberado a todos os conceitos de arte estabelecidos e, mais do que tudo, à noção de responsabilidade literária e fidelidade social. Miller é um lembrete crucial de que o romance de extremismo radical tomou outras formas que não a diretamente social durante a década de 30; ele é corretamente visto hoje em dia como precursor do experimentalismo e do pós-modernismo do pós-guerra. Notas características dos anos 30 estão presentes: um forte conteúdo naturalista, especialmente na evocação da infância de imigrante do autor e sua vida como moleque de rua no Brooklyn; uma grande intenção transcendental, muito norte-americana embora baseada em uma grande dissidência e no taoísmo, surrealismo e anarquismo europeus, tanto quanto em filosofias norte-americanas; a necessidade de um livro fazer mais do que um livro pode, confessando, profetizando, transformando e afetando a "realidade" da vida de forma direta. No entanto, a política convencional, as visões progressistas e otimistas da história e a celebração da América do Norte não eram para Miller; as cargas que os escritores norte-americanos estavam assumindo eram o que Miller esperava poder deixar para trás quando, sem um tostão, ele se mudou em 1930 não para a Paris dos ateliês, mas para a Paris *clochard*, e conseguiu fazer sua contribuição individual às novas artes surrealistas da afronta e da atrocidade.

Os romances de Miller viriam a ser os anti-romances dos anos 30 - mesmo que, como disse Leslie Fiedler certa vez, eles fossem também autênticos romances da Depressão, escritos a partir de um sentido de caos econômico, de lesão histórica e de sofrimento político. Mas ao mesmo tempo eles reagem contra todas as atitudes e julgamentos convencionais e responsáveis - humanismo liberal e culpa burguesa, racionalismo político e expectativa utópica. É fácil vislumbrar nos escritos de Miller o romancista proletário que ele poderia ter sido mas recusou-se a ser. Miller nasceu em Brownsville, Brooklyn, Nova York, filho de um alfaiate alemão imigrante, e ele próprio só falava alemão, até ir para a escola; cresceu como todo garoto esperto das ruas do gueto urbano, em um mundo de necessidades e excitações, grosserias e potencialidades, no qual a violência e a sensibilidade, a aventura sexual e literatice romântica estàvam sempre em combate equívoco. Miller tinha inclinações radicais, admirava Jack London e Emma Goldman, e foi atraído pela teosofia e o anarquismo. Tal como Steinbeck, teve uma ciranda infinita de empregos e bicos mesquinhos, empregado e despedido em rápida seqüência no que parecia ser agora uma exigência básica para a carreira literária; foi de vendedor, empregado na alfaiataria de seu pai, trabalhador em um rancho na Califórnia, lixeiro, boy de hotel, estatístico, editor e, graças a um estratagema, a gerente de pessoal dos entregadores de telegramas da Western Union, passando agora ele próprio a empregar e despedir desatinadamente, em fúria contra "todo o sistema trabalhista norte-americano, podre em ambas as extremidades". Odiava o lugar onde nasceu e tudo que seus pais apoiavam ou aprovavam; leitor assíduo, descobriu que os livros o instigavam a revolta ainda maior. Voltou-se então para o trabalho manual e a vagabundagem, resolvido a rejeitar os livros e a ganhar a vida com as mãos; mas sentia-se incessantemente suspeito, traído por sua linguagem e suas idéias. "Eu não tinha absolutamente nenhum princípio, lealdade ou código... Normalmente retribuía a bondade com insultos e afrontas. Era insolente, arrogante, intolerante, violentamente preconceituoso, implacavelmente obstinado", explicou ele mais tarde em *A hora dos assassinos (The Time of the Assassins)* (1956), um estudo de seu herói literário, Rimbaud, que é mais ainda um estudo de seu segundo herói do gênero, o próprio autor.

Essa história viria a entrar em seu segundo livro "Trópico", *Primavera negra (Black Spring)* (Paris, 1936; Nova York, 1963) e mais ainda no terceiro, *Trópico de Capricórnio (Tropic of Capricorn)* (Paris, 1939; Nova York, 1962), e depois, novamente, em sua série mais tardia *The Rosy Crucifixion (A crucificação rosada)* (composta por *Sexus*, 1945; *Plexus*, 1949; e *Nexus*, 1960), escrita quando uma reconciliação parcial com seu país natal já tivera lugar, e seu desejo de afrontar já estava um pouco atenuado. Mas a narrativa inicial de Miller era de dissidência, ruptura e afastamento em relação a um lar do qual não gostava, uma Nova York que detestava, uma América do Norte com cuja cultura e cidadãos ele sentia não ter nada em comum. Em 1924, abandonando seu emprego na Western Union para finalmente tornar-se escritor, Miller sentiu confirmada a concepção que tinha de si mesmo como único artista verdadeiro, o gênio despojado repudiado por todos - o gênio gangster da tradição dissidente, romântico-anárquica, que ele sempre cantaria, daqueles que "viviam como espantalhos em meio às riquezas de nossa cultura". O artista tinha de ser o olho distanciado, o estranho, o espezinhado, e sua tarefa era a da auto-rejeição: "Toda a minha vida senti forte parentesco com o louco e o criminoso..." observou ele em seu ensaio "Ponte de Brooklyn" em *The Cosmological Eye (O olho cosmológico)* (1945). "Para mim a cidade é a personificação do crime. Sinto-me em casa". Se sua indignação social era forte, sua postura excluía qualquer solução política direta, e não conduzia a qualquer mensagem humanista: "Hoje em dia sinto orgulho em dizer que sou *inumano*", escreveria ele em *Trópico de Câncer*, "que não pertenço a homens e governos, que não tenho nada a ver com credos ou princípios". Nem foi um escritor de celebração da América do Norte; ele a via como o "pesadelo de ar condicionado", o coração da esterilidade moderna, e via a si mesmo como o escritor integralmente desarraigado - como afirmou em *The Cosmological Eye*, não era um norte-americano, mas um escritor "cosmológico". Tudo isso conduzia logicamente à expatriação, e a expatriação levou ao *Trópico de Câncer*, seu primeiro, mais afrontoso e sem dúvida melhor livro.

Trópico de Câncer é a história, mais ficcionalizada do que parece, da vida pobre de Miller como gênio amoral em Paris, que é satisfatória sobretudo por não ser a América do Norte: "A América do Norte a três mil milhas de distância", grita ele, "não quero vê-la nunca mais". Paris, no entanto, enquanto em si mesma corroída pelo câncer e o fluxo de excrementos, permite a arte que não é arte, e "É possível viver em Paris - eu o descobri! - apenas de sofrimento e angústia". Por trás do livro estão muitas das idéias dos anos 30: a da degradação histórica e esterilidade, da terra devastada e a cidade morta confirmadas pelo apocalipse econômico; da realidade do obsceno; da necessidade de um surrealismo subjetivo anárquico que trabalha no sentido de autolibertação em termos de uma psico-história construída à base de Groddeck e Rank, e encapsulada na imagem do útero duplo - o útero para dentro do qual se regride, evitando o renascimento; o mundo como útero, que permite o renascimento da consciência. A historiografia sexual surrealista traz em seu bojo muito do oculto. O sentido de corrupção universal é necessário ao empreendimento: a cultura, particularmente a norte-americana, desmoronou, o homem extático desapareceu. "O mundo está exausto..." Esse mundo apocalíptico, "um mundo gasto e polido como o crânio de um leproso" clama por uma ressurreição obscena, um mistério recriado em torno do complexo mistério psíquico do orifício vaginal: "Se alguém soubesse o que significava ler o enigma daquela coisa que hoje é chamada de "racha" ou "buraco", se alguém tivesse o menor sentido de mistério a respeito dos fenômenos rotulados de "obscenos", este mundo se partiria no meio... Se só resta uma ferida aberta então ela precisa jorrar, mesmo que não produza nada senão sapos, morcegos e homúnculos". De fato, o que jorra não é apenas um grito confessional caçando seu caminho para a profecia, mas uma visão selvagem, como uma pintura surrealista, na qual o fluxo do útero e o fluxo da cidade derramam igualmente imagens de sexo e morte, esterilidade e nascimento, excremento e flores.

Paris era, para Miller, mais do que o cenário de uma expatriação paupérrima, ou uma cidade alternativa para sua rebelião; ela lhe fornecia uma sensação inesperada de raízes, "um solo tão saturado de passado que, por mais que a mente se esforce, não se pode separá-lo de seu alicerce humano", para contrastar com o vazio norte-americano. Ela lhe deu igualmente boa parte de seu principal movimento experimental, o surrealismo. Em *Trópico de Capricórnio*, Miller, preso na armadilha da *fourmillante cité* das almas mortas, de Nova York, reconhece a si mesmo como "talvez o único dadaísta dos Estados Unidos, e eu nem sabia disso". Seu empreendimento, como o do surrealismo, ultrapassou a literatura, chegando à pós-literatura, foi da arte à afronta, da razão até o inconsciente inundado, da forma até o apocalipse aleatório, uma segunda ordem de caos que deveria ecoar o caos do existente e abrir o caos do mundo novo, transformado. Sua prosa tornou-se apaixonada, visionária, muitas vezes incoerente, sempre cômica, colhendo na obscenidade e na invectiva tanto o ultraje quanto a autenticidade. Os livros de Miller podem muitas vezes ser lidos como um despudorado realismo sexual; na realidade eles são livros do grotesco, e sua redação busca muitas vezes seguir o fluxo caótico do consciente ("o caos é a partitura na qual se escreve a realidade"), ocultado pelas violações que os "eus" de seus livros podem infligir ao ambiente canceroso. A iconografia central é de sexo, morte, excremento, ressurreição, com o sexo retratado como um ato destrutivo, uma violação desse útero feminino regressivo específico, no interesse da recuperação visionária do eu masculino. A condição para o renascimento - ou para os renascimentos, pois Miller renasce um tanto mais freqüentemente do que o ambiente que o cerca poderia sugerir ser possível - é exatamente a esterilidade e a corrupção.

Trópico de Câncer termina, como a maioria dos livros de Miller, com uma recuperação visionária que abre a possibilidade de um retorno à América do Norte. *Primavera negra (Black Spring)*, um conjunto de cenas apocalípticas que se estendem pelo passado norte-americano, tenta uma prosa experimental mais complexa. *Trópico de Capricórnio*, a seguir, penetra ainda mais fundo no passado norte-americano, começando com a grande premissa existencial de que "Uma vez que você já entregou a alma, tudo o mais se segue com absoluta certeza, até mesmo em meio ao caos". O livro começa com um misto de aquiescência dissimulada e raiva em relação ao sistema norte-americano (..."no fundo do meu coração havia assassinato: eu queria ver a América do Norte destruída, arrasada de alto a baixo..."), e é dominado pelas imagens sexuais do "Bonde Ovariano" - os ovários doentes da mulher de Hymie, o ferimento vaginal que gera os paradoxos de "A Terra da Foda", a terra da vida e da morte, do útero como corrupção e ressurreição. Começando com um acesso de fúria social, Miller gradativamente aprende a olhar para tudo o que está acontecendo à sua volta como se fosse um espectador de outro planeta, a apanhar uma folha de repolho na sarjeta para tê-la na mão e vê-la como seu próprio universo, a achar a cidade insana e ele mesmo um grande olho-testemunha suspenso acima do mundo, um homem que se desfaz de sua pele em uma sucessão de camadas. A estrutura da narrativa é solta, desorganizada, associativa; o objetivo é claro - a criação de uma nova vida, na qual "o equilíbrio não é mais o objetivo - as balanças precisam ser destruídas". Capricórnio, o "renascimento na morte", já pode agora contrabalançar câncer, "o ponto extremo da civilização que foi pelo caminho errado". E a vida se torna um fio de cabelo separando os dois.

A energia e a vitalidade obscena dos primeiros romances de Miller são sustentados o tempo todo por meio de seu poder de fantasia apocalíptica; neles, quem vive por baixo transforma-se em explorador-redentor porque não tem nada a perder e tudo a ganhar. Com a guerra, Miller voltou para os Estados Unidos, que atacou em *Pesadelo Refrigerado*, um registro de suas viagens pelo continente norte-americano fixando-se finalmente, em 1944, em Big Sur, na Califórnia. Lá ele escreveu longamente e, como seus primeiros livros não eram mais proibidos nos Estados Unidos, ou já tinham sido republicados lá, ele transformou-se no guru do novo radicalismo, a Geração *Beat*, a voz do anarquismo romântico norte-americano. *The Rosy Crucifixion*, que torna a cobrir terrenos antigos a partir de um ponto de vista mais especulativo, é em grande parte um texto de comemorações visionárias. Miller passou a ser visto como o tipo do homem pós-Marcuse, distanciado do conservadorismo do útero materno, livre para gozar de uma conscientização corpórea e espiritual; como tal, sua obra influenciou profundamente muitos escritores do final dos anos 50 e dos anos 60, reabrindo o caminho para o surrealismo visionário. Esse era um Miller, porém outro é o assunto do ensaio que muito cedo George Orwell escreveu sobre ele, "Dentro da baleia" (1940), que o via como o novo quietista, o escritor em um mundo morto e corrupto, agüentando e registrando o processo mundial sem soluções políticas, um "escritor completamente negativo, não-construtivo, amoral", um "Whitman entre os cadáveres". Ambas as visões de Miller são esclarecedoras. Ele era um otimista potencial, com seu misticismo e sua metafísica finalmente apontando o caminho de volta para o transcendentalismo norte-americano. Mas em seu memorável trabalho inicial a tensão entre o niilismo e o vitalismo autodescobridor é a chave, e é ali que ele cria tanto uma notável comédia obscena do desespero quanto uma forma surrealista impressionante.

Miller não foi o único escritor norte-americano dos anos 30 a voltar-se para o surrealismo europeu como um caminho para expressar seu tempo. O mesmo fez Djuna Barnes, outro expatriado, em *Nightwood (Bosque noturno)* (1935), um denso romance-fantasia de perturbações psicopatológicas e horror trágico. E, com maior importância ainda, o mesmo fez Nathanael West, cuja obra aparentemente excêntrica revela-se agora como firmemente integrada na tradição do grotesco cômico norte-americano, e que compartilhou com Miller da visão de um mundo de total inumanidade, pairando entre o sonho e o pesadelo e sempre à beira do apocalipse. Nascido Nathan Weinstein, em Nova York, em 1903, filho de imigrantes judeus, ele freqüentou a Universidade Brown, adquiriu o gosto pela impostura elegante e tomou o nome de West quando se mudou para Paris no final da década de 20. Sua expatriação foi breve, mas confirmou sua inclinação e interesse vanguardistas pelo surrealismo - embora parte de seu talento sem dúvida muito deva à sua amizade com o humorista norte-americano S.J. Perelman. Em Paris West trabalhou em *A vida alucinada de Balso Snell (The Dream Life of Balso Snell)* uma paródia ali publicada em 1931. Trata-se de uma comédia surrealista sobre um inocente poeta norte-americano que acidentalmente entra no mundo-útero do cavalo de Tróia por sua abertura posterior, e descobre ser ele "habitado exclusivamente por escritores em busca de público". Isso abre a porta (dos fundos) para o pastiche e a paródia de inúmeros estilos literários, uma zombaria generalizada da arte, que desrespeita formas passadas e até mesmo o modernismo recente, inclusive a obra de Joyce. É o livro de anotações de um escritor criativo, uma notável obra de aprendizado. West seria sempre um escritor idiossincrático, com limitações óbvias: seu desejo de escarnecer, de solapar, de fazer da arte uma espécie de história em quadrinhos com agentes manipulados como marionetes, muitas vezes parece coisa mal escrita e por vezes, como em partes de *Balso Snell*, é mesmo. Entretanto, são exatamente essas qualidades, que desrespeitam convenções artísticas preexistentes e idéias sobre o humanismo da arte, que se afirmariam como seus recursos mais verdadeiros, à medida que sua obra ia se desenvolvendo ao longo de mais três romances - *Miss Corações Solitários (Miss Lonelyhearts)* (1933), *Um milhão de dólares (A cool million)* (1934) e *O dia do gafanhoto (The day of the Locust)* (1939) - antes de ser ceifada pela morte repentina do autor em um acidente automobilístico, em 1940.

É com *Miss Corações Solitários* que West alcança uma visão coerente, um tom permanente, baseado na percepção da dor e da angústia por baixo dos mitos da sociedade norte-americana. *Miss Corações Solitários* é uma farsa de humor negro sobre um jornalista que efetivamente tenta reagir ao sofrimento exposto nas cartas que recebe em seu consultório sentimental. O grotesco, no entanto, não é apenas uma condição ostentada pelos que sofrem; é também um recurso de ficção dominante. West dissolve toda conceituação direta de personagem, transformando todos os seus agentes, inclusive "Miss Corações Solitários", em figuras de retórica ou objetos, autômatos cômicos que vemos através dos espasmos de sua carne, da vida independente e quebrada de seus corpos, que parecem sempre ser obras-primas de mau desenho. No entanto isso também se torna fundamento de dor e de patos, pois a própria figura humana se torna inadequada para a dor que lhe pedem que suporte. O ser significativo é separado das ações absurdas do corpo e dos impulsos da vontade; donde seus personagens viverem em estado de ilusões semi-ensandecidas, em um sonho coletivo de desejo que facilmente cai na violência. De tudo isso, Miss Corações Solitários, um homem sensível, é o foco, e se transforma em um Cristo enlouquecido e inadequado, incapaz de oferecer qualquer redenção verdadeira. Contra seu Cristo fracassado ele coloca um Anticristo, o espirituoso, indiferente e predatório editor Shrike, que tenta ridicularizar o seu herói fazendo-o tentar o "milagre" de levar amor a uma das vítimas circundantes, o aleijado Doyle - tentativa que leva a sua morte inútil e absurda. O livro oferece um núcleo delicado e uma superfície dura; do início ao fim o patos é criado e depois subtraído, gerando um tom de humor negro que lembra algumas das obras tardias de Twain, e que alguns autores de humor negro da década de 1960 haveriam de ecoar. O tema de West é claramente o da sôfrega busca humana, tanto em seu grotesco quanto em seu patético - um tema bastante natural, deixava ele implícito, para uma sociedade na qual prevaleciam os sonhos de sucesso e desejo, mas emergindo em formas deturpadas ou monstruosas, principalmente na época da Depressão e da miséria urbana.

O sentido de dor histórica e desastre político implícito em *Miss Corações Solitários* torna-se explícito em *Um milhão de dólares.* Uma sátira a respeito do folclore do sonho norte-americano e do mito de sucesso do tipo Horatio Alger, de mendigo a milionário, seu "herói" é o clássico inocente ficcional, Lemuel Pitkin, o bom menino norte-americano que nunca se atrasa no caminho de volta da escola. Contado como paródia, em várias caçoadas estilísticas, o livro depois inverte o antigo enredo, usando infelicidade no lugar de felicidade. Com sua casa seqüestrada por um latifundiário malvado, que quer vendê-la a um decorador de interiores, Lemuel procura os bons ofícios de "Shagpoke" Whipple, antigo presidente dos Estados Unidos e agora presidente do Banco Nacional de Rio dos Ratos, o qual explica que, sendo pobre, honesto e nascido em uma fazenda, seu requerente só pode ter sucesso. Lemuel então é imediatamente roubado, preso e tem os dentes arrancados - primeira de uma série de desmembramentos durante sua tentativa de levar avante seu inocente destino na terra do sonho norte-americano. Ele perde um olho, um polegar, seu escalpo, uma perna, e finalmente leva um tiro durante um comício político. "Graças a seu martírio, o Partido Revolucionário Nacional triunfou" anunciou Whipple, "e por esse triunfo o país foi livrado da sofisticação, do marxismo e do capitalismo internacional. Por intermédio da Revolução Nacional seu povo foi purgado de doenças estrangeiras e a América do Norte tornou-se novamente norte-americana". O rapaz norte-americano típico conquista assim sua apoteose final. Uma sátira à política e aos mitos nativistas, o livro depende de uma energia ficcional onde a violência, o desmembramento e a distorção são, novamente, não só o assunto mas o método artístico: toda a rispidez e a abstração da sátira são tiradas daí. O livro mais político de West, *Um milhão de dólares* mergulha nas distorções da sociedade, no processo pelo qual os sonhos transformam-se em corrupção, exploração e violação da inocência, os mitos tornam-se lendas enganadoras. O tema leva naturalmente ao romance seguinte de West, que trata da grande fábrica de sonhos norte-americana Hollywood.

The Day of the Locust é naturalmente comparado com *O último magnata* de Scott Fitzgerald; os dois romances sobre Hollywood foram escritos mais ou menos ao mesmo tempo e a partir de experiências semelhantes no trabalho como roteiristas de cinema. O livro de Fitzgerald, no entanto, trata primordialmente do mundo dos estúdios, e o de West fala dos sonhadores frenéticos e amargurados que os cercam - as multidões que correm para aquela cidade de possibilidades, fantasias, mitos e religiões, expressados nas formas mais exageradas e artificiais. Para Hollywood vão as criaturas distorcidas e estranhas da deformada vida norte-americana, elas mesmas fantasias, cujo tédio avassalador, à medida que vão gradativamente ficando "cansadas do sol e das laranjas", conduz à frustração violenta, em relação a si mesmas tanto quanto em relação ao ilusório mundo à sua volta. O livro começa em meio à fantasia dos cenários de estúdio mas se muda para o mundo igualmente fantasioso fora deles, o mundo de cultos e seitas, esportes e sensações, circos e palhaços, estilos de vida e promessas, e do cardápio diário dos jornais, sobre "linchamentos, assassinatos, crimes sexuais, explosões, desastres, ninhos de amor, incêndios, milagres, revoluções, guerras". Hollywood é um sonho em uma terra de sonhadores, que querem cada vez mais sensações e estão prontos para a violência para além do tédio, a solidão, a repressão e a raiva. West tinha algo do interesse de Sherwood Anderson em seus grotescos individuais, com seu misto de expressão e repressão, seus "fracos corpos esgotados e suas mentes selvagens e desordenadas." São todos figuras tanto bizarras quanto perdidas - como o "autômato mal feito" Homer Simpson, com seu corpo assassino; o símbolo sexual Faye Greener, com sua provocação sexual assexuada, que não é feita para o prazer mas para a luta, "dura e afiada, mais próxima do assassinato do que do amor"; seu pai Harry, o "Arlequim enlameado" que tenta encontrar compreensão e significação por meio de suas palhaçadas; o lutador anão Abe Kusich. Mas o tema de West é a própria multidão, e ele não entra pelas consciências individuais, preferindo mostrar as desatinadas sensações coletivas, ou as nervosas molas psíquicas da ação em um mundo no qual a vida é uma atuação sem sentido, a necessidade de sensações extremas, e o destino humano fundamental é a divisão entre o desejo e o desespero furioso.

Particularmente, West também explora, por intermédio de uma figura central apropriadamente chamada Tod Hackett (a alusão à violência e à morte são explícitas)*, o artista que poderia representar um tal mundo. Tod é um cenógrafo e pintor cuja ambição é pintar *O incêndio de Los Angeles*, uma apocalíptica tela moderna. Quando está procurando seu tema, ele testemunha o crescimento de um grito de fúria que se eleva. As notas do apocalipse soam, e embora o objetivo de Tod seja menos o de satirizar as multidões que esperam ser galvanizados para a existência, do que "pintar sua fúria com respeito, apreciando seu terrível poder anárquico, cônscio de que ela tem em si a capacidade para destruir a civilização, ele se mantém afastado da turba. Finalmente, na *première* do filme, a turba se amotina e ataca; Tod, embora ferido e atirando sua pedra na multidão, ainda é capaz de fixar-se finalmente no detalhe violento de seu quadro, que será um *Guernica* elaborado e surrealista, criado com sofrimento *e* distanciamento, retratando tanto a turba querendo purificar a terra quanto o próprio artista, ambos presentes e separados. De modo que a situação e a pintura mesclam-se no momento em que o romance termina, com o próprio livro deixando escapar um *insight* quanto a seu método. West descobre seu equivalente para o estilo de arte de Tod em sua técnica de pequenas tomadas, encontrada no roteiro cinematográfico e na história em quadrinhos. Como Tod, ele se põe dentro de sua visão, uma vítima, enquanto vê que a coisa importante é a visão, que portanto transforma-se em algo não de total distanciamento satírico, mas de patos e tristeza. West constrói sua

---

* As referências no nome são efetivamente duas: "Tod" evoca "morte" em alemão, enquanto "Hackett" evoca o verbo "to hack", cortar, estraçalhar, etc. (N.T.)

própria tela surrealista, expressando um movimento de sonho preenchido com as mais extraordinárias imagens - o cavalo morto na piscina, a briga de galos, e assim por diante - bem como um formalismo cômico. Seu último livro, o de maior autoconhecimento, é um retrato tragicômico e perturbado do artista em uma era apocalíptica - um lembrete especulativo de que a ficção dos anos 30 não foi só uma questão de reportagem ou de ficção de protesto, mas também de um novo experimentalismo.

6. *As imaginações liberal e existencial: as décadas de 1940 e 1950*

> Falta de sentimento de culpa. Nossos carros gordos dos anos 50, como nós os amávamos: ninguém pensava em poluição. Fumaça dos exaustores, fumaça de cigarros, fumaça de fábricas, tudo era romântico. O romance do consumismo em seu auge. Comprar comida para bebê no colorido lixo dos supermercados. Poder aquisitivo: jovem, novo no poder, nascido para consumir. Para procriar avaramente. Uma fátua convicção de que o mundo estava condenado. Para além do universo borbulhante, um inimigo absoluto. Acima de nós, bombas cujo brilho preencheria a cena como se uma xícara transbordante.
>
> John Updike, "Quando todo mundo estava grávido", em *Museums and Women* (*Museus e mulheres*) (1973)

> Ele se fez uma pergunta que eu continuo a querer ver respondida, que é: "Como é que um homem bom deveria viver, o que ele deveria fazer?"
>
> Saul Bellow, *Na corda bamba* (*The Dangling Man*) (1944)

I

O ataque japonês a Pearl Harbor em 1941 não só precipitou os Estados Unidos na segunda guerra mundial do século; ele marcou também outro redirecionamento marcante no desenvolvimento nacional. A nação uniu-se contra o adversário totalitário, e com os gastos militares a economia se recuperou; uma década torturada por problemas econômicos e políticos, e por dúvidas quanto ao futuro do sistema capitalista, terminava. Dessa guerra os Estados Unidos emergiram como único vencedor incontestável, uma superpotência que iniciara a era atômica em 1945 ao soltar suas bombas sobre Hiroxima e Nagasáqui. A América do Norte do pós-guerra tornou-se uma terra de afluência sem precedentes; dentro de pouco tempo a média de renda real dobrou e os Estados Unidos transformaram-se na economia de consumo exemplar, gerando uma notável coesão interior e o que pareceu a muitos intelectuais uma época de novo conformismo. A guerra, porém, envolvera os norte-americanos nas crescentes desordens do mundo moderno; e a América do Norte foi incapaz de se recolher, como fizera em 1918, a seu próprio continente e cuidar só do que era seu. No novo equilíbrio mundial de forças a influência e o engajamento norte-americanos se espalhavam; os EUA passavam a representar a democracia capitalista e individualista contra um crescente muro de coletivismo, em uma época perturbada e angustiada, na qual a guerra quente foi sucedida quase que imediatamente pela fria. Apreensivos ou não, os norte-americanos haviam entrado para o fluxo principal da história, e o anterior estado de inocência estava claramente terminado. Essa sensação de comprometimento com uma sanguinolenta história moderna, perturbadora, assustadora e apocalíptica, viria a ser parte de um novo espírito que apareceu ao longo dos anos de guerra e de inquieta paz na ficção norte-americana.

Um sentido de ruptura histórica estava de qualquer modo evidente em toda a ficção do Ocidente. Na Europa, um número considerável de modernistas de primeira linha morrera mais ou menos por volta do início da guerra - Yeats em 1939, Virginia Woolf e Joyce em 1941 - e toda uma fase das artes modernas parecia ter acabado. A ficção na Itália e na Alemanha tivera de virtualmente reconstruir-se após o colapso da ordem social; a ficção francesa desenvolveu o novo romance existencial de Sartre e Camus; a ficção britânica estava reagindo a sua recente condição de bem-estar social pós-imperial com novo espírito de realismo. Naquilo que se escrevia na América do Norte, do mesmo modo, a transição era evidente, assinalada pela morte de várias das principais figuras experimentais - Fitzgerald e West, com poucos dias de diferença, em Hollywood, 1940, Sherwood Anderson em 1941, Gertrude Stein em 1946 em uma Paris recém-libertada, ainda perguntando em seu leito de morte: "Qual é a pergunta?" Outras figuras notáveis dos anos 20 e 30 continuavam escrevendo; o fato de Hemingway, Faulkner e Steinbeck haverem todos recebido o Prêmio Nobel no final da década de 1950 e início da de 1960 atesta a crescente força e prestígio internacional da ficção norte-americana. Seu modernismo veio a ser mais bem compreendido, porém todos três mostravam indícios de já terem deixado para trás sua melhor obra, e dificilmente poderiam representar o espírito da geração do pós-guerra. O problema da sucessão foi posto em dúvida, e havia quem desconfiasse de que a nova América do Norte afluente e conformista iria desencorajar novos ou sérios desenvolvimentos do romance. Em *After the Lost Generation* (*Depois da geração perdida*) (1951), John Aldridge argumentava que o que se escrevia nos EUA naquele momento era por demais privado de sentido comunitário, moral ou mitológico para gerar uma arte séria; *The Literary Situation* (*A situação literária*) (1954), de Malcolm Cowley, afirmava que a opção dos intelectuais norte-americanos por um novo academismo e pelo corporativismo resultaria em uma era não de artes mas de crítica e erudição. Ainda em 1959, quando uma nova geração já emergia muito nitidamente, Irwin Howe ainda argumentava, em "Sociedade de Massa e Ficção Pós-Moderna", que era virtualmente impossível relacionar o indivíduo e a sociedade na nova América do Norte, "uma sociedade comparavelmente confortável, metade previdência social, metade guarnição militar, na qual a população vai ficando passiva, indiferente e atomizada".

Esse sentido de mudança já se deixava ver nos romances da década de 40, que revelam grande incerteza ideológica e consciência de que as antigas fronteiras haviam sido rompidas com a entrada dos EUA na guerra. E assim, em um romance que captava com precisão o novo clima, *Na corda bamba* (1944), Saul Bellow apresentava um herói que, ao se ver privado de toda certeza política e social, enquanto aguarda sua incorporação às forças armadas, reage voltando-se para dentro de si mesmo em uma tentativa de auto-recuperação existencial; fracassando, ele volta os olhos para o exército com alívio, gritando "Viva o alistamento!" O preço do alistamento foi o tema do romance de guerra de Norman Mailer, *Os nus e os mortos* (*The Naked and the Dead*) (1948), e o vácuo ideológico que esse alistamento produziu nos EUA do pós-guerra foi o tema de seu *Barbary Shore* (*A costa da barbaria*) (1951) no qual o personagem central se perde "no ar de nosso tempo, com a autoridade e o niilismo a perseguirem um ao outro nas sagrações orgiásticas deste século". Muitos romances de guerra notáveis, muitas vezes de autores novos, saíram da experiência de norte-americanos jovens dentro da máquina militar, e nos campos de batalha da Europa e do Pacífico: *A Bell for Adano* (*Um sino para Adano*) (1944), de John Hersey, *Williwaw* (1946), de Gore Vidal, *The Gallery* (*A galeria*) (1947), de John Horne Burns, *Os jovens leões* (*The Young Lions*) (1948), de Irwin Shaw, *Guard of Honour* (*Guarda de honra*) (1948), de James Gould Cozzens, *The Cannibal* (*O Canibal*) (1949), de John Hawkes, *The Caine Mutiny* (*O motim do Caine*) (1951), de Herman Wouk, *A um passo da eternidade* (*From Here to Eternity*) (1951), de James Jones. Tal como após a Primeira Guerra Mundial, a guerra tornou-se para esses e alguns outros escritores mais tardios um marco fundamental. Mas, como notou Malcolm Cowley, a Primeira Guerra pareceu gerar uma ficção de grande experimentação técnica, enquanto que, com a exceção de Hawkes, esse primeiro estágio de ficção de guerra apareceu na forma de naturalismo convencional - mesmo que viesse a apresentar sucessores mais complexos mais tarde.

No entanto, o naturalismo de agora era privado de conscientização ideológica e preferia pintar um mundo em trágica confusão, ou no que J.D. Salinger chamaria de "esqualidez", de proporções tão vastas que ficava fora do alcance de qualquer explicação. Livros como *Os nus e os mortos* eram menos sobre a guerra do que sobre o advento de um mundo onde o otimismo liberal ou a ação política direta pareciam impotentes ante uma nova coalizão de forças, militar, industrial, tecnológica, política, que circunscrevia a ação individual. Um naturalismo sombrio semelhante também apareceu nos romances da cidade do neon, da violência, desordem, e psiquismo extremado, como é o caso de *Knock on Any Door* (*Bata em qualquer porta*) (1947), de Willard Motley, *The Man With the Golden Arm* (*O homem do braço de ouro*) (1949), de Nelson Algren, *Who Walk in Darkness* (*Que caminham na escuridão*) (1952), de Chandler Brossard. Sob alguns aspectos obras de alto realismo, esses livros são também uma exploração de paisagens urbanas de horror e pesadelo, de uma sociedade vasta, avassaladora, historicamente perdida. Neles a crescente afluência do pós-guerra transforma-se em horror, as figuras centrais em vítimas sociais ou então em violadores conscientes dos valores sociais. Os críticos começaram a notar na nova ficção um recuo do indivíduo, e uma concentração da sociedade como força adversária, que dava a esse realismo desesperado um sabor diverso do sabor do naturalismo dos anos 30. Ele apresentava alguma relação com uma outra tendência marcante dos anos 40 – a emergência de um grupo de novos escritores, muitos deles do Sul, entre eles algumas mulheres, com forte tendência para o gótico e o grotesco, e a preocupação com o problema do incurável mal humano. Livros como *O coração é um caçador solitário* (*The Heart is a Lonely Hunter*) (1940) e *A sócia do casamento* (*The Member of the Wedding*) (1946), de Carson McCullers, *A Curtain of Green* (*Uma cortina de verdura*) (1941), *The Robber Bridegroom* (*O noivo ladrão*) (1942) e *Delta Wedding* (*Casamento no Delta*) (1946), de Eudora Welty, *Other Voices, Other Rooms* (*Outras vozes, outros cômodos*) (1948) e *A árvore da noite* (*The Tree of Night*) (1949), de Truman Capote, e *Wise Blood* (*Sangue sábio*) (1952) e *A Good Man Is Hard to Find* (*É difícil encontrar um homem bom*) (1955), de Flannery O'Connor, misturavam uma grande sofisticação formal com uma sombria visão de decadência e mal, produzindo uma ficção de requinte gótico. Compartilhando do triste relato feito pelo naturalismo das condições sociais e psicológicas, essa ficção reagia contra ele em sua precisa preocupação formal, seu afastamento do ambiente urbano e da matriz masculina, acima de tudo em sua recusa de impor à experiência e ao mal humanos uma prestação de contas meramente sociológica. Passados em pequenas comunidades sulistas, tendo muitas vezes crianças, defeituosos ou incapazes como personagens centrais, esses livros criaram um mundo no qual a experiência é social e emocionalmente distorcida, de modo que o fantástico e o verdadeiro entrelaçam-se misteriosamente (como em *O coração é um caçador solitário*), as cumunicações rompidas e o amor fracassado são as condições preponderantes. O mal e a solidão podem levar a uma apresentação puramente existencial, ou talvez ao caminho de uma consciência religiosa na qual o conhecimento do mal é um passo na trilha da verdade. A emoção do horror e da desorientação metafísica liga esses escritores com uma ficção de novo e extremo grotesco que nasceu na obra de John Hawkes, Paul Bowles, James Purdy e outros; porém, para além do caos, está muitas vezes a redenção do ritual e da forma, gerando uma precisão estilística compartilhada por escritores como John Cheever, J.D. Salinger ou John Updike.

Assim, juntamente com o enfraquecimento do comprometimento ideológico, veio uma qualificação do naturalismo, uma crescente preocupação com a forma e com a moral e a complexidade metafísica. Fala-se muito de um "novo liberalismo", pós-ideológico e profundamente consciente, no mundo do holocausto e da possível aniquilação atômica, do poder do mal humano, da vulnerabilidade do homem em um mundo sombrio. E, em *The Liberal Imagination* (*A imaginação liberal*) (1950), Lionel Trilling viu os meios de se expressar essa nova sensação de complexidade quando, com precisão, o romance - a forma que ultrapassava a ideologia para alcançar os impulsos mais profundos que a geraram, apreendia a complexidade da realidade e a natureza mista do bem e do mal. Seu próprio romance *The Middle of the Journey* (*O meio da jornada*) (1947) já havia explorado o tema ao voltar (como faziam então vários escritores) ao mundo ideológico dos anos 30, colocando em conflito exemplar a radical Nancy Croom - com sua "paixão da mente e da vontade tão pura que, quando esta a percorria, ela não conseguia acreditar que qualquer coisa que se lhe opusesse precisasse sequer ser levada em conta" - e Maxim Gifford, o renegado do Partido que se converte ao catolicismo e espera encontrar nele uma visão não de inocência universal mas de culpa universal. Entre esses dois ideólogos e totalitaristas está o herói John Laskell, que descarta ambas essas opções em favor de um pluralismo liberal que aceita a ausência de forma da experiência, a complexa contingência da vida, o entrelaçamento infindo do bem e do mal - que, de fato, representa a curiosa abertura que é o dom da própria ficção. Mary McCarthy, em romances como *The Oasis* (*O oásis*) (1947) e *The Groves of Academe* (*Os bosques acadêmicos*) (1952), lançou seu frio olhar irônico para o utopianismo e o liberalismo ingênuos. Embora não fossem formalistas complexos, esses escritores representavam um novo espírito na ficção, buscando tornar o romance mais do que uma política, antes um caminho para a história que não estava mais aberto a inocentes interpretações ideológicas. Um possível resultado foi o absurdo moderno, uma escrita deixada em dor quase silente frente a uma história onerosa e escura, separando o eu da sociedade; outro foi a escrita de um novo realismo, que buscava uma reconciliação mais complexa dos dois.

Uma nova geração de escritores estava aparecendo com força, e por trás deles havia uma dupla herança. Por um lado, a herança do realismo e do naturalismo, preocupada com as mudanças da história, a experiência social e a cidade, a pressão sobre o indivíduo; mas havia também a herança do modernismo - não só o modernismo otimista de um Dos Passos ou de um Faulkner tardio, mas o daquelas figuras européias mais tristes como Dostoievsky, Mann, Joyce e Kafka, que haviam feito do modernismo uma resposta ao niilismo e à desordem histórica. Não é de surpreender que alguns dos melhores dos novos escritores fossem aqueles que tinham razões para considerarem-se sobreviventes e vítimas da guerra e do holocausto, e aqueles cuja inteira herança intelectual fora transformada pelos acontecimentos de 1941-5. Intelectuais judeus haviam muitas vezes seguido o caminho radical para dentro e para fora do comunismo, e ficado preocupados com a vida intelectual européia e sua arte modernista. Eram eles que podiam falar mais validamente pelos seis milhões de vítimas da velha ordem mundial, ver os perigos do totalitarismo na política e na arte, e falar com maior firmeza em favor de um novo humanismo. Pela década de 50 um grupo novo e significativo de romancistas judaico-norte-americanos havia aparecido. Sua obra recorria à tradição iídiche (que chegou aos Estados Unidos principalmente pela mão de Isaac Bashevis Singer), bem como ao modernismo russo e europeu - especialmente na parte que se preocupava com a desagregação do indivíduo por uma história moderna intolerável. Em Saul Bellow, Norman Mailer, Bernard Malamud e Philip Roth é possível observar a transformação da tradição literária judaico-norte-americana mais antiga. Agora o tema passava a ser menos o imigrante-vítima lutando por um lugar e reconhecimento no Novo Mundo, e mais o do judeu como vítima moderna, forçada pela história a uma autodefinição existencial, definição que não era apenas religiosa, política ou étnica. Como disse Leslie Fiedler, nessa ficção o judeu passou a ser o tipo do homem moderno, "o metropolitano em casa, embora mais especializado nas indignidades do que nas amenidades da vida urbana". Muitos dos títulos - *The Victim* (*A vítima*), *Goodbye Columbus* (*Adeus, Colombo*), *A New Life* (*Uma vida nova*) - referem-se aos velhos mitos, seja de concessões finais, seja de medo de vitimização, mas os livros tornaram-se complexas explorações do lugar do homem como beneficiário ou exilado no mundo contemporâneo, e foram em grande parte conduzidos como indagações metafísicas, especulações sobre a difícil situação do desorientado homem moderno em um mundo de anonimidade urbana, indiferença comportamental e concentração totalitária da força social. O humanismo era o objetivo, mais difícil de alcançar frente à desagregadora experiência moderna; o desejo era ligar a história do indivíduo com o processo mais amplo da sociedade, porém tais indivíduos tinham de ser vistos também como alienados, vitimizados, deslocados, materialmente satisfeitos mas espiritualmente danificados, conformistas mas sem lei, racionais mas anárquicos. O clima de tais livros afastava-se da inocência e qualidade épica da antiga literatura norte-americana, e ia beber na sombria modernidade da sociedade pós-industrial, na tentativa de enfrentar a pergunta de Bellow: Como deveria viver um homem bom, o que ele deveria fazer?

Houve desenvolvimento semelhante na ficção negra; a partir de Richard Wright o negro também se tornou imagem do herói existencial e deslocado, o "outro" obscuro da cultura norte-americana. *Invisible Man* (*O homem invisível*), de Ralph Ellison (1952), claro devedor das *Notas do subterrâneo* de Dostoievsky, evocava o anonimato e a vulnerabilidade do negro moderno, porém não só do negro ("Quem sabe se eu, nas freqüências mais baixas, falo por você?"). O notável romance de Ellison misturava naturalismo, expressionismo e surrealismo; embora fosse um romance de tendências liberais, era também a respeito do desaparecimento da individualidade e o colapso da perspectiva moral, e termina em tumulto apocalíptico que tanto expressa quanto busca expurgar a desordem norte-americana, como se fosse uma reação ao comentário do narrador de que "a mente que concebeu um plano de vida não pode jamais deixar de ter em vista o caos contra o qual tal modelo foi concebido". O livro investiga problemas morais mas, diz o narrador anônimo, "Quem é invisível vê problemas tais como bem e mal, honestidade e desonestidade, de formas tão cambiantes que confunde um com o outro, dependendo de quem acontece estar olhando através dele naquele momento". O sucessor óbvio de Ellison é James Baldwin, que escreve um novo romance negro de violência, sofrimento e desespero. *Go Tell It on the Mountain* (*Vá contá-lo na montanha*) (1953) retrata as tentativas de uma família negra sofredora para encontrar a esperança por intermédio da religião, e *Giovanni* (*Giovanni's Room*) (1956) é uma sensível investigação de uma relação homossexual entre dois jovens em Paris; em *Numa terra estranha* (*Another Country*) (1962), entretanto, a intensificada indignação política de Baldwin transforma sua ficção em uma denúncia da gangrena racial no âmago de tudo.

Na maioria dessas obras, iradas ou desesperadas, está presente um anseio humanista. Como no caso dos escritores judeus, os livros são dominados por um sentido da situação absurda do eu, da necessidade do indivíduo de se afastar de uma história que o silencia ou o torna invisível, e que fica fora de sua capacidade para controlar ou dominar. E no entanto esse tema absurdo é persistentemente temperado, segundo o liberalismo, por um desejo de civilidade, um desejo de reintegrar virtuosamente o indivíduo na sociedade, e desse modo emprestar-lhe valor para além do mero determinismo ou vitimização. Na nova ficção havia uma nova tensão entre as alegações de alienação e acomodação, entre o indivíduo discreto, separado, e o sistema, entre o eu absurdo, vitimizado ou cômico, e uma história desordenada. O resultado era uma ficção profundamente consciente da alienação e da ausência de leis, muitas vezes encontrando sua voz nas desesperadas modulações do modernismo, mas também voltada no sentido da sociedade e caminhando de volta para o realismo. Seus heróis eram muitas vezes "filosóficos", e buscavam entender o sentido de vidas tornadas absurdas pela sociedade e a história; no entanto essa sociedade e essa história precisavam ser registradas em todos os seus detalhes, novos e imponentes. O naturalismo de outrora fora em grande parte cru, acumulativo, denotativo, impelido por uma visão determinista do homem; o modernismo de outrora muitas vezes mostrara o homem como uma conscientização discreta e buscara forma e percepção fora da história. Agora os elementos pareciam mesclar-se, em uma complexa equação de inquieto existencialismo absurdo e liberalismo autoquestionador revivido. O resultado era freqüentemente um realismo oblíquo - uma imagem de desordem tragicômica e de deslocamento que ainda insistia em aludir a um mundo exterior real.

Estava surgindo, portanto, uma nova geração de têmpera bem diversa, com poder suficiente para dar à ficção norte-americana do pós-guerra uma significativa reputação internacional. A literatura dessa geração captava o sabor de uma nova América do Norte que estava influenciando o mundo: urbana, afluente, conformista, desorientada, bem equipada e muito moderna. Na verdade, a modernidade da nova e afluente sociedade de massas ajudou a gerar a sensação de novidade dentro do que era escrito - uma literatura que era agora multiétnica, muitas vezes europeizada, distante das imagens familiares, muitas vezes agrárias, da ficção norte-americana do passado. A despeito das dúvidas que assaltavam os críticos, os quais suspeitavam que a grande tradição norte-americana estivesse morrendo, seguiu-se um período no qual o romance pareceu uma forma crucial para a expressão dos caminhos e das lutas da nova cultura norte-americana. A nova geração era marcantemente diferente da de Hemingway, Fitzgerald e Faulkner. Existia afinal, uma grande variedade de novas vozes: os escritores judaico-norte-americanos como Bellow, Malamud, Roth, Edward Lewis Wallant e Chaim Potok, escrevendo sobre a trivialização do mal em um mundo de afluência montante; os escritores sulistas como Mc Cullers, Welty, O'Connor e Capote, com seu novo grotesco formal; os escritores negros como Wright, Ellison e Baldwin, retratando o negro menos como uma vítima social do que como uma figura da invisibilidade moderna; os escritores que tinham vindo da tradição experimental européia para escrever sobre exílios e imigrações modernos, como Singer e o russo Vladimir Nabokov; os autores do deslocamento religioso moderno e da inquietação urbana, como Salinger, Cheever e Updike; e finalmente, à medida que o novo conluio liberal começou a dissolver-se, os escritores que chegaram a tocar em divergências sociais mais radicais, como Jack Kerouac e William Burroughs. Pois o tenso compromisso "liberal" dos anos 40 não estava destinado a durar; mas mesmo assim ele produziu um período de ficção norte-americana notável, de apelo e influência internacionais.

II

A nova ficção judaico-norte-americana teve seu antecedente mais favorável na obra de Isaac Bashevis Singer. Nascido na Polônia, ele emigrou para os Estados Unidos em 1935, e continuou a escrever em iídiche. Custando a serem traduzidos seus livros, como os romances *The Family Moskat* (*A família Moskat*, em inglês em 1950) e *The Magician of Lublin* (*O mágico de Lublin*) (1960), assim como os contos de *Gimpel the Fool* (*Gimpel, o Bobo*) (1957), e muitos outros volumes, fizeram a travessia, do antigo mundo da Polônia camponesa e dos guetos, com seu passado sobrenatural, para a vida na América do Norte moderna, por caminhos bizarros e estranhos; eles sem dúvida ajudaram a ligar os escritores judaico-norte-americanos mais jovens com o acervo europeu de literatura judaica. O conto "Gimpel the Fool" foi traduzido pelo mais sólido e perene dos escritores judaico-norte-americanos, a aparecer nas décadas de 40 e 50, Saul Bellow, que nasceu em 1915, no Canadá, de pais judeus imigrantes, e cresceu com forte interesse político na Chicago de 1920 e 1930, publicando seu primeiro conto na *Partisan Review* em 1941. Logo ele começou a demonstrar, nos romances que se seguiram, uma visão cética em face tanto do realismo quanto do modernismo que viria a ser característica de vários de seus contemporâneos. Sua obra ostenta um profundo humanismo judaico, com a preocupação de afirmar o homem, explorar questões morais e metafísicas, em confrontar o deslocamento e a alienação, mas caminhando no sentido de respostas transcendentais. A herança intelectual européia é fantasma que assombra quase todos os seus personagens, que são os herdeiros do romantismo moderno, sempre preocupados em defender suas exigências interiores, a proclamação vital do eu, contra um mundo no qual o homem parece não ter mais lugar, e onde para além do ego existe a cidade que fracassa, o opressor acúmulo de coisas, as forças do abatimento moderno. O mundo e a consciência separam-se, porém os heróis de Bellow - muitas vezes, mas nem sempre, judeus, freqüentemente homens e intelectuais ou semiintelectuais - são impelidos pelo desejo mental de uma relação ambígua com os outros, com a própria sociedade, com a natureza e com o universo ("o próprio universo sendo colocado dentro de nós, ele clama por maior abrangência", exclama Henderson), com o mandato biológico do homem na terra. A existência histórica e social conflita com a existência mítica e metafísica, o final sendo a reconciliação evidente nos próprios códigos de ficção de Bellow, que em geral tomam a forma de uma complexa renovação contratual entre o indivíduo e o mundo.

Desse modo, em *Na corda bamba*, primeiro romance de Bellow - um romance de guerra embora situado não nos campos de batalha mas em uma Chicago desnaturada -, Joseph, seu personagem central, está esperando ser convocado; marginal, de simpatias comunistas nos anos que antecederam a guerra, seu objetivo é conhecer-se, "saber o que somos e para que somos, saber nosso objetivo, buscar a graça". A busca volta-se para dentro, da vida social para o próprio quarto dele, onde "as perspectivas acabam nas paredes". Tendo a política, as relações humanas e a cidade negado-lhe o sentimento de segurança individual, ele descobre seu dilema existencial, sua existência sem essência em um mundo hostil. E no entanto, nota ele, este é um mundo histórico e "nós temos uma história à qual prestarmos contas"; e ele é também um mundo moral, e precisamos indagar o que um homem bom deve fazer. O livro mostra a herança do naturalismo de Dreiser (dívida reconhecida por Bellow) em seu sentido da cidade moderna mecânica porém forte, mas também a da literatura diarista e da literatura de auto-indagação do modernismo angustiado, das obras de Dostoievsky, Kafka, e acima de tudo Sartre e Camus, cujos *A náusea* e *O estrangeiro* haviam sido recentemente publicados, com grande impacto, nos Estados Unidos. Mas em última análise ele constitui uma briga específica com a ideologia dos anos 30 e com a alienação modernista. Joseph, pairando entre a necessidade de afirmação social e uma liberdade interior vazia, não encontra sua resposta em nenhuma das duas; ele se volta portanto para uma confissão forçada de engajamento na própria guerra, que cancela sua liberdade quando ele entra para o exército. O final ambíguo pode ser lido como uma caminhada estóica no sentido do engajamento com a comunidade, ou como um compromisso perigoso entre um liberalismo quebrado e a força moderna - um dilema que Norman Mailer também iria explorar em seu romance *Os nus e os mortos*. O que distingue o romance de Bellow é seu veio de retórica metafísica judaica, muito preocupada com o que Joseph chama *le genre humain*, e os rituais do sofrimento que aprimora. É essa retórica que qualifica a angústia existencial e aponta o caminho para a aceitação limitada e compulsória, por Joseph, de um mundo insuficiente, que faz do romance mais do que uma fábula de triste auto-anulação.

O romance seguinte de Bellow, *The Victim* (1947), passa-se no que viria a ser seu outro cenário urbano principal - uma Nova York naturalista, opressora, toda acotovelamentos impessoais e mecânicos. Seu herói, Asa Leventhal, vive irritantemente em um mundo pequeno-burguês de escritórios, multidões de rua; um mundo anônimo, estruturado, inexplicável, manipulado, segundo o que ele percebe, por listas negras misteriosas e decisões arbitrárias. Na cidade de Bellow, uma densa aglomeração de miséria e concorrência, a sobrevivência é uma luta darwiniana, mas seu objetivo é essencialmente moral, e a paisagem urbana um quadro do espírito que tem de ser concretizado como realidade e tornado condição de crescimento e auto-renovação. O romance estabelece um fio de remota conexão e responsabilidade moral que liga Leventhal, o judeu inseguro quanto a seu lugar na ordem das coisas, e Allbee, o gentio que se ergue do meio da multidão para culpar Leventhal pela perda do seu. O primeiro instinto de Leventhal é o de empurrar a culpa para outrem; porém, gradativa e inseguramente, ele chega a reconhecer uma responsabilidade mais ampla, a necessidade de atribuir valor ao homem, mesmo que ele ainda não saiba qual é seu lugar no mundo ou qual seja o papel do indivíduo nele. A lição é aprendida em parte por meio de um denso capítulo central no qual um grupo de personagens judeus tenta tomar a medida do homem, investigando o que não é mais do que, nem menos do que, mas sim exatamente humano. O questionamento era do próprio Bellow e ele o levou mais avante ao escrever, durante a década de 1950, um novo tipo de romance. Rompendo com sua forma rígida, europeizada, auto-indagadora e coberta de *Angst*, ele caminhou no sentido da comédia exuberante - um modo que, partindo da comédia de sofrimento, atinge o ideal de aspiração por uma grandiosidade humana, afirmando um apelo ao transcendental e ao eterno como elemento fundamental de estilo e forma. Seus livros seguintes, *The Adventures of Augie March (As aventuras de Augie March)* (1953), *Agarre a vida (Seize the Day)* (1956) e *Henderson, o rei da chuva (Henderson, the Rain King)* (1959) marcam assim um novo estágio em seu trabalho; o primeiro e o último, em particular, são ficção picaresca de grande riqueza retórica, nos quais heróis cômicos confiantes em si encontram a natureza, o universo e os deuses da existência, enfrentando-os com um discurso torrencial.

The Adventures of Augie March começa em meio ao naturalismo farrelliano da Chicago da Depressão, "realmente brutal e sem atenuantes"; mas Augie March é um autocriador que acredita no caráter do homem, e dispõe-se a ser o Colombo do que tem à sua disposição, um Huck Finn expandindo-se de condições restritivas para um sentido mítico, uma consciência das "linhas axiais" que nos guiam, um sentido intenso da história (ele chega a conhecer Trotsky), um reconhecimento da "natureza": "Alguns de nós levam muito tempo para descobrir qual é o preço de existirmos na natureza, e quais os fatos a respeito do mandato que todos têm", nota Augie. "Esse tempo depende da rapidez com que o açúcar social se dissolve". Augie não encontra limites em sua própria vida - o homem é tanto bom quanto mau, a história é escura, ninguém é especial, a massa e a acumulação nos apertam por todo lado, amortecendo a individualidade - porém ele é o primeiro herói de Bellow a ser antes maior do que menor que o mundo em que vive, e nos é apresentado com imensa força cômica. O método picaresco significa, no entanto, que o livro tem estrutura mais ou menos solta; Bellow caminha no sentido de maior precisão formal em seus dois romances seguintes dos anos 50. *Agarre a vida* é na realidade uma novela, muito rigidamente contada, a história de um dia na vida de Tommy Wilhelm, ator fracassado, mau marido, um *schlemiel* que encontra no dr. Tamkin, o maravilhoso charlatão do livro, alguém que promete botar em ordem sua vida - como ele efetivamente o faz, de forma oblíqua, no final do livro, ao perder todo o dinheiro de Tommy mas revelar-lhe sua condição de membro comum da humanidade mortal. E *Henderson, o rei da chuva*, o mais ambicioso romance de Bellow nos anos 50, volta ao picaresco cômico porém sustenta-o com uma complexa estrutura mítica ao fazer a maior parte da história passar-se em uma África imaginária. É para essa terra seca e pré-histórica e duas tribos exemplares que vai Eugene Henderson, o primeiro herói não-judeu de Bellow, um extravagante milionário WASP*, de energia desleixada e mal distribuída, porém ansioso por servir. Tendo ido para lá ao compreender que não está preparado para viver entre os homens, ele retorna, na África, às bases primeiras da vida e da emoção na natureza, na cultura e no reino animal, ao medir sua força maciça contra o mundo criado e tornando a descobrir os limites de sua utilidade social. Henderson - com seu "grun-tu-molani", sua vontade de viver, sua crença de que a verdade vem aos golpes, seu desejo de perguntar ao rouxinol de T.S. Eliot, aquele que nos diz que a humanidade "não pode suportar muita realidade", exatamente quanta irrealidade poderá ela suportar - viaja pelos complexos recantos do consciente; e ele acaba, muito apropriamente, na Terra Nova, ainda fugindo, ainda o generoso comediante de sua própria auto-afirmação, mas mesmo assim a coisa mais próxima de um homem bem-sucedido que Bellow retratou.

A virada para os anos 60 trouxe nova mudança à obra de Bellow. O romance liberal moral estava sendo cada vez mais pressionado por um crescente sentimento de absurdo histórico; vários de seus próprios contemporâneos, como Philip Roth e Norman Mailer, mudaram incisivamente na forma, ou descambaram para o silêncio, como aconteceu a J.D. Salinger. Bellow anotou em um ensaio que o romancista moderno agora parecia sentir-se derrotado por uma vasta vida pública que o avassalava como indivíduo, encorajando-o e a seus personagens a tornarem-se gigantes de repugnância ou fantasia; o humanismo do romance estava sendo desalojado, queixava-se ele. A auto-afirmação picaresca agora parecia menos possível; em *Herzog* (1964), que continua sendo o melhor romance de Bellow, Moses Herzog é um "palhaço sofredor" apanhado em uma "privacidade desavergonhada e impotente", um estado de loucura cômica porém desesperada. Ele é um judeu angustiado, estudioso e intelectual, com uma complexa história familiar e marital, que vive entre Nova York e sua Chicago natal, que briga, em cartas endereçadas aos grandes mortos ("Ele escreveu a Spinoza, *Os pensamentos não ligados por causalidade,*

---

* Iniciais que significam Branco, Anglo-Saxão, Protestante. (N.T.)

disse você, causavam dor. Verifiquei ser esse realmente o caso...") e aos vivos não tão grandes, com suas respostas pessimistas para os grandes problemas do mundo, seu historicismo abstrato, seu humanismo no acaso. A tentativa de Herzog para resistir aos pensamentos apocalípticos do romantismo tardio, para livrar-se dos "instrutores de realidade" que gostariam de explicar-nos a necessidade de reclamar o inalienável direito terapêutico moderno à alienção, ao sofrimento conspícuo, à extravagância psíquica. No entanto Herzog é um homem de grande dor interior, ansioso, como é o modo bellowiano, que por ser "um Herzog maravilhoso", ou príncipe, é fatalmente atraído à cidade da destruição. Nesse livro erudito e auto-exigente, Bellow propõe a si mesmo uma tarefa que não é nada menos que a de definir uma individualidade moderna não disposta a ceder a um romantismo em moda, a "síntese de cinco centavos" oferecida por uma época conturbada. Herzog sofre na história, no tédio moderno, no pluralismo e no desespero, todos eles agitando-se em um movimento amorfo através de sua própria mente; este é um livro que se passa primordialmente *dentro* do consciente, e há uma ausência de forma paralela, ou um desenho oblíquo, na estrutura do romance - até que finalmente tanto Herzog quanto o livro transfiguram a pluralidade das palavras e explicações em um silêncio significativo. Bellow conclui o livro com um novo transcendentalismo afirmativo, um equilibrado contentamento em repousar na ocupação humana e conhecer o que há de uno nas coisas; Herzog o termina em silêncio, com suas cartas ao menos momentaneamente sustadas, sua mente em paz.

Depois desse belo livro Bellow escreveu *O planeta do Sr. Sammler* (*Mr Sammler's Planet*) (1970), seu romance mais triste e irônico. Sammler é um antigo sobrevivente, de um olho só, da moderna cultura européia, com suas progressistas esperanças wellsianas, bem como de seu triste produto e antítese, os campos de concentração alemães, em que Sammler foi deixado como morto. Mas agora, sobrevivendo curiosamente, distanciado, quase ultrapassando o período de vida humano, ele se tornou residente de uma Nova York da época do pós-humanismo, irracionalismo, romantismo vulgar e "luxo bizantino hipercivilizado". *Sammler* é um romance apocalíptico, sobre Nova York como um deserto superpopulado, sexualmente estéril ou degradado, que gera revolta, violência e mal, e sobre a consciência transformando-se misteriosamente à medida que se adapta ao mundo da espaçonave, da expansão da vida norte-americana para o espaço interplanetário, de modo que "finalidades, sumários, são exigidos". Curvado ao peso da moderna história das massas e por excesso psíquico, Sammler tenta reconstituir o planeta de pedra no qual ele ainda vive. O sombrio afastamento do apocalipse radical-romântico da América do Norte transbordante de ego do final dos anos 60 que o livro apresenta, aproxima-o mais do desencanto social e histórico do que qualquer dos romances anteriores de Bellow. Mas sua euforia cômica ainda persiste, bem como seu sentido de afirmação transcendental; o livro termina reafirmando, muito embora agora em termos bem mais místicos, a força do contrato humano, a necessidade de se forjar uma conexão com o universo levando-se uma vida meritória com o aspecto da morte.

No livro seguinte de Bellow, *O legado de Humboldt* (*Humboldt's Gift*) (1975), a sensação de desordem histórica extrema permanece, mas o pessimismo se atenua; o tom do romance é o de um inquérito sobre que formas de arte seriam apropriadas para um mundo de exaustão cultural, onde a massa é maior do que o indivíduo, *it*, pronome neutro, maior do que *we* (*nós*). Este é outro livro a respeito de um sobrevivente, Charlie Citrine, a lembrar-se de um antecessor modernista que não sobreviveu, seu velho amigo e mentor Von Humboldt Fleischer, poeta intelectualmente assimilador e angustiado, que colocou Charlie no caminho do sucesso literário mas morreu, ele próprio, em um albergue noturno. Agora rico, Charlie anda por sua cidade natal, Chicago, nos anos 70, quando tanto o capital monetário quanto o emocional estão desordenados, a massa concreta se sobrepõe ao sentido, a arte está envolvida com o crime e a violência, as esposas dos mafiosos estudam para doutoramento e os policiais são versados em psicologia moderna. Frente a essa concentração de forças, um novo gnosticismo e misticismo assombram o livro, mas a lição que Charlie tira do legado de Humboldt é de sobrevivência cômica. Em 1976 Bellow recebeu o Prêmio Nobel de Literatura, reforçando a sensação já aceita por muitos de que ele era o principal escritor norte-americano de sua geração, mas também um reconhecimento de seu forte humanismo defensivo. O único romance escrito por Bellow depois do prêmio, *The Dean's December* (*O dezembro do decano*) (1982) é um livro forte e sombrio passado em Chicago e Bucareste, uma meditação revivida de seus temas favoritos. Ele confirma o Bellow tardio como o romancista de um mundo que perdeu sua orientação cultural, caminhou para um mundo de tédio e terror, violência e indiferença, riqueza privada e miséria pública. Chicago é uma cidade de "feridas, lesões, cânceres, fúria destrutiva, morte" e Bucareste um mundo de cruéis manipulações políticas, de uma política de dor. Ambas as sociedades recusam a dignidade da morte, e a morte, cada vez mais o significado da vida para Bellow, o ponto a partir do qual podemos julgar nosso mandato terreno, transforma-se em tema de meditação. Albert Corde, o herói tardio de Bellow, homem de sentimentos, tenta humanisticamente reconciliar não só duas ordens políticas mas dois caminhos para o conhecimento: o dele próprio, do jornalista, e o de sua mulher Minna, astrofísica nascida na Romênia, o mundo da *terra firma*, o mundo do espaço. O final, quando Corde, de volta dos EUA, sobe para o espaço no elevador do observatório de Monte Palomar, é um símbolo que ressoa, mas que é mais oblíquo do que muitos dos antigos finais de Bellow, perpassados pelas ambigüidades do irreconciliado. O tom é surdo e muito menos cômico do que o dos primeiros livros de Bellow; mesmo que este não seja seu romance mais perfeito, é o mais sério e preocupado.

A carreira de Bellow exibe as fortes lutas do tenso desenvolvimento da ficção humanista na América do Norte do pós-guerra; e podemos observar desenvolvimentos paralelos em outros romancistas judaico-norte-americanos. Suas realizações têm caminhado nas mais diversas direções: das angustiadas porém cômicas histórias do falecido poeta Delmore Schwartz (*The World Is a Wedding [O mundo é um casamento], 1948*), modelo de Bellow para Von Humboldt Fleischer, até os contos sombrios de Edward Lewis Wallant (*The Pawnbroker [O homem do prego]*, 1960), ou a comédia de Stanley Elkin (*A Bad Man [Um homem mau]* 1967), próxima do humor negro. O romancista que se compara e contrasta de forma mais interessante com Bellow é Bernard Malamud, que escreve de forma muito mais explícita a respeito da vida do gueto, dos hábitos judaicos, dos temas tradicionais do sofrimento e da identidade étnica, bebendo mais diretamente nos elementos míticos e mágicos da tradição iídiche européia. Essas qualidades morais e fantásticas são entrelaçadas com um veio de naturalismo na ficção cujo tema é a vida como uma prisão que tem de ser transcendida. O sofrimento e a má sorte aproximam judeus e gentios, embora o judeu contribua com sua tradicional especialização na área. Esse destino é cômico; os heróis de Malamud são caçadores tragicômicos à procura de uma nova vida fora da prisão da existência convencional. A relação irônica entre o eu real e o virtual é espelhada no conceito especulativo de Malamud da relação entre a vida e a arte; ele vê a arte como uma misteriosa transcendência formal que apesar de tudo também pode ser produzida com refugos e prevaricação. Em seu melhor trabalho, uma forma de realismo simbólico, no qual os processos míticos e as estruturas operam por trás de uma superfície aparentemente sólida, nasce de uma prosa densa e de uma perene consciência cômica - cujos melhores momentos são muitas vezes encontrados em seus excelentes contos, como os de *The Magic Barrel* (*O realejo mágico*) (1958).

O primeiro romance de Malamud, *The Natural* (*O natural*) (1952), à primeira vista seu livro menos judeu, é uma reelaboração mítica da lenda do Graal em um contexto de beisebol. Em torno do popular esporte ao qual se agregam tantos sonhos norte-americanos, o romance evoca em tom de zombaria as grandes buscas da ficção norte-americana, da de Ahab à de Huck Finn, enquanto persegue os temas essenciais e judeus de Malamud: a redescoberta e renovação irônica da vida em um mundo aparentemente morto, a passagem por sofrimento real, o conflito entre "a vida com que aprendemos e a que vivemos depois disso". Seu ótimo segundo romance, *The Assistant* (*O assistente*) (1957) muda para um modo mais naturalista e um cenário judeu, explorando as penas morais e econômicas, bem como a prisão, de um pobre merceeiro judeu, Morris Bober, em sua tentativa de ganhar decentemente a vida em uma pequena loja no gueto de Nova York, trabalhando como um escravo para sempre sair perdendo. A seu mundo de absurda decência chega Frank Alpine, um pequeno marginal italiano que primeiro assalta a loja mas depois volta, arrependido, para trabalhar para Bober, mesmo que continue a achar a passividade e a capacidade de sofrimento do merceeiro ridículas: "aquele que tiver a maior dor de barriga e agüentar mais tempo sem correr para a privada é o melhor judeu" diz ele. Mas, tal como *The Victim*, o romance busca a reconexão moral: Frank, o marginal cômico, acaba, através de más ações, luxúria, confissão, auto-repulsa e, finalmente, sacrifício absurdo, por entregar-se ele próprio ao judaísmo, acabando por cair na sepultura de Bober, aceitando a circuncisão e assumindo o papel dele. *A New Life* (*Uma nova vida*) (1961) passada em uma faculdade em uma área da Costa Oeste antes campestre e agora suburbanizada, trata do mesmo tema da vitimização produzindo uma redenção absurda. S. Levin, antigo alcoólatra, ali chega na esperança de deixar a necessidade e encontrar a liberdade, só para acabar com uma nova vida em frangalhos e pouco promissora, ao partir com uma heroína bem menos do que glamourosa que só lhe promete preocupações e uma domesticidade de tédio, mas que mesmo assim lhe oferece uma pequena promessa.

Uma conclamação mais clara à revolta moral e política aparece em *The Fixer* (*O bode expiatório*) (1966), o romance mais diretamente político de Malamud, sobre os pogroms russos da época tsarista anterior à Primeira Guerra Mundial, quando tantos judeus fugiram para os EUA. Contando a história de um pau-para-toda-obra, Jacov Bok, que parte do *shtetl* em busca de uma nova vida na cidade de S. Petersburgo, para lá ser acusado falsamente do assassinato ritual de uma criança cristã, ele explora as origens do obscuro sentido de sofrimento que está sempre por trás de seus temas cômicos. Bok, preso, recusa a entrega da liberdade ao destino e adquire então não um heroísmo mais profundo, mas um judaísmo politizado, revolucionário, tornado ambíguo por seu envolvimento com a revolução bolchevique com a qual termina o livro. Mas o tema permanece um tanto tangencial à obra de Malamud, como fica evidente quando ele publica *Pictures of Fidelman* (*Retratos de Fidelman*) (1969), um grupo de contos interligados escritos ao longo de extenso período de tempo. O personagem central é um pilantra artístico moderno que perambula pelo mundo dourado da arte na Itália, onde encontra sordidez, falsificações e enganos; e disto tudo sai arte. O absurdo mapa de relacionamentos que interligam vida, amor e arte é igualmente o tema de *The Tenants* (*Os inquilinos*) (1971), o livro que reflete, como *Sammler* fizera por Bellow, as tensões do final dos anos 60, por meio do contraste entre dois escritores. Henry Lesser, o escritor judeu de nome muito apropriado,* está tentando compensar fracassos anteriores criando obras-primas, enquanto o revolucionário negro Willie Spearmint vê a arte como ação e escreve como um ato de violência. Gradativamente Willie, figura de violência e sexualidade, vai se fechando na criação estética enquanto Lesser é cada vez mais aprisionado pela tentação da violência e da sexualidade do mundo negro de Willie. Essa fábula de dois modelos de arte que Malamud experimentara pessoalmente termina em ódio possante, destruição de manuscritos e o colapso do próprio texto do livro, uma parábola da crise moderna da forma. Com *As vidas de Dubin* (*Dubin's Lives*) (1979), Malamud tenta sua reconciliação. Um livro muito doméstico, sobre um biógrafo idoso cujo casamento é "mais feliz do que muitos, porém não tão feliz quanto alguns", um homem rabínico, obcecado com a tristeza, a compreensão e a piedade, esta é uma obra tranqüilamente séria e ambiciosa. Dubin registra as vidas dos outros porque não consegue uma sua para viver, até que se apaixona por uma jovem perfeitamente comum, recobra sua sensualidade e descobre que a arte é na verdade alcançada às expensas de vidas, tanto a sua própria quanto as dos outros. Longo, lento, elaborado com imenso detalhe humano, o livro é um sumário dos temas de Malamud, que transmite aquela consciência da vida tanto como prisão quanto como redenção, que sempre foi sua preocupação maior.

Enquanto a ficção de Malamud aponta para uma possível recuperação da moral judaica e da herança artística, os romances de Philip Roth, um pouco mais jovem, tratam de sua dissolução; em verdade boa parte da obra de Roth é um comentário explícito sobre o que ele próprio herdou de outros escritores, e sua difícil relação com tal fato. Nascido em 1933, Roth tornou-se conhecido com uma novela, *Goodbye Columbus* e vários contos relacionados a ela, em 1959; a novela é um incisivo retrato satírico do afluente judaísmo de classe média alta, "nos pântanos da prosperidade". O herói momentaneamente confunde esse quadro com a recuperação do sonho norte-americano, mas, enquanto *The Assistant* sugere que o judeu pode ganhar evitando o materialismo norte-americano, *Goodbye Columbus* sugere que ele pode perder na nova afluência; e todo o primeiro trabalho de Roth - incluindo seu longo e moral romance jamesiano, *Letting Go* (*Deixar ir*) (1962), passado entre estudantes em Chicago, e *When She Was Good* (*Quando ela era boa*) (1967) - apresenta uma nova América do Norte onde o judeu, afastado de sua fé e da orientação moral, luta em um novo mundo secular com uma nova sexualidade, e o humanismo acaba encalhado entre a rigorosa ética tradicional e novos desejos narcisistas de liberdade pessoal. Durante a década de 60, a tentativa de

* Lesser significa "o menor". (N.T.)

Roth de escrever uma ficção de controle ético e preciso gerenciamento literário foi conspicuamente transformada sob as novas pressões. Em um ensaio de 1961 ele comentava a irrealidade e o absurdo da história norte-americana contemporânea a respeito da qual esperava-se que o autor norte-americano escrevesse ("... o escritor norte-americano de meados do século XX fica assoberbado tentando compreender, descrever, e depois tornar verossímil boa parte da realidade norte-americana"), e notava que a descida histórica para a irrealidade tornava o realismo cada vez menos possível. Sua obra começou então a expressar sua crescente sensação de irrealidade histórica, bem como uma crescente dúvida quanto às exigências do "judaísmo ético"; ela caminhou no sentido do confessional e do fantástico, para os problemas da arte e a perturbadora força da herança modernista européia, particularmente a de Kafka. *Complexo de Portnoy* (*Portnoy's Complaint*) (1968) continuava a investigar o tema do colapso do ético para um novo narcisismo; um *Goodbye Columbus* freudianizado, o romance é escrito do ponto de vista de um personagem, Portnoy, perpétuo masturbador, à deriva em sua própria experiência, que não consegue controlar ou dirigir conscientemente sua própria história mas, apenas, confessá-la a um profissional, o analista Dr. Spielvogel. Filho judeu que realiza as expectativas sociais de seus pais mas não consegue se realizar sexualmente, e que por isso mesmo só se apresenta em modos de desordem, culpa e auto-exibição, Portnoy tem uma vida sem desenvolvimento, apenas uma série de sintomas prolongados. Tratando do problema da emasculação do homem, do poder da mãe judia e da função da culpa na família judia, o livro é notável exemplo de arte contingente, de forma livre - até a última página, onde a linguagem cessa com um grito, e o analista entra para começar tudo novamente e oferecer uma nova ordem, a terapêutica, para o material.

A mudança da forma na obra de Roth, desenvolvimento exemplar da década de 60, levou-o a uma nova espécie de realização criativa, baseada em métodos formais abertos, ao invés de rigidamente manipulados. *O seio* (*The Breast*) (1972) conduziu seu tema e modo na direção da alegoria modernista kafkiana em seu relato de outro professor judeu emasculado que se transforma, em sua confusa sexualidade, em um imenso seio feminino. Os romances de Roth estavam se transformando em comédias metafísicas de desejo, de realizações sexuais fracassadas no mundo da nova sexualidade permissiva e do novo feminismo, no qual judeu e *shiksa* fazem amor e buscam novas reconciliações seculares - só para encontrar a perseguidora nota judaica de culpa e dor, agora degradada para o nível de profunda perturbação psíquica e histórica. Isso provocou o aparecimento de métodos ficcionais novos e mais fantásticos, muitas vezes baseados em técnicas confessionais transmutadas em fantasia. *The Great American Novel* (*O grande romance norte-americano*) (1973) foi a tentativa de Roth no sentido de uma ficção autoconsciente e reflexiva, pegando alguma coisa emprestada em *The Natural*, de Malamud, e parodiando-o também, a fim de fazer um sumário do material da ficção norte-americana. Ele teve mais sucesso, no entanto, com *Minha vida de homem* (*My Life as a Man*) (1974) onde, na persona de Peter Tarnopol, Roth reflete sobre sua própria seriedade moral passada e sobre o modo pelo qual "ficções úteis", tanto planejam quanto disfarçam as necessidades e questões da vida pessoal de um autor. Até mesmo a máscara confessional de Tarnopol *é* uma máscara, embora ele veleje tão perto da factualidade quanto possível, na última história do livro; de modo que a arte e a seriedade moral são reveladas como disfarces, a "literatura" como um perigo, e a realidade mediana como uma ilusão que fica entre a auto-ocultação formal e a pura confissão. O modo confessional-fantástico é desenvolvido em *O professor de desejo* (*The Professor of Desire*) (1977), que de forma complicada reintroduz o "herói" de *O seio* em um plano mais realista, em que ele luta entre o narcisismo erótico e seu sentido de obrigação para com os "sobreviventes" judeus. De modo apropriado, a história é mudada para Praga e para o túmulo de Kafka - na verdade, para a extraordinária figura da "prostituta de Kafka", que concentra o tenso problema da musa moderna e da instigação sexual da arte moderna. *The Ghostwriter* (*O escritor-fantasma*) (1980) leva avante a complexa parábola confessional; na casa de um escritor judeu mais velho, que em reputação lembra muito Isaac Bashevis Singer, o herói se imagina fazendo amor com Anne Frank, enquanto seu pai o acusa de trair sua herança. O tema de Roth é o escritor judeu em crise, necessitando investigar o conteúdo político, literário, sexual e psíquico de seu material; ele se tornou, como todos os romancistas judeus recentes, a voz da inquietação extrema, uma testemunha da pressão que sofre o escritor em uma América do Norte moderna e narcisista.

III

Mas a sensação de tensão moral, ética e formal, tão evidente nesses escritores judaico-norte-americanos, e em seu grau máximo de intensidade em Roth, não ficou confinada aos escritores judeus. Embora parcialmente judeu, J.D.Salinger dificilmente pode ser encaixado em uma tradição judaica. Seu *O apanhador no campo de centeio (The Catcher in the Rye)* (1951), que se tornou um clássico para estudantes, também é sobre a exaustiva tentativa de se determinar responsabilidade, de transcender a separação e a diferença, em um mundo de mentira, hipocrisia e tensão. Seu sucesso deveu-se a ter ele dado vida, na forma de um universo moral, ao meio ambiente lingüístico e social de um colegial adolescente em Nova York apanhado no momento da inocência pré-social e pré-sexual. Holden Caufield é suficientemente adulto e sofisticado para conhecer o mundo, com seus "impostores" adultos, suas prostitutas, seus bares, hotéis e *show business*; e quando expulso da escola secundária ele abre seu caminho de forma picaresca por esse mundo, contando sua própria história. Apanhado porém no alto do precipício do qual se cai na idade adulta, ele opta pela inocência: por sua irmã mais moça Phoebe, pelos patos no lago do Central Park, pelo Museu de História Natural, pelas coisas que parecem tão "danadas de boas" para serem estragadas, e às quais ele concede uma sanção semi-religiosa. A ética de Holden é presa a emoções semiarticuladas, respostas instintivas profundas, uma sensibilidade validada. Embora fosse lido como um romance de protesto, *O apanhador no campo de centeio* na verdade é uma tentativa de descoberta de uma lírica religião da inocência que pode ser imposta à sociedade, mas que no entanto só pode apontar para o colapso; Holden acaba sob tratamento médico, por recusar-se a crescer. A tensão dos tempos parece ser tão grande que Salinger, tanto aqui quanto em muitas das *Nine Stories (Nove contos)* (1953) só consegue ver o mundo da criança como real e o mundo adulto como intrinsecamente danoso, um lugar onde o amor é perpetuamente sacrificado à sordidez.

Em sua obra posterior - um grupo de histórias longas e interligadas, reunidas como *Franny and Zooey* (1961) e *Pra cima com a viga, moçada e Seymour: uma introdução (Raise High the Roofbeam, Carpenters and Seymour: An Introduction)* (1963) - a dimensão religiosa da obra de Salinger torna-se mais central e mais do que um pouco enjoativa, embora a complexidade e formalidade de sua arte também aumentem de proporções. As histórias, a respeito da família Glass - os jovens e frágeis intelectuais, filhos espertos de um casal de artistas de teatro de variedades, que são consagrados por meio de um programa de perguntas e respostas no rádio - giram em torno de uma seqüência de revelações semibudistas que nascem em sua maioria de Seymour Glass, o mais velho e mais sábio dos geniozinhos, que Salinger retratara anteriormente como um suicida em "A Perfect Day for Bananafish" ("Um dia perfeito para Peixebanana") (1948). As histórias aspiram a uma filosofia de total abrangência, das coisas e das pessoas do universo: a revelação de Zooey Glass a sua irmã histérica Franny é que o mundo é a feia Mulher Gorda que está lá fora, e que aquela Mulher Gorda cancerosa é "o Próprio Cristo, companheira". Isso porém, que é parte do acervo de sabedoria dos Glass, e conquistado ao preço de neuroses espalhadas pela família e da morte de Seymour, é estranhamente redutivo, já que os Glass são um grupo de Eleitos recolhidos, que vivem fora do mundo com uma filosofia que exclui os outros quase que totalmente. Além do mais, a promoção de Seymour como santo e guru envolve um processo de inflação artística de tal monta que Salinger parece ter dificuldades em controlá-lo. Ele o faz por intermédio de um estilo altamente especulativo, que alterna momentos de descrição precisa com desenhos de narração múltipla, que faz a testemunha passar por toda a família, e concede ao principal narrador, Buddy Glass, uma intensa angústia de escritor que procura atravessar a desonestidade da ficção para chegar à verdade absoluta. As dissimulações necessárias para sustentar a obra como ficção lutam com a maneira de fazê-lo e precipitam uma crise. Aspirando a um silêncio transcendente, Buddy aparentemente cai em silêncio, como também fez Salinger, como se a pressão da precisão e da honestidade, com sua conseqüente tensão psíquica, fossem grandes demais para serem suportadas.

Uma sensação semelhante de dificuldade aparece na obra de um autor bem mais prolixo, John Updike, que também mesclou um formalismo de extrema precisão com indícios crescentes de preocupação histórica. Updike estudou na Escola Ruskin de Arte em Oxford, e a revelação da forma, o momento da revelação estética nas contingências da vida, viria a tornar-se uma constante preocupação em todos os seus textos. Intimamente associado, como Salinger, à revista *New Yorker*, ele começou a ser notado em 1959 com um romance, *The Poorhouse Fair (A feira do abrigo de mendigos)* e uma coletânea de contos, *The Same Door (A mesma porta)*. Durante os primeiros anos da década de 1960 ele publicou um grupo de contos com forte componente autobiográfico, passados na área de Olinger, na paisagem rural de Pensilvânia, onde ele passara sua própria infância, e que caminhava gradativamente para o registro da vida doméstica de um jovem em Nova York. *Rabbit, Run (Corre, Coelho)* (1960) é a história de um *homme moyen sensual* comum, Harold "Rabbit" Angstrom, ex-jogador de basquete aprisionado na vida doméstica, um homem de ações espontâneas tentando viver com alguma espécie de instantaneidade em um mundo reduzido. *O centauro (The Centaur)* (1963) é uma tentativa consciente de reativar a mitologia grega no mundo moderno, uma lenda sobre um relacionamento pai e filho baseada muito claramente no próprio processo de crescimento e educação de Updike. Através desses primeiros trabalhos corre o tema de um sacramentalismo perdido, de uma queda para um mundo secular mesquinho que o indivíduo e o artista poderiam ter a força para redimir por meio de momentos de ação, amor, ou intensa consciência formal. O tema focalizava em particular o casamento entre jovens, e Updike tornou-se cada vez mais o romancista do moderno matrimônio burguês. Com algumas incursões por outros campos (como o excelente *Bech: A Book (Bech: um livro)* (1970), contos a respeito de um escritor judaico-norte-americano em viagem pela Europa Oriental, que permitem a Updike uma reflexão sobre a natureza do modo ficcional judaico-norte-americano), ele construiu um mundo claramente delimitado, de casais modernos, solenes, sensuais e delicados, recém-casados, morando em sótãos e áticos de Nova York, trazendo garrafas de vinho para casa depois do trabalho. Muitas vezes artistas ou escritores, eles compartilham com seu criador do gosto pela epifania, encontrando no tumulto marital e sexual, e nos detalhados acontecimentos e contingências da vida doméstica cotidiana a necessidade de uma revelação, uma recompensa inesperada, desafiando assim o esvaziamento da vida em uma época de vazio religioso, graças ao uso de pequenos rituais e fórmulas domésticos.

As preocupações formais de Updike sempre foram confrontadas com um sentido detalhado de mudança histórica (como se torna evidente no desenvolvimento de sua série sobre "Rabbit" Armstrong: *Rabbit, Run* foi seguido por *Rabbit Redux*, 1972, e por *Rabbit Is Rich*, 1982). O material específico de décadas específicas e momentos históricos sempre foi importante para ele, e sua ficção durante os anos 60 começou, como a de outros escritores, a mudar muito patentemente. Os sentimentos apocalípticos intensificam-se, a domesticidade começa a ser pressionada e se espatifa; seus contos mudam de cenário para a abastada costa de Connecticut e Massachussetts, onde vivem os que querem morar longe do trabalho, onde as casas são em estilo colonial e nunca falta dinheiro para pagar babás, e enquanto os maridos trabalham na cidade as mulheres sentam-se na praia esperando o céu escurecer, até que chegam os aviões e os carros e os casais voltam a ser casais. No romance *Casais trocados (Couples)* (1968), passado na era Kennedy, Updike retrata eroticamente um mundo perturbado onde, contra um pano de fundo de distúrbios históricos, o adultério transforma, em uma complexa blasfêmia, revelação e sacramento, à medida que a religião se enfraquece e entra em colapso. E o mesmo acontece ao próprio casamento; em *Case comigo (Marry Me)* (1976), o novo ritual da época, no "crepúsculo da antiga moralidade", é o divórcio, quando os casais que agora já estão na meia-idade tentam recuperar, por meio do sexo como sacramento, por meio da "Ascensão Corporal", o antigo mistério - um tema que continuará também em seus contos dos anos 70 (*Too Far To Go: The Maples Stories [Longe demais para ir: as histórias Maples]*, 1979). O mundo doméstico de Updike é sempre um registro de mudanças políticas e históricas; alguns de seus livros encaram esse mundo político de forma direta, como em *O golpe (The Coup)* (1979), passado na árida república africana de Kush, sobre um ditador anti-norte-americano que reflete sobre as loucuras dos EUA, porém de modo geral a história se manifesta em torno da cama de casal. A obra de Updike pode parecer realista e local, porém suas ressonâncias são bem mais amplas; sua principal preocupação é com a forma transcendental e a pressão que contra ela exerce uma história envolvente mas inquietante; seus romances de domesticidade são na verdade romances de angústia social e inquietação secular.

Se muito do espírito dos anos 50 foi expressado em uma tentativa de se recuperar o realismo liberal, de se buscar a elegância e a concisão formais, de se tornar a literatura um empreendimento moral sério e formal, uma intensificação e modelagem da vida, os melhores escritores ostentavam essa tentativa de realismo como um modo sob tensão, abalado e perturbado pelos extremos da história contemporânea: "É como se esses romancistas e os personagens que criam houvessem sido sacudidos pela quantidade e pela violência da história pela qual a América do Norte havia passado (e a América do Norte, é preciso que se lembrem, estava até há pouco desacostumada à história)", observou o crítico R.W.B. Lewis. A sensação de descontinuidade entre o indivíduo e a sociedade, entre o controle formal e os abalos sociais, é manifesta em muitos desses escritores, e ela é intensificada nos anos 60 - na comédia de conscientização desordenada de Bellow em *Herzog*, nas confissões de Roth, no silêncio de Salinger, nos divórcios de Updike. Ela se mostra em outros escritores também: na obra de John Cheever que, em *The Wapshot Chronicle (A crônica Wapshot)* (1957), *The Wapshot Scandal (O escândalo Wapshot)* (1964), e mais marcadamente em *Falconer (Falcoeiro)* (1977) explora o confronto arrasador entre o mundo aparentemente estável da família norte-americana de classe média e uma nova era de extremos psíquicos e pesadelo histórico; ou no cômico existencialismo do primeiro John Barth, que apresentou em *The Floating Opera (A ópera flutuante)* (1956) e *The End of the Road (O fim do caminho)* (1958) um universo de contingência aclimática no qual a identidade está ausente, a gramática prescritiva é impossível, e onde não existe qualquer razão para se viver, mas nenhuma tampouco para que alguém se suicide. Essa sensação de descontinuidade também é evidente nas imagens grotescas subjacentes à elegância formal dos escritores sulistas, e na obra de romancistas como James Purdy (*Malcolm*, 1959; *Cabot Wright Begins [Cabot Wright começa]*, 1964) ou Terry Southern (*Flash and Filligree (Farol e filigrana]*, 1958), escrita no espírito que os anos 60 chamariam de "humor negro", um humor derivado do desespero histórico e existencial. Ela é também evidente na crescente raiva de James Baldwin à medida que sua obra caminha da exatidão formal de *Giovanni* para a fúria de *Numa terra estranha*, onde abundam as imagens apocalípticas e a força não pode mais ser contestada ou os males resolvidos. A tentativa de conter a experiência contemporânea dentro de uma moldura formal e moral pode ter sido um dos caminhos essenciais dos anos 50, porém a pressão para romper tal forma e expressar os extremos modernos foi outro.

IV

O escritor que mais obviamente apresentou essa luta entre as exigências formais e as urgências da imersão histórica foi Norman Mailer, cujo anseio tem sido cada vez mais o de incorporar e expressar a perturbada história psicopolítica da era do pós-guerra. Mailer sempre se apresentou como um escritor em busca de uma nova ordem de conscientização, face a uma história que parece ser destrutiva para os sentimentos, a sexualidade e o ser realizado; e em *Advertisements for Myself (Anúncios para mim mesmo)* (1959) e outros livros de ensaios ele registrou publicamente sua luta para ser um escritor de investimento histórico e não de arte purificada. *Os nus e os mortos*, seu primeiro livro, era formalmente naturalista, uma obra de reportagem sobre a violência da guerra, a refratária indiferença da natureza, as vitimizações da máquina militar, entrecortada por passagens experimentais da "Máquina do Tempo", um artefato concebido para fazer a conexão entre a vida militar e o mundo selvagem da sociedade norte-americana. Mailer toma, convencionalmente, tipos naturalistas - o pequeno criminoso, o branco pobre do Sul, o judeu do Brooklin, o viajante de Montana - e os coloca na frente de batalha do Pacífico, onde "a personalidade individual só atrapalha"; mas salientou que o livro era "uma parábola sobre o movimento dos homens através da história", e que a história mais ampla e a natureza da moderna confrontação com ela é seu tema principal. A preocupação de Mailer, aqui como mais tarde, é a concentração de poder e suas conseqüências psíquicas; seu General Cummings explica que a guerra não é uma luta por ideais, mas "uma concentração de poder", e que "você pode encarar o exército como uma previsão do futuro". A insuficiência da mente liberal face a essa "moralidade de poder" é manifesta no colapso do Tenente Hearn, que sugere que no mundo futuro de Mailer o liberalismo será fraco e sem poder. Ao contrário, é através da imersão no poder e na energia totalitária que a concentração de poder existente pode ser rechaçada, e a obra de Mailer a partir desse ponto caminha rapidamente do realismo reformador para uma anarquia neo-sexual.

Seu livro seguinte, *Barbary Shore*, investigava o deserto político dos EUA do pós-guerra; com *The Deer Park (O parque dos cervos)* (1955), a certa altura concebido como integrante de uma seqüência de oito romances interligados, ele começa a buscar uma conexão de novos circuitos, através de uma trilha de autodescoberta existencial, primordialmente conquistada por intermédio da sexualidade e da violência apocalíptica. Passado na Hollywood dos expurgos anticomunistas marcarthistas, o romance identifica a política do cinema com o caos da política nacional, e os espaços desertos da Califórnia em torno de Desert D'Or com a história norte-americana contemporânea. Como explicou Mailer, seu objetivo em ambos os livros era o de construir uma psicologia contemporânea da política, uma união de Marx e Freud; a tarefa do escritor, disse ele, era a de unir o subjetivo com o histórico, o corpo sexual com o corpo social. No centro do projeto estava a imagem do selvagem romântico-revolucionário, a um tempo sexualmente harmônico e historicamente evolucionário; tal figura é, incontestavelmente, o próprio Mailer. *Advertisements for Myself* mostra-o nivelando-se com o existencialismo de Hemingway e seu comprometimento com o estilo por meio da ação, e com a complexidade técnica de Faulkner, e tentando mesclar as duas coisas a fim de assumir responsabilidade pelo desenvolvimento do estilo e da conscientização de sua própria geração. Forma ou domínio técnico como tal não são mais a questão essencial; "O domínio técnico é muito pouco, afinal" disse ele, pois consciência e desempenho eram as grandes necessidades e escrever era uma fusão de autoconsciência com um relatório sobre o funcionamento psíquico e social de uma história cancerosa. A tentativa de Mailer de transformar-se no escritor enquanto executante histórico empenhado atingiu sua expressão mais forte em seu ensaio "The White Negro" ("O negro branco", 1957, reproduzido em *Advertisements for Myself*), onde ele explica que a época exigia um novo herói, o negro branco, ou o "hipster", para reagir contra a ordem totalitária: "Ou se é *Hip* ou se é Quadrado (a alternativa que cada nova geração está começando a sentir), ou se é rebelde ou se é conformista, ou se é o homem da fronteira no Oeste Selvagem da vida noturna norte-americana, ou então uma célula Quadrada, presa no tecido totalitário da sociedade norte-americana, condenado ao conformismo, queira ou não, se seu objetivo é ter sucesso".

O ensaio dramatiza a luta maniqueísta na cultura americana, na qual Mailer sentia que o escritor tinha de se atirar. Um resultado ficcional foi *Um sonho americano* (*An American Dream*) (1965), romance desinibidamente obsceno e semi-autobiográfico, narrado na primeira pessoa por Stephen Rojack, "uma personalidade construída sobre um abismo", homem tanto de loucos desejos interiores quanto de grande ambição política. O livro se torna uma fantasia de sexo e poder que busca atrair para a receptiva consciência de Rojack tanto as forças políticas e psíquicas que ordenam e dão forma à sociedade norte-americana quanto os poderes de salvação e danação que operam no mundo. A preocupação de Mailer volta-se novamente para o fantástico entretecer dos mundos psíquico, sexual e político, o púbico e o público; *Um sonho americano* é um sombrio pesadelo que se volta para a redenção apocalíptica. Um outro modo possível seria o jornalismo ficcionalizado; Mailer o desenvolveu mais plenamente em *Os exércitos da noite* (*The Armies of the Night*) (1968), que leva o subtítulo "A História como Romance, o Romance como História"; o livro, que é sobre uma marcha de protesto verdadeira, sobre o Pentágono e contra a guerra do Vietnã, busca mesclar a reportagem e a dramatização romanesca da conscientização ativa de um participante, o próprio Mailer, única possibilidade de se ter uma perspectiva em relação ao que é registrado pela mídia como "fato histórico". A obra de Mailer desde então tem ficado mais próxima do jornalismo do que da ficção, muito embora *Why Are We in Vietnam?* (*Por que estamos no Vietnã?*) (1967) seja uma fantasia reichiana que relaciona uma caça ao urso no Alasca com a violência da guerra do Vietnã; mas ela sempre buscou retratar a aliança do consciente com a anarquia e a desordem da psiquê social, que se expressa como história, afastando-se desse modo da forma controladora, da preocupação com a vida individual, ou com uma visão humanista e indo em direção à exploração daquele mundo onírico de sexo e violência que Mailer concebia como sendo a verdadeira política da época.

A sugestão de Mailer, em "The White Negro", de que as novas experimentações formais do romance nasciam das experiências de comportamento, da desafiliação romântica, do estilo de vida *hip*, do protesto da juventude, da cultura *underground* de drogas e homossexualismo, parecia se confirmar à medida que ia correndo a década de 1950. Em 1952 Paul Bowles, expatriado em Tânger, publicou seu romance *Let It Come Down* (*Deixe cair*) a respeito da exaustão e da vulnerabilidade degeneradas, de drogas e sexualidade; em 1953, William S. Burroughs, também em Tânger, publicou sob o pseudônimo de William Lee seu romance sobre drogas e homossexualismo, *Drogado* (*Junkie*); em 1955, J.P. Donleavy publicou em Paris seu amargo romance erótico de descontentamento expatriado, *The Ginger Man* (*O homem de gengibre*). Nesse meio tempo, uma cultura de alienação e divergência estava encontrando voz, na própria América do Norte, no movimento "Beat". Segundo consta, o termo fora cunhado nos idos de 1952 por Jack Kerouac, nascido de associações com a "batida" espontânea do jazz e as beatíficas alegrias do misticismo oriental, - dois veios vitais para a literatura *beat* que agora aparecia em quantidade, para dar voz ao espírito de uma jovem geração em revolta contra o conformismo e a respeitabilidade dos EUA da Multidão Solitária. Tal clima emocional encontrou sua expressão poética no frenético e longo poema de métrica irregular de Allen Ginsberg, "Howl" (1955), e no paralelo texto de ficção de Kerouac, *On the Road* (*Pé na estrada*) (1957). Escrito em uma "prosa *bop* espontânea", comemorativo e desafiador, *On the Road* passava além do frágil misticismo de Salinger para uma filosofia *drop-out*, cantando a libertadora viagem para o oeste, além da cidade tecnológica e da viagem interior para uma nova liberdade emocional e física, por intermédio do movimento, do jazz e das drogas. Em *The Subterraneans* (*Os subterrâneos*) e *The Dharma Bums* (*Os vagabundos Dharma*) (ambos de 1958), Kerouac avançou mais tanto para o misticismo oriental quanto para a cultura das drogas e da desorientação. No início dos anos 60 essa anarquia romântica, que enfatizava o instinto, o provisório e o misticismo, espontânea e solta na forma, pareceu vir a ser a nova estética. Tão comportamental quanto formal, muitas vezes rejeitando a segurança e a fixidez da impressão em favor da instantaneidade e imediatismo do desempenho, os textos *beat* são inseparáveis da poesia improvisada, do *happening*, do evento espontâneo, da *performance* em multimídia, da sensibilidade da nova aldeia global. Os métodos de Kerouac, apropriadamente frouxos, influenciaram um bom número de escritores nos anos 60, como Hubert Selby e John Rechy, que foram ainda mais longe com o sentido de naturalismo alucinatório, porém sem a sua energia poética espontânea.

Mais importante como experimentador foi William S. Burroughs, cuja seqüência *Almoço nu* (*The Naked Lunch*, 1959), *The Soft Machine* (*A máquina mole*, 1961), *The Ticket That Exploded* (*O bilhete que explodiu*, 1962) e *Nova Express* (*O expresso Nova*, 1964) veio a ser o representante da face vanguardista e surrealista da ficção *beat*. Burroughs adotou para esses livros um novo modo de apresentação, anunciado como o método "*cut up*" (de recorte), e "*fold-in*" (para dobrar) "de Brion Gusin". Era na realidade um modo nitidamente derivado dos movimentos surrealistas franceses das décadas de 1920 e 1930, que aliviava uma apresentação de colagem com sistemas alucinatórios e fantásticos, e recorrendo a "*junk*" tanto em seu sentido de droga quanto no de lixo cultural. A obra de Burroughs assimila os detritos flutuantes e as imagens soltas da vida contemporânea; e reflete também a alucinatória sensação de estar exposto, o afastamento dissociativo dos objetos que se segue à dependência das drogas. O *dreck* (lixo) da palavra cotidiana, o poder dominante dos sistemas de mídia, as fantasias da ficção científica popular, misturam-se por intermédio do método dos recortes com as fantasias homoeróticas do autor para criar uma fantasia transformada e moderna, preocupada com os poderes infinitamente conflitantes do universo de Nova. Burroughs chamou seus livros de "sátiras", o que sugere um controle que sua forma nega. Eles vêem e desafiam um mundo de sistemas autoritários opressivos operados por forças policiais que tentam derrotar e delimitar o livre jogo da consciência, e sob esse aspecto satirizam uma era distorcida, atormentada por conspirações e manipulada pela ciência; porém ao mesmo tempo Burroughs já se descreveu como um "cosmonauta do espaço interior", e seu mundo ficcional de intriga violenta e obscenidades deformantes coincide com suas próprias fantasias interiores. O resultado é um grotesco satírico no qual não pode haver objeto estável de indignação, apenas uma condição geral de ultraje, que acusa o mundo enquanto gratifica suas fantasias homoeróticas e sádicas. Os métodos de Burroughs são na realidade paródicos, e seus livros são pós-humanistas, textos instáveis e voláteis que tentam penetrar, em vários pontos, por um mundo já afundado em obscenidade, barbarismo, sistematização tecnológica e violência, no qual o sujeito humano fica dissolvido, por meio de uma imaginação em condições muito semelhantes. E sob esse aspecto eles derrubam as difíceis fronteiras da fantasia, abrindo todo um mundo do sujeito que compreendeu o universo sem amor; e como tal eles representam uma transfiguração crucial da tradição do surreal, do fantástico, do paranóico e do obsceno no romance pós-humanista dos anos 60 e 70 da América do Norte.

Enquanto Burroughs estava começando, durante a década de 1950, a esboçar um novo experimentalismo apocalíptico transgressivo que procurava desbancar os sistemas dominantes de linguagem, e a usar material de ficção científica e de *junk* como base para uma nova prosa, outro experimentador importante estava desafiando a base realista e referencial do romance por outra postura e outra tradição. Era Vladimir Nabokov, cuja obra brota da tradição russa do grotesco cômico (Gogol é fonte significativa para o que ele escreve); esta se desenvolveu tardiamente no período simbolista da ficção russa pré-revolucionária preocupada com a fugidia relação entre a palavra e o mundo, e também reflete as inquietações lingüísticas e as desordens modernistas da ficção européia entre as duas guerras mundiais. Os primeiros romances de Nabokov foram escritos em russo e alemão, nas várias cidades européias para as quais a Revolução Russa de 1917 o exilou. Em 1940 ele se mudou para os Estados Unidos, já tendo começado em Paris seu primeiro romance em língua inglesa, *A verdadeira vida de Sebastião Knight* (*The Real Life of Sebastian Knight*) (1941), uma tentativa de escrever uma biografia "verdadeira" que se desintegra em meio a paradoxos literários e problemas de identidade. E assim começou seu "caso de amor com a língua inglesa" que resultou em uma série de romances, inclusive *Bend Sinister* (*Banda sinistra*) (1947) - escrita, segundo explica Nabokov, por "uma divindade antropomórfica personificada por mim", *Lolita* (1955), *Pnin* (1957), *Fogo pálido* (*Pale Fire*) (1962), *Ada ou ardor (Ada, or Ardor: A Family Chronicle* (1969), *Transparent Things* (*Coisas transparentes*) (1972) e *Somos todos arlequins* (*Look at the Harlequins*) (1974). Esses, junto com o trabalho mais antigo de Nabokov, desde então traduzidos para o inglês, somam uma indagação de grandes proporções quanto à natureza da ficção e da ficcionalidade, na qual a palavra não agrega referencialidade à coisa, na qual tipos e estruturas de ficção são sujeitados a uma infinda zombaria, onde os narradores podem ser loucos, mentirosos ou dissimuladores experimentados, os nomes dos personagens trocadilhos, anagramas ou emblemas, e o desenvolvimento ficcional feito por acrósticos ou jogo de palavras. Com propriedade, o artista torna-se um exilado em meio a formas e estruturas de linguagem e cultura, e seus personagens centrais - os Humbert Humbert, os Pnin, os Charles Kinbote e os Van Veen - são atirados em um mundo de desordem contingente intensificada pelo fato de cada vez mais tal mundo ser os Estados Unidos, um mundo que Nabokov demonstra uma fascinada dificuldade em constituir.

Nabokov viria a ser uma influência essencial sobre o romance dos anos 60 em função de seu nominalismo, sua pressuposição de que o mundo existe a partir do momento em que recebe um nome. A arte torna-se um jogo tanto cósmico quanto cômico de conhecimento, um acróstico fictício com propriedades transcendentais que não podem fazer mais do que criar a ilusão da realidade e a sensação de uma transcendência que foge. Sua obra tem origens patentemente decadentes, sendo um engajamento narcisista com o efêmero, o duplicado, o espelhado, o incluso. Seus heróis são jogadores obsessivos que perseguem borboletas transcendentais com redes lingüísticas, sempre em busca de alguma marca fugidia de realidade para se agarrarem a uma imagem permanente da qual mesmo assim estarão para sempre exilados. Como Burroughs, Nabokov encontra no romance uma proliferação paródica de formas; ao contrário do outro, ele depende de dispersões sutis da impressão ficcional, e por isso coloca em destaque a natureza essencialmente reescrita e paródica de todo e qualquer texto. No entanto, uma fé essencial na forma do romance permanece, porque tal forma exibe os caminhos pelos quais nós construímos um sentido de "realidade" - uma palavra, ressalta Nabokov, que não significa nada a não ser quando está entre aspas. A necessidade de inventar e viver no prazer da mente é assim crucial. Em *Lolita*, seu romance mais conhecido, o *émigré* de meia-idade, Humbert Humbert, ao perseguir sua ninfeta norte-americana, a criança-mulher apanhada na fugidia curva entre a inocência e a experiência, está perseguindo o que não pode ser obtido mas tem de ser desejado. Ele também persegue seu próprio duplo, Quilty, ou é por ele perseguido, e a quem ele acaba assassinando a fim de arcar com sua própria culpa ("*Guilty* 'culpado' de matar Quilty"). O livro em si é uma galeria literária; os Estados Unidos que ele atravessa de motel em motel é um mundo de pistas em trocadilho que constroem tanto um "enredo" quanto uma "realidade". Humbert transforma-se em uma imagem do artista decadente em busca de seu símbolo, fugidio e erótico, e a corretamente batizada ninfeta, Dolores Haze*, um substituto sofisticado e metafórico para o fugidio mito da própria América do Norte. Um sistema de alusões igualmente complexo está por trás de *Ada*, com sua estrutura semelhante de duplos e espelhos (Ivan Veen ama incestuosamente sua "prima" Ada Veen), sua ambientação em Ardis Hall (que aparece "na delicada eminência de velhos romances") no planeta Anti-Terra, que está muito próximo da paisagem da ficção tanto russa quanto norte-americana, parodisticamente superpostas. A paródia é, na verdade, o modo dominante, mas dele emerge a séria necessidade do artista de subverter a realidade e derrotar o tempo. A essência da arte de Nabokov é a de exibir os meios e a necessidade epistemológica para que se considere a ficção como um mundo constituído em contenda com os

---

* Haze = bruma. (N.T.)

sistemas pelos quais nós asseveramos a solidez da realidade, mas também a de exibir os prazeres da imaginação engajada em tal busca.

A obra de Nabokov pode ser relacionada com o grotesco humor negro que agora estava emergindo como um filão essencial da nova ficção norte-americana, porém mais ainda com o ceticismo quanto ao direito que esta exige de registrar ou afirmar o real, que viria a ser a dominante da década de 1960. Na verdade, tanto Burroughs quanto Nabokov apontam o caminho no qual o modo naturalista da literatura norte-americana estava começando a ser posto em dúvida - por um lado, mercê da sensação de que não só o sujeito humano mas também os sistemas de palavras que davam àquele sujeito um sentido de ordem e significação estavam se desintegrando face a forças violentas e assassinas, e por outro, mercê de uma ansiedade nominalista sobre a natureza da própria ficção e sua capacidade para dar nome à vida e ao mundo, fazendo-os existir. A opressiva sensação de desordem na Ficção da América do Norte do pós-guerra parecia, no final da década de 1950, estar gerando uma fluidez, senão uma dissolução de formas e gêneros - destruindo as convenções habituais de reportagem realista, quebrando o discurso humanista de controle moral, e expondo um mundo no qual a linguagem não era mais capaz de nomear ou fixar as anomalias da experiência contemporânea, nem a mente imaginativa capaz de subjugar a história e a sociedade diretamente em termos de ficção. No entanto, apesar da ascensão da fantasia, da desordem da percepção e das estruturas parodísticas, com Nabokov baseadas em alusões literárias e com Burroughs em "*junk*", a sensação da imensidão dos processos históricos, do domínio de enredo e sistema, e a força da linguagem programada de fora transformam tal experimentação em algo mais do que puro jogo; ela se transforma em um evento cultural, uma resolução estilística como reação a determinados deslocamentos de valores. Assim o romance viu-se reagindo obliquamente, tanto em conscientização política quanto em angústia formal e textual, ao mundo da vida tecnológica do final do século XX. O marcante é que tais desenvolvimentos não foram simplesmente protestos literários mas também uma revolta estético-radical; na década de 1960 um espírito de experimentalismo fantástico e historicamente dolorido viria a criar uma fase estilística inteiramente nova no romance.

7. *Pós-modernos e outros: as décadas de 1960 e 1970*

Fantasmas, monstros, criminosos e desviados representam melodrama e fraqueza. O único horror que há neles é o horror do próprio sonhador ao isolamento. Mas o deserto, ou uma fila de fachadas falsas de lojas; uma pilha de escória, uma forja com o fogo abafado, isso e a rua e o sonhador, ele mesmo apenas uma sombra inconseqüente na paisagem, compartilhando da falta de alma dessas outras massas e sombras; eis o pesadelo do século XX.

Thomas Pynchon, *V.* (1963)

"Comecei a escrever ficção com o pressuposto de que os verdadeiros inimigos do romance eram o enredo, o personagem, a ambientação e o tema, e uma vez tendo abandonado esses meios conhecidos de pensar a respeito de ficção, a totalidade de visão ou a estrutura eram realmente só o que restava".

Jonh Hawkes, em uma entrevista (1965)

I

Nada marcou tão claramente a mudança dos "tranqüilizados" anos 50 quanto a eleição, em 1960, de John F. Kennedy para a presidência dos Estados Unidos. A promessa feita por Kennedy de uma "Nova Fronteira" na vida norte-americana, seu apelo à juventude, seu sentido de objetivo histórico e suas simpatias culturais atraíam os intelectuais para ele e até mesmo para a "Camelot" que foi a Casa Branca em seu breve mandato. Em *The Presidential Papers (Os documentos do presidente)* (1963) Norman Mailer demarcou as ligações entre o Presidente e seu próprio radicalismo anárquico; e Rojack, em seu *Um sonho americano* (1965), é conhecido de Kennedy e leva avante uma batalha aparentemente paralela contra um tumor canceroso e os falsos poderes. Outros romancistas apresentaram fantasias semelhantes do intelectual como presença atuante na história e conselheiro do governo - Gore Vidal em seus romances bem informados e elitistas sobre Washington (*Washington, D.C.*, 1967; *Burr*, 1974; e *1876*, 1976), Roth em *Complexo de Portnoy* (1969), Bellow em

O legado de Humboldt (1975), Jerzy Kosinski em *O videota (Being There)* (1971), Joseph Heller em *Gold vale ouro (Good as Gold)* (1979). Mas a tensa relação entre a vida pública e a particular também estava sendo explorada de outros modos; foi durante o mandato de Kennedy que Roth notou a estupidificante irrealidade da história norte-americana contemporânea, e Bellow assinalou um tal volume concentrado de vida pública que "a vida particular não pode manter a aparência de sua importância" – com complexas conseqüências para o romance. Não era muito grande a distância entre pensamentos como esses e a suspeita de que a própria história fosse uma ficção absurda, um vasto complô que manobrava o indivíduo mas ao mesmo tempo dissolvia toda realidade estável. A ficção norte-americana no início dos anos 60 estava ampliando seus temas e voltando-se para fora, em termos históricos; ela estava também reavaliando as forças soltas no mundo, e a questão da capacidade do indivíduo para enfrentá-las. A história que os romancistas agora passavam a explorar ficava de algum modo além da existência individual e da medida da razão; era uma história de deformantes jogos de poder, grandes estruturas conspiratórias, imensos sistemas tecnológicos, ameaças apocalípticas à sobrevivência.

Tais temas passaram a pressionar tanto os escritores mais velhos quanto os novos. *O almoço nu* de Burroughs (1959) e suas continuações viam uma competição entre o espaço interior e sistemas políticos avassaladores; *The Sotweed Factor (O fator Sotweed)* (1960), de John Barth, tomou o romance histórico e transformou-o em assunto para um pasticho. Em 1961 veio *Catch-22*, o romance antibelicista de Joseph Heller, sobre uma Segunda Guerra Mundial retratada não mais de forma naturalista mas como uma fantasia grotesca e absurda aplicável aos Estados Unidos contemporâneos. *Mother Night (Mãe noite)* (1961), de Kurt Vonnegut, foi mais um dos muitos livros que voltaram aos absurdos da Europa durante a guerra, vista através dos olhos de um escritor cujos métodos de ficção científica viriam a gerar inúmeras imagens da insignificância humana. *Um estranho no ninho (One Flew Over the Cuckoo's Nest* (1962) de Ken Kesey, mostrava o poder norte-americano como a autoridade a governar e abranger um asilo de loucos; o mais notável entre os novos escritores da época, Thomas Pynchon, produziu com *V.* (1963) uma tentativa de reconstruir a história do mundo, mesmo insistindo nos processos desintegradores e entrópicos em funcionamento através dela. A ficção podia bem estar se afastando do mundo doméstico e indo no sentido do histórico, mas suas imagens eram inquietantes – imagens de modelos, poder, processo, sistema, e da luta do animado contra o inanimado, da individualidade diminuída contra a força ampliada. Os romancistas podiam, então, cantar uma consciência não delineada e resistente à história, ao sistema, ao código; mas isso poderia levar a alguma coisa ainda mais desértica, ao ingresso do sistema no próprio âmago do eu, que tornaria o humanismo impossível e a vida absurda. Tais temas perpassam o que é escrito no início dos anos 60; mas quando, em 1963, Kennedy foi assassinado, e quando veio a escalada da Guerra do Vietnã, a sensação de horror aumentou, e a tensão entre a maciça história pública e a diminuída imaginação artística impeliu os escritores até o exame do potencial da forma que possuíam. Eram os escritores do grotesco histórico que agora pareciam os mais relevantes, como John Hawkes que - desde *The Cannibal (O canibal)* (1949) - vinha usando a paisagem da violência histórica para uma ficção de exploração psíquica interior, ou Vonnegut - que tornou explícita sua relação entre a ficção científica e as agonias da história moderna em *Slaughterhouse-Five (Matadouro-Cinco)* (1969), que caminha entre o bombardeio incendiário de Dresden no tempo da guerra e o planeta imaginário Tralfamadore, no espírito do que ele identificou como "humor de cadafalso", uma reação tragicômica à derrota do sujeito pelo mundo social e histórico.

Em muitos desses livros a história pode ser vista não como uma marcha obsessiva, mas sim como uma paisagem de loucura e dor; o questionamento de uma história racional e inteligente leva a uma zombaria quanto à substância do mundo, a uma sensação de desordem psíquica interior, a uma caricatura do caráter, a uma fantasia dos chamados "fatos" ou realidades, e a uma denominalização cômica. A própria história mostrada como ficcional, não com o objetivo de ignorá-la, mas de subvertê-la; foram geradas novas estruturas imaginativas, que a um tempo confrontavam e questionavam o feio presente do mundo. A ficção norte-americana nos anos 60 viu-se abandonando o centro humanista e realista de muito do que se escrevera em forma de romance. Um caminho que ela tomou foi o de um factual fantástico que tentava penetrar a ficcionalidade do real. Truman Capote chamou seu *A sangue frio (In Cold Blood)* (1966) de um "romance de não-ficção", um romance-reportagem sobre o assassinato de uma inocente família de fazendeiros do Kansas, no meio dos EUA, por uma dupla de vagabundos psicopatas, uma América do Norte encontrando-se com uma outra, mais obscura. Embora o gênero dificilmente pudesse ser considerado originário dos anos 60, ele expressou suas angústias estilísticas - como fez Norman Mailer em *Os exércitos da noite* (1968), onde o relacionamento entre a realidade histórica e a ficção é considerado com precisão, e é examinado o modo pelo qual "construímos" uma realidade. A angústia quanto à subjetividade do repórter também tornou-se explícita dentro do próprio jornalismo. Um "novo jornalismo" apareceu e seu principal expoente, Tom Wolfe, afirmou que ele tomara o lugar do romance "chato", utilizando seus métodos - construção cena-por-cena; anotação integral de diálogos; interiorização de pontos de vista de terceira pessoa; explicação detalhada dos costumes sociais e das ânsias expressadas em estilo e status - para registrar o que Wolfe chamou de "os anos 60 enlouquecidos, obscenos, tumultuados, avarentos, drogados, mau-maus, esvaindo-se em luxúria" (o discernimento ficcional não foi uma das qualidades que assumiu). Tom Wolfe e outros "novos jornalistas" - Hunter S. Thompson, Seymour Krim, Jimmy Breslin e Joan Didion, esta última também boa romancista - foram aqui incluídos para salientarmos a inovação estilística de seus métodos, sua principal contribuição a um jornalismo já agora pronto a confessar a subjetividade autoral. Mas as fusões formais estavam na ordem do dia e o romance factualizado continuou a ser elaborado em obras como *As confissões de Nat Turner (The Confessions of Nat Turner)* (1967), de William Styron, baseado em uma rebelião real de escravos, *Ragtime* (1975) de E. L. Doctorow, ou *The Public Burning (A queima pública)* (1977), de Rober Coover.

Um motivo dos anos 60, portanto, era esse novo hiperrealismo auto-questionador que impelia os escritores no sentido da reportagem, e os repórteres no da ficcionalidade, desafiando assim o realismo "inocente". Porém outro passo significativo para longe do realismo era dado em direção oposta - naquela que um crítico, Robert Scholes, chamou de "fabulação", e outros entenderam como uma nova "ficcionalidade" da ficção. Esse período testemunhou uma notável revitalização do surrealismo e da fantasia, muitas vezes insistindo *à la* Nabokov, na total ficcionalidade de *qualquer* tentativa de se nomear, estruturar e ordenar a experiência, e na exploração dos próprios mecanismos internos do romance; o resultado foi uma era de "auto-reflexão" no romance. Ela acompanhava um novo fascínio com as origens da criatividade e as táticas da fantasia e do grotesco, todas evidentemente recebendo sua forma da necessidade de se reagir artisticamente contra o horror e a brutalidade do mundo histórico. Como têm argumentado os críticos modernos, a fantasia não é uma fuga completa da realidade mas antes um modo de se interrogar o real, dispersando e separando suas formas, criando suas expectativas só para deslocá-las. Muito da ficção dos anos 60 torna-se fantástico por meio de seu ataque ao histórico e ao real; isto é, ela nasce de paisagens e processos históricos definidos. O veio de humor negro que dominou a primeira parte da década explora o absurdo manifesto da sociedade contemporânea e de qualquer reação racional a ela; isso é o espírito da ficção de Heller e Vonnegut, Bruce Jay Friedman, Thomas Berger, Terry Southern, Alfred Grossman, Stanley Elkin. Mas à medida que a década ia caminhando, o sentido da experimentação intensificou-se, e muitas vezes a referência histórica direta se enfraqueceu; a ficção, incapaz de formar um significado coerente, passou a celebrar sua própria perda de significação, rejeitando visões pré-fabricadas da realidade e buscando criar seus próprios mundos, provisórios e liberados, de consciência criativa.

Tais desenvolvimentos eram em parte reflexo de um movimento internacional no sentido da experimentação no romance, que se manifestou no impacto sobre os escritores norte-americanos que tiveram o *nouveau roman* francês, Nabokov, Borges e Beckett, bem como o realismo mágico latino-americano. Mas havia também íntimas associações com a contracultura que, estimulada pelos crescentes protestos em favor dos direitos civis e da liberdade de expressão, e contra a guerra do Vietnã, dominou a última parte da década. A contracultura não era apenas política; ela via a si mesma como uma nova vanguarda, uma nova consciência surrealista que expressava uma época na qual a violência exterior poderia ser enfrentada por um espírito interior. Pós-humanista, messiânica, mística, xamanista, provisória, ela tinha suas raízes na juventude, recorria a experiências psíquicas e psicodélicas, expressando a pós-cultura da nova aldeia global, com um excesso de novos estilos que pareciam ser simultaneamente acessíveis e privados de desenho ou ordem racionais. Essa nova consciência psicopolítica afetou profundamente a ficção dos anos 60. Seu aspecto político direto era evidente em uma ficção negra extremamente radicalizada: a obra de escritores negros como John Oliver Killens (*And Then We Heard the Thunder*) (*E então ouvimos o trovão*) (1963), John A. Williams (*The Man Who Cried I Am*) (*O homem que gritou eu sou*) (1967) e William Melvin Kelley (*Dem*) (1969) é uma revolta contra a consciência branca. Mas ela estimulou também um novo realismo negro, um veio de fantasia apocalíptica - evidente na obra de Ishmael Reed, autor de um texto de forma livre, *The Free-Lance Pallbearers* (*Carregadores de caixão free-lance*) (1967), e de uma paródia de *western Yellow Back Radio Broke-Down* (*O rádio de costas amarelas quebrou*) (1969) e as experiências mais poéticas e coerentes de Clarence Major (*All-Night Visitors*) (*Visitantes da noite inteira*, 1969). Outros escritores cantaram o espírito hippie da juventude, como fizeram Kerouac e, mais tarde, Richard Brautigan; a cultura drogada e psicodélica, como fizeram Burroughs e Kesey; ou o novo xamanismo, como fizeram Thomas Berger e William Eastlake. Porém o novo espírito era mais do que um novo assunto, uma nova indignação, ou um novo conjunto de valores culturais; ele apontava para um novo sentido de forma ou, melhor dizendo, uma abrangente mescla de formas.

Uma sensação de excesso estilístico ingovernável, de multiplicidade formal e interfusão, de sinestesia artística, dominou as artes nos anos 60. Os signos pareciam extrapolar os significados; os estilos, no museu imaginário de formas múltiplas, fascinavam mas tornavam-se privados de estilo, oferecendo-se como paródia. Falou-se muito de uma nova tendência, o pós-modernismo, que seria a soma dos estilos: o termo sugeria um retorno ao espírito vanguardista e experimental do modernismo, mas também uma revolta contra a seriedade solene do modernismo e sua esperança de uma coerência formal e de transcendência. Em um ensaio de 1967, John Barth discerniu em meio aos mais conscientes escritores da época uma nova "literatura da exaustão" que partia de Borges e Nabokov; era um tipo de estrutura que traía "a natureza gasta de certas formas ou a exaustão das possibilidades mais antigas", e sugeria o fim da era do texto referencial. E com o aparecimento de livros como *Second Skin (Segunda pele)* (1964) de John Hawkes, o *western* parodístico de Thomas Berger, *Little Big Man (Pequeno grande homem)* (1964), *O pássaro pintado (The Painted Bird)* (1965) de Jerzy Kosinski, *The Origin of the Brunists (A origem dos brunistas)* (1965) de Robert Coover, *The Crying of Lot 49 (O leilão do Lote 49)* (1966) de Thomas Pynchon, *Omensetter's Luck (A sorte de Omensetter)* (1966) de William H. Gass e *Giles Goat-Boy (Giles pastor de cabras)* (1966) do próprio Barth, uma nova tendência experimental ou equação estilística revista pareciam efetivamente estar aparecendo. O ano de 1967 viu a publicação de *Trout Fishing in America (A pesca da truta na América do Norte)* e do anti-romance de Donald Barthelme *Snow White (Branca de Neve)*; e o ano chave radical da questão, 1968, trouxe a lume o exercício em intermídia de Barth, *Lost in the Funhouse: Ficcion for Print, Tape, Live Voice (Perdidos na casa maluca: ficção para texto impresso, fita magnética, voz ao vivo), In the Heart of the Heart of the Country (No coração do coração do país)*, de Gass, *Passos (Steps)*, de Kosinski, *Up (Pra cima)*, de Ronald Sukenick, e *The Exaggerations of Peter Prince (Os exageros de Peter Prince)*, de Steve Katz. Surgira todo um conjunto de ficção marcado pelo ceticismo em relação a tipos genéricos, uma predisposição para a paródia, para a inversão irônica, e uma insistência "metaficcional" em seus próprios modos de significação, bem como na capacidade para desafiar a estabilidade do que é significado.

A natureza desse novo clima poderia ser lida de vários modos. Em alguns escritores a mudança era no sentido do anti-realismo e do nominalismo – isto é, a crença de que nós fazemos o mundo existir ao dar-lhe um nome. A partir disso, o texto só poderia manifestar a invenção criadora e o artifício de sua própria existência, especular a respeito do desempenho do ato ficcional, funcionar como um jogo ou exercício em asseveração transitória. Narrativas de toda espécie, fossem elas de jornalistas, historiadores, sociólogos ou quaisquer outros presumíveis construtores da "verdade", jamais ofereciam verdades logicamente anteriores às de um romance; todos compartilhavam de uma ficcionalidade universal, e já que tanto as ficções passadas quanto as outras formas de estrutura de prosa são paralelas às novas, apareceu uma crise de intertextualidade, um problema na realização de um estilo moderno; o romancista vivia em um mundo de significantes desarraigados, sugerindo tanto uma crise histórica quanto uma nova oportunidade criativa. A história havia, a essa altura, alcançado o coração do texto. Muito dessa experimentação dos anos 60 preocupa-se com as imensas forças em operação no mundo moderno, o impacto da guerra e o início de uma era de "nada", a presença de enredos impostos e modelos que condicionam e delimitam todo discurso, transformando o homem como utilizador da linguagem em um instrumento programado do sistema. Pois onde escritores de outrora poderiam reagir aos poderes do mundo com um naturalismo vitimizado, estes escritores tendiam a encontrar a vitimização na própria estrutura explanatória que usavam, na própria linguagem. De algum modo isso incapacitava a forma e a estrutura do romance; e ao mesmo tempo podia gerar novas fusões imaginativas, quando o romance procurava não só reinventar a si mesmo mas também expor a natureza de seus processos inventivos, oferecendo-se como uma forma de se renomear, uma forma de descriação que conduzia à recriação. Se ele proclamava a derrota do texto pelo peso do passado e a dominação dos sistemas fixos, podia também produzir uma nova realidade - "aberta, provisória, caracterizada por uma suspensão de julgamentos, pela descrença nas hierarquias, pela desconfiança quanto às soluções, resoluções e conclusões, pela autoconsciência que resulta em tremenda seriedade mas também em zombaria de longo alcance...", nas palavras de um crítico.

O paradoxo dominante foi sintetizado por Ronald Sukenick no título de seu *The Death of the Novel and Other Stories (A morte do romance e outros contos)* (1969), onde ele notou que, "no mundo do pós-realismo" todos os absolutos tornaram-se problemáticos, a literatura não existe, e "o escritor contemporâneo - o escritor que está agudamente em contato com a vida da qual ele é parte - fica forçado a começar da estaca zero. A realidade não existe. Deus foi o autor onisciente, mas morreu: agora ninguém mais sabe o enredo...". A convicção de viver em uma época de redefinição epistemológica era compartilhada com, e provavelmente alimentada pelo, *nouveau roman* da França e os movimentos intelectuais relacionados do estruturalismo e, mais tarde, da deconstrução; mas a tendência também tinha uma face distintamente norte-americana que se tornava mais evidente em seu contexto cômico ou parodístico, seu "alegre niilismo". Escritores como Donald Barthelme deram indícios de encarar a nota "mortalmente séria" da ficção francesa como uma inimiga; e alguns deram ênfase ao otimismo dos novos modos norte-americanos. Não é de surpreender que a questão de saber se tais desdobramentos realmente marcavam um amplo e novo direcionamento para o romance do século XX, com significação comparável à do modernismo, tenha preocupado os críticos. Era também uma questão de saber se os vários gestos experimentais tinham muito de comum entre si, já que apresentavam preocupações largamente diversas e podiam ser definidos de muitas maneiras - como uma literatura de silêncio ou uma literatura de ruído e redundância, como um processo minimalista ou outro de livre e aberta invenção criativa, como uma arte de deconstrução mas também uma arte aleatória, como uma arte de absurdo filosófico mas também como uma arte esperançosamente provisória. O termo "pós-modernismo" ainda continua vago, porém o que ele descreve e tenta definir tem sido um desafio fundamental ao realismo e naturalismo do passado da ficção norte-americana, e ao experimentalismo de outrora: e ele abriu as possibilidades do romance enquanto campo experimental no momento em que muitas velhas imagens da América do Norte estavam se dissolvendo.

Se o termo é vago, isso se deve em parte ao grande número de novos escritores norte-americanos de interesse e peso, cuja vasta e variadíssima obra ele tem procurado definir ou ligar. Além de Nabokov, Hawkes, Pynchon, Vonnegut, Brautigan, Barth, Barthelme, Kosinski e Coover, devem ser incluídos sucessores significativos tais com Sukenick, Clarence Major, Walter Abish, Raymond Federman e Steve Katz. Alguns são ficcionistas autoconscientes, outros utilizadores brincalhões ou sérios da fantasia e do grotesco; alguns são escritores de profundas preocupações históricas, outros primordialmente preocupados com a formação do texto. Alguns, como Pynchon, escrevem uma ficção de acúmulo, de excesso, de massa enciclopédica; outros, como Barthelme, expressam uma economia redutiva escrevendo uma literatura de diminuição e do que é deixado de fora. Críticos treinados em métodos estruturalistas e deconstrutivistas viram tais escritores como instâncias exemplares de sua convicção de que a nova escrita ilustrava a crise de linguagem dos tempos, e deduziam do colapso da tradicional aliança do leitor com o assunto exterior, ou de um texto assimilável escrito para um leitor implícito de fácil compreensão, as condições históricas do final do século XX. Pode ser discutível que o pós-modernismo seja ou não o estilo dominante ou "apropriado" da época; o certo é que questões formais e epistemológicas cruciais para a natureza da ficção estão sendo articuladas por escritores que ampliaram certas preocupações fundamentais do modernismo - notadamente com a ficção enquanto jogo, brincadeira, paródia, contrafação e fantasia - e acrescentaram novos desafios à noção de que a arte é referencial e formalmente coerente. Em suas obras o estável desaparece; a ficção torna-se metaficcional; o leitor é convidado a penetrar o romance de modos novos. Raymond Federman vê a emergência de uma nova "surficção" na qual "toda distinção entre o real e o imaginário, entre o consciente e o subconsciente, entre o passado e o presente, entre a verdade e a inverdade, será abolida"; outros críticos oferecem explicações menos estéticas, mais históricas, e vêem o novo romance como uma reação contra o que Tony Tanner chama de "todos os tipos de conspiração contra a espontaneidade do consciente".

O fenômeno do pós-modernismo tem sido, para alguns, predominantemente um estilo ou um maneirismo, mas para outros uma manifestação histórica total e abrangente, o produto apocalíptico de uma época na qual o signo libertou-se do significado, qualquer afirmação dotada de autoridade tornou-se impossível e só renomear, reescrever e recriar podem ser tentados. Para alguns um impasse epistemológico moderno, para outros foi uma grande e aberta libertação da criação. Se a natureza do pós-modernismo tem sido questionada e explicada de modos vários, variado também tem sido seu grau de preponderância na ficção norte-americana do final do século XX. Para o final dos anos 60 ele pareceu, em seu ímpeto sintetizador e sua abundância parodística, uma ruptura crucial com o realismo e o naturalismo anteriores e com as tendências prévias de gênero e região, de modo que as categorias e agrupamentos mais antigos - "ficção sulista", "ficção judaico-norte-americana", "ficção negra" - vieram a parecer cada vez mais destituídas de sentido; qualquer estilo estava aberto à interseção, à reformulação e à paródia. Na altura dos anos 70 aquela abundância criativa já se havia fixado no sentido do maneirismo e já se falava muito de um pós-pós-modernismo. A tendência começou a mesclar-se com a linha confessional dos representantes da liberação masculina como Philip Roth e John Irving (*O mundo segundo Garp/The World According to Garp*, 1978) ou da liberação feminina, como Erica Jong (*Medo de voar/Fear of Flying*, 1973) e Lisa Alther (*Kinflicks*, 1976) e com a "cultura do narcisismo" que os anos 70, terapêuticos, desenvolveram em reação contra os anos 60, política e historicamente angustiados. Escritores como John Gardner (*Grendel*, 1971) começaram a esposar a causa da "ficção moral", e romances mais recentes de profissionais importantes - como *Letters (Cartas)* (1979) de John Barth e *The Passion Artist (O artista da paixão)* (1979) de John Hawkes - mostram sinais de um movimento de volta para um realismo autoconscientemente qualificado. O debate estético em torno parecia um tanto cansado, e a economia mais dura dos anos 80 produziu um clima que estimula formas mais conservadoras. E no entanto, em parte porque as obras do pós-modernismo têm sido tanto populares quanto vanguardistas, e pertencem tanto à nova mídia quanto à nova boemia, a transformação do realismo mais velho em novos sistemas de notação criadora vem sendo da maior importância e tem tido as mais profundas implicações para o romance, em termos internacionais, porque questiona em seu âmago o ato de escrever com imaginação.

II

Embora algumas vezes tido como um movimento no sentido da não-referencialidade, o ímpeto experimental dos anos 60 e 70 preocupou-se muito, na verdade, em reagir à história moderna. Ele tem sido perseguido em toda parte pela imagem da guerra que incapacita, e a nota de absurdo e humor negro foi crucial o tempo todo. Assim, um dos textos básicos dos anos 60 foi *Catch-22*, de Joseph Heller, sobre um grupo de aviadores que, em uma Itália corrupta e ignorante, tentam executar uma série ininterrupta de missões de guerra sem qualquer objetivo aparente. O modo niilista-absurdo de Heller por certo não era novo na ficção norte-americana; imagens de absurdo grotesco que têm relação com as suas recuam até Melville (especialmente em *The Confidence Man/O vigarista*), Mark Twain, Nathanael West. Mas o absurdo de *Catch-22* nasce de uma falta de sentido moderna, sendo uma reação direta à história e às instituições contemporâneas. O "catch-22"* do título origina-se no conceito na Força Aérea norte-americana de que, para deixar de servir em combate, o indivíduo precisa de um atestado de insanidade; mas como qualquer um que queira evitar entrar em combate é necessariamente de mente sã, torna-se impossível escapar do combate. É uma imagem do modo pelo qual o homem é subordinado ao sistema como se fosse máquina; fórmulas igualmente absurdas formam a estrutura do livro e se tornam sua principal fonte de humor negro. Se tal subordinação é absurda, a única reação possível é a de uma tortuosa anarquia, uma percepção de que não existem causas justas, apenas o nosso sistema tecnológico corrupto a operar não-ideologicamente contra um sistema inimigo. Os inimigos são forças que acarretam morte e que ou são evadidas ou não; a morte está em todo lugar mas não há objetivos; o exército é formado por monstrengos programados para executar tarefas sem sentido; a tecnologia, o sistema e a morte, em lugar de cultura, moral, valores ou uma política significativa, são o que cerca os homens neste mundo; "Há agora cinqüenta ou sessenta países que lutam nesta guerra. Por certo não é possível que valha a pena morrer por *todos* eles", observa o livro. A alternativa para o sistema transforma-se na sobrevivência individual, já que, "como o espírito se foi, o homem é lixo", e toda inteligência passa a ser aplicada a técnicas de evasão - um princípio exemplificado pelo herói do livro, o capitão Yossarian.

Catch-22, como muitos dos novos romances norte-americanos, é um livro sobre a degradação sistemática da natureza pela sociedade, o capitalismo, a organização da guerra, o desfiguramento, a perda de identidade, a desumanização e a morte, bem como pelo próprio texto. A comédia cria tanto a degradação - o sistema de leis de papel que insiste que o registro precede o fato, a irrealidade precede a realidade, o ser humano é uma função de seu papel e pode sofrer qualquer humilhação e manipulação -

---

* "Catch" tem o sentido de "onde a coisa pega", pois o regulamento cria uma brecha que nunca pode ser usada. (N.T.)

quanto sua alternativa, o sentido do absurdo que constitui a revolta. O livro de Heller gira em torno de uma proliferação cômica de personagens absurdos: Milo Minderbinder* o clássico cavador vigarista; Major Major, que opera seu escritório só recebendo pessoas quando ele próprio não está presente, e que consegue ser promovido a Major Major Major; o tenente Scheisskopf ("cabeça de merda"), cujo alvo é produzir uma parada militar perfeita, e que o faz atrelando artefatos tecnológicos aos homens; o ex-soldado de primeira classe Wintergreen ("verde invernal"), funcionário do correio, que é quem na realidade está comandando a guerra. Nesse mundo de desumanização e morte, a insanidade é contagiosa, e a loucura tanto um sistema quanto um meio de recuperação. Tudo é perpassado de uma sensação de dor e tragédia. Yossarian, ao inspecionar suas experiências na escura e arruinada cidade de Roma, descobre que a Cidade Eterna só é eterna em seu sofrimento contínuo e caótico; aqui também prevalece a regra do *catch-22*, pois Deus criou uma porcaria de um mundo cheio de sofrimento desnecessário. De modo que a sobrevivência requer uma força igual de absurdo, uma manipulação da linguagem. Yossarian decide viver para sempre ou morrer tentando; ele acredita que as pessoas estão querendo assassiná-lo, o que ele pode provar, porque "estranhos ficavam atirando nele, com canhões, cada vez que ele subia ao ar para despejar bombas em cima deles". Um paranóico que tem suas razões, ele finalmente investiga as possibilidades de sobrevivência por intermédio da deserção; porém, até o fim, escapar permanece uma possibilidade fugidia e absurda.

Nos dois livros seguintes de Heller, *Alguma coisa mudou (Something Happened)* (1974) e *Gold vale ouro* a América do pós-guerra prevista em *Catch-22* transforma-se em realidade. *Alguma coisa mudou*, o mais triste dos dois, tem como personagem central o anti-herói Bob Slocum, que trabalha no escritório de uma grande empresa onde todo mundo tem medo de todo mundo, para poder sustentar sua família de classe média no bairro residencial onde todo mundo - com a única exceção de um seu filho que tem uma lesão cerebral - tem medo de todo mundo. Embora Slocum reflita, "Quando eu crescer, quero ser menino", falta a ele, ainda mais do que a Yossarian, qualquer recurso de inocência; em um mundo de "formação esquizóide universal lógica", ele compartilha da corrupção universal e vive em estado de cumplicidade culpada. O que acontece também com Bruce Gold, o anti-herói, meio-maligno meio-simpático, de *Gold vale ouro*. O romance é, também, algo que fica entre homenagear e parodiar o romance judaico-norte-americano que Heller fora criticado por não haver escrito. Gold é um judeu de segunda geração do mundo acadêmico, que perdeu o contato com seu passado étnico e vive sem raízes em um mundo de gente que faz jogging na ACM e pratica o swing,

---

* "Limitador de mentes" com alteração para fins rítmicos. (N.T.)

elegante forma de adultério, tudo muito típico dos anos 70. O tema judaico é importante; o velho anti-semitismo acabou nesse mundo, mas ninguém tem muito tempo para os judeus; os liberais estão angustiados com pensamentos conservadores e o próprio Gold está transbordante de "fogoso cuidado e inércia idealista". E seus esforços de recuperação de seu passado judeu não são ajudados pelo fato de ele ser membro de uma das famílias mais angustiantes e aterradoras de toda a literatura judaico-norte-americana. As ironias da "liberdade completa" atingem Gold quando ele é chamado como especialista em relações públicas pelo presidente dos Estados Unidos, que lhe oferece a oportunidade de fazer "tudo o que você quiser, desde que seja tudo o que nós lhe dissermos para fazer a fim de apoiar nossas políticas, concorde você com elas ou não. Você terá completa liberdade". Ambos os romances retratam um declínio social e histórico que conduz à armadilha da cumplicidade, e os vislumbres de auto-recuperação étnica de Gold parecem oferecer pouco mais que uma posição para a ironia e autoquestionamento.

A visão que tem Heller da inocência perdida, do homem moderno degradado pelo sistema e caído em irônica resignação, aproximam sua obra da de um outro romancista da dor histórica, da passividade resignada e da anarquia cômica, Kurt Vonnegut. O que existe por trás do mundo de Vonnegut é uma inocência perdida da classe média norte-americana estraçalhada pelo desperdício, a degenerescência e a tecnologia. Vonnegut cria esse mundo explorando largamente a forma popular da ficção científica, que não só lhe permitiu explorar sistemas e processos científicos, situações apocalípticas e a variação e relatividade espaço-tempo, mas também os tons da camaradagem sentimental. Seus romances misturam o espírito da ficção barata com métodos experimentais e angustiadas preocupações históricas. Seu primeiro livro, *Revolução no futuro (Player Piano)* (1952), é um romance distópico sobre o futuro tecnológico, que se passa na cidade industrial de Ilium, estado de Nova York, cuja base é a ironia de que, quando os homens se revoltam contra a abundância tecnológica e a inutilidade humana no mundo do futuro computadorizado e dominado por máquinas em que vivem, eles imediatamente começam a recriar exatamente o mesmo tipo de sistema. Em *The Sirens of Titan (As sereias de Titã)* (1959), uma ficção científica mais elaborada, Vonnegut inventa seu planeta imaginário Tralfamadore, e vê as realizações da terra - Stonehenge, a Grande Muralha da China, - como sinais destinados a guiar discos voadores através da galáxia. A insensatez e o patético da história humana são tratados mais diretamente em *Mother Night*, passado na Europa fascista, sobre o agente duplo Howard Campbell, que comete o "crime de seu tempo" quando serve o mal muito ostensivamente e o bem muito secretamente. Com *Cat's Cradle (Cama de gato)* (1963), Vonnegut volta-se para o apocalipse nuclear e cria a religião do Bokononismo, baseada em "inverdades inócuas" - tal como os romances. *A felicidade Rosewater (God Bless You, Mr Rosewater)* (1965) volta a um mundo histórico mais conhecido a fim de investigar como a filantropia poderia emendar o mundo do corporativismo e da tecnologia. Os livros de Vonnegut a essa altura já eram bem-sucedidos e influentes, em grande parte graças a seu tom, difícil de caracterizar porém sempre fácil de ser captado. A um tempo ingênuo e sofisticado, resignado e agridoce, esse tom é passivo diante das forças da história, do sistema e do destino, de um mundo que funciona como uma piada sórdida; ele expressa também a consciência do consolo das fantasias humanas e procura cantar a filantropia, a bondade e a solidariedade. Absurdo, por sugerir que a única reação possível ao mundo seja um riso agoniado, ele conduz seus personagens a uma aliança conspiradora com os horrores nos quais eles vivem, mas também a uma vida de inocência inofensiva.

Aquela voz angustiada era a do próprio autor, como ele deixou bem claro em seu mais poderoso livro, *Slaughterhouse-Five: Or, The Children's Cruzade (Matadouro-cinco: ou, a cruzada das crianças)*, escrito, diz ele em tom de bate-papo amigável na página de rosto, por "um germano-americano de quarta geração que hoje vive confortavelmente em Cape Cod (e fuma demais) e que, como escoteiro *hors de combat* da infantaria norte-americana e como prisioneiro de guerra, testemunhou o bombardeio de Dresden, na Alemanha, 'a Florença do Elba', há muito tempo, e sobreviveu para contar a história..." Vonnegut afirma nesse livro que todas as suas ficções científicas anteriores eram substitutos menores de um acontecimento central em sua vida, horrível demais para ser registrado; e insiste também no valor imaginativo de tais substituições, na importância da fantasia na tentativa de se dar sentido ao insensato. Novamente aqui, portanto, as ficções se tornam respostas à história e ao horror; o horror "verdadeiro" forma um dos componentes essenciais do livro, e o processo de substituição fantástica, o outro. Vonnegut converte-se em Billy Pilgrim, um optometrista de pureza infantil, delicado por natureza mas emocionalmente danificado, residente em Ilium, Nova York e tão preocupado quanto seu autor com a fabricação de "lentes corretivas". No mundo "real" Billy passa pela experiência do autor de ser capturado na guerra, aprisionado no matadouro de Dresden, que sobrevive por mero acaso à bola de fogo que destrói a cidade. Em um mundo de fantasia, Billy ainda sofre um novo deslocamento, sendo raptado e levado para Tralfamadore - em parte uma localização patológica, em parte um lugar que abre as portas para um conhecimento alternativo, pois aqui o tempo foi dessincronizado, causa e efeito históricos interrompidos. Billy adapta-se à visão tralfamadoriana das coisas - os homens são máquinas, a vida vivida em instantes, a afeição é desperdício, o fatalismo ("É sempre assim") é a única reação, e até os romances são escritos de outro modo, no qual "não há começo, nem meio, nem fim, nem suspense, nem moral, nem causas, nem efeitos", onde as mensagens são múltiplas e sincrônicas mas, "vistas todas ao mesmo tempo, produzem uma imagem da vida bela, surpreendente e profunda". O método proposto é o do próprio livro, que a um só tempo expressa e reage contra o mundo do real e do coerente e gera ficções "inócuas" que ao mesmo tempo desfamiliarizam e reconstroem.

Ao especular sobre as táticas do deslocamento histórico, os meios da composição, os direitos da ficção de transformar "fatos conhecidos", a natureza da imaginação, *Slaughterhouse-Five* torna-se, assim, o mais "pós-moderno" dos romances de Vonnegut. Uma das ficções imaginativas da história que reocorrem crucialmente na experimentação pós-moderna, ele também reconhece o problema do potencial da ficção para o humanismo. "Ficções inócuas" poderiam livrar-nos de um mundo triste, mas podem também gerar sua própria escravidão; do mesmo modo que Billy é prisioneiro em Tralfamadore como em Dresden, assim também os personagens são vítimas da imaginação de seu autor, "joguetes apáticos". Em *Almoço dos campeões (Breakfast of Champions)* (1973), a visão de Vonnegut de uma América do Norte contemporânea poluída, sucatada, violada, ele levanta o problema de seus personagens serem vítimas de uma tal sociedade ou de sua própria visão. Ressuscita seu alter ego de autor, Kilgore Trout, que apareceu em seus primeiros romances, e o faz responsável pela loucura de um de seus personagens, Dwayne Hoover, levado à insânia pela visão imaginativa de Trout. Por trás de Trout, o próprio Vonnegut explica o problema: "É uma tentação para mim, quando crio um personagem de um romance, dizer que ele é o que é por causa de algum defeito na fiação ou graças a quantidades microscópicas de produtos químicos que tenha comido ou não em determinado dia"; e no final do livro, muito à maneira de Jefferson a libertar seus escravos, Vonnegut "liberta" seus personagens - o que agrava ainda mais o paradoxo da ficção, já que não há lugar onde eles possam existir, fora de sua própria imaginação. E de fato, em livros subseqüentes, Vonnegut os chamou de volta, em romances como *Pastelão (Slapstick)* (1976) e *Um pássaro na gaiola (Jailbird)* (1979) nos quais, após os vôos experimentais de seu período médio, temos de volta o Vonnegut mais popular do bate-papo em tom de camaradagem, aparentemente abandonando suas experiências mais complexas.

A tentativa do uso de formas de ficção experimentais para procurar e recuperar o espírito da inocência norte-americana também pode ser encontrado na obra de Richar Brautigan, outro autor que insiste bastante em impingir sua própria presença e tom pessoal à sua narrativa. Escritor mais jovem, cujas raízes estão no quadro dos hippies da Califórnia e no radicalismo dos anos 60, Brautigan foi muito precipitadamente rotulado como escritor de ficção ingênua, cantor das praias da Califórnia e do estilo de vida hippie que se seguiu aos mundos de Henry Miller e Jack Kerouac. Brautigan por certo explora essas ligações; seu primeiro romance, *A*

Confederate General from Big Sur (*Um general confederado de Big Sur*) (1964), estabelece um competente jogo entre imagens tiradas do passado norte-americano, particularmente as que nasceram da Guerra de Secessão, e as modernas escaramuças de seu "general confederado", Lee Mellon, durante as batalhas que trava contra a ideologia e o sistema, usando a ironia hippie como arma. Mas o esforço de Brautigan é também no sentido de criar um texto moderno, que dissolva a velha narrativa nacional. Ele escreve sobre a ironização do mundo, o declínio dos mitos pastorais de inocência e fuga para a natureza no intuito de escapar às pressões sociais; ele mostra o poder de velhas imagens e, a seguir, os esforços da imaginação para dissolvê-las, por meio das lutas tanto de seus marginais de ficção quanto da própria imaginação poética. Se o mundo está em declínio, a exuberante imaginação do autor floresce; a forma, em seu colapso, promete recuperação, os valores fixos de tempo, espaço e ideologia dissolvem-se, e *A Confederate General* termina tanto em tristeza característica quanto em hiperatividade da imaginação criadora, ao gerar "mais finais, cada vez mais depressa, até este livro chegar a ter 186.000 finais por segundo".

A mesma idéia de dissolução da solidez do mundo por intermédio das liberdades da imaginação domina o livro seguinte de Brautigan, *Trout Fishing in America* (1967), 47 breves capítulos-ensaios concebidos à moda de um livro de notas de pescador, uma velha pastoralização que permite a Brautigan comemorar seu mundo da Costa Oeste. No entanto, uma era mecânica impôs-se também àquele mundo, gerando imagens mecânicas; da justaposição dos dois mundos nascem estranhas mesclas e contrastes, e um novo discurso. Antigas formas fixas lingüísticas geram uma nova fantasia e invenção: assim, o próprio título, sobre "a pesca de truta nos EUA" está sempre se transformando, tornando-se lugares, pessoas ("Trout Fishing in America Shorty"), e um princípio essencial de independência imaginativa. Mente e metáfora podem repescar o animado do inanimado - como quando, em passagem maravilhosa, o narrador visita o Depósito de Sucata de Cleveland e lá compra um rio de trutas usado. Os signos, assim, dissociam-se de seus sistemas, tornam-se indefinidos, geram invenção; frases tornam-se *dreck*, redundância, e tomam nova forma como base para a criação textual.

O esforço de Brautigan para tirar um mundo animado do inanimado torna-se ainda mais evidente em seu livro seguinte, *In Watermelon Sugar* (*Em açúcar de melancia*) (1968), uma fantasia surrealista passada em uma pacífica comunidade chamada IDEATH*, onde, em meio aos restos da América do Norte tecnológica, os habitantes fazem seu suave mundo de

---

* Onde estão mescladas *idea* (idéia), *death* (morte) e eu (*I*). (N.T.)

açúcar de melancia, já como uma espécie de ficção. Com sua aparente restauração de um mundo pastoral inocente, o livro torna-se passível de uma leitura sentimental; mas ele também é a respeito da desvalorização do tema, da morte do eu (iDEATH), sobre o enfraquecimento e a mudança da consciência, sobre objetos que se transformam em pura existência fenomenológica e são depois recuperados como ícones casuais. Como em outros textos pós-modernos, as palavras perdem sua fixidez e sua agregação a determinadas coisas, tornando-se fluídas, exatamente como o açúcar de melancia. Brautigan está parodiando as formas fixas e sólidas, e seus livros seguintes zombam de toda fixidez geral da própria ficção. *The Abortion (O aborto)* (1971), que tem o subtítulo "Um Romance Histórico", tenta destruir a própria biblioteca da literatura, que já então inclui os próprios livros anteriores de Brautigan; *The Hawkline Monster (O monstro de Hawkline)* (1974), que tem o subtítulo "um *western* gótico", mistura duas formas aparentemente incompatíveis, a aventura clássica do oeste e o romance gótico de horror, deslocamentos e separações; *Willard and His Bowling Trophies (Willard e seus troféus de boliche)* (1974), com o subtítulo "Um mistério perverso" dilui todo o suspense e expectativa da literatura de mistério no intuito de criar um texto para um jogo ficcional. Esses livros são tentativas no sentido da dissolução das formas, da quebra de ordens seriais, do colapso dos processos e identidade nominativos, do uso da livre invenção no lugar da mimese estática. Mais recentemente, *The Tokyo-Montana Express (O expresso Tóquio-Montana)* (1980) deu ênfase ao momento, à sensação de ruptura com o passado, à consciência da dissolução da identidade clássica, às exigências do momento fluído. Ele esclarece o sério "jogo" pós-moderno de sua obra, uma obra que propõe o desgaste das velhas formas e ordens, a exaustão do escrever, mas também a capacidade de recuperação que a imagem oferece à imaginação, enquanto a intertextualidade gera novas formas, partes sem todos que convidam a uma reconexão radical. Brautigan revelou-se muito mais do que um escritor inocentemente hippie, um autor de conhecimento gnômico e imaginativa capacidade para a descoberta, cujo espírito de esperança imaginativa tristonha mas em última análise otimista viria a passar para inúmeros sucessores seus dos anos 70.

III

Se um modo, no entanto, de reagir à agressiva paisagem histórica dos anos 70 foi o de caminhar pela fantasia experimental até uma inocência imaginativa recuperada, houve outros escritores para os quais a imaginação estava muito mais comprometida, mais grotescamente enredada no perturbado mundo psíquico daquele tempo. Entre os mais fortemente persuasivos desses escritores aparece John Hawkes - um autor um pouco mais velho cujo primeiro livro, *The Cannibal*, apareceu lá nos idos de 1949, mas que encontrou lugar muito natural na companhia experimental dos anos 60 e 70. Escritor do grotesco imaginativo, para quem idéias de inocência imaginativa são ilusórias, o próprio Hawkes situa suas dívidas firmemente no gótico norte-americano (o mundo de Faulkner, Djuna Barnes, Flannery O'Connor) e no surrealismo europeu (particularmente Lautréamont e Céline); mas sua obra é também profundamente moldada pelo sentido do distúrbio histórico contemporâneo, e pelo complexo uso de imagens modernas e inventos de apresentação textual indeterminada. Seus textos recorrem amplamente aos métodos deslocadores da fantasia, que diluem o ego em uma paisagem surrealista, grotesca e metafórica, e em estruturas sociais nas quais as leis da autoridade e da vitimização são universais. A experimentação de Hawkes não trabalha para a recuperação da imaginação inocente, nem produz constructos ficcionais cuidadosamente controlados que insistam em suas próprias artes da invenção. Seus livros são, antes, a perturbada ação da imaginação gótica e grotesca, apresentada como um estado de ser fundamental e como uma fonte última do ato de escrever; Hawkes tem falado da ficção experimental como "uma exclamação de materiais psíquicos que vêm ao escritor já distorcidos, prefigurados naquele cisma entre o racional e o absurdo". Ele descreve sua ficção como "comprometida com o pesadelo, a violência, a distorção significativa, com todo o panorama de deslocamento e desolação nas relações humanas"; porém ao mesmo tempo seus romances possuem uma autoconsciência altamente formal, já que seu objetivo é o de criar não um realismo psicológico mas um processo estruturado de descoberta imaginativa. Donde seus crescentes sistemas de imagens psíquicas desenvolverem-se segundo leis de coerência verbal tanto quanto psicológica.

No entanto tal mundo é, insiste ele, um mundo histórico, e sua economia do grotesco começa na "paisagem sem ânimo, degradada, do mundo moderno". *The Cannibal*, que se passa na Alemanha ao longo de um complicado esquema de tempo entre 1914 e 1945, abrange a psicótica ascensão do totalitarismo nazista e seu impacto no pós-guerra sobre os perambulantes fugitivos de um hospício que atravessam as estéreis ruínas de uma Alemanha abandonada e derrotada. *The Beetle Leg* (*A perna do besouro*) (1951) descobre imagens semelhantes de violência e esterilidade na paisagem do deserto do oeste norte-americano, porém *The Goose on the Grave* (*O ganso no túmulo*) (1954), que reúne duas novelas passadas na Itália, volta a uma Europa estraçalhada pela guerra, ficando claro que este é um escritor marcado pelo fascismo. Em *The Lime Twig* (*O ramo de limeira*) (1961), Hawkes volta-se para o ambiente triste de uma Inglaterra do pós-guerra que ele jamais visitara; a paisagem, assim, torna-se paródia, uma terra *à la* Graham Greene de guerras de quadrilhas e de uma violência que serve como mundo imaginário adequado aos temas de força e vitimização, autoridade e submissão tão caros a Hawkes, e onde mentes aleijadas funcionam em uma paisagem aleijada que é mais um estado da consciência do que uma "realidade" exterior. A ficção de Hawkes nos anos 50 deriva-se obviamente de uma paisagem interior de violência e desejo expressada em ambientes fragmentários que lhe são apropriados; seus romances constroem um mundo de detritos e morte, molduras e limites, hospícios e prisões, ilhas e desertos onde o terror interior e as circunstâncias externas se fundem. O resultado é um anti-realismo consciente, uma desmaterialização tanto do universo visto realisticamente quanto das narrativas rotineiras, com o objetivo da recriação de ambos segundo leis de intensidade imaginativa e psíquica. A intensidade parece condicionada pelos desejos do escritor, até então ainda sem nome, que também são os de seus personagens, e é satisfeita pela própria liberação psíquica do autor e, a seguir, pelos processos controladores das próprias imagens liberadas. O mundo imaginário assim criado adquire grande força como imagem, expressando o que Hawkes chamaria, em livro posterior, de "clareza porém não moralidade". A implicação do próprio autor no processo fica bastante clara, na disposição das estruturas de domínio e submissão, como nas estranhas identificações estabelecidas com personagens violentos - como o nazista Zizendorf em *The Cannibal*, cuja visão totalitária do mundo é contrastada com os "rabiscos militares ininteligíveis" dos norte-americanos a tentar trazer a ordem à canibal Alemanha do pós-guerra. Pois o escritor também trabalha entre o totalitarismo e o rabisco inacabado - os elementos a que dá forma e condiciona, aqueles que expressa sem controlar.

Na altura dos anos 60 os métodos de Hawkes estavam se intensificando e se tornando mais complexos. Onde *The Lime Twig*, porque é contado na terceira pessoa por intermédio de narrativa múltipla, ainda exterioriza em certa medida sua paisagem, *Second Skin* - é narrado por Skipper na primeira pessoa; o método deixa à mostra sua inconfiabilidade textual e psíquica, torna a paisagem mais abstrata e permite uma teia de complexas alusões a mitos gregos. Tal mudança tornou a obra de Hawkes muito mais incisiva, clarificando sua técnica e aumentando sua complexidade. Seus personagens agora sabiam que viviam as fantasias dos outros e que viviam nelas, em paradoxos que diluem o eu, assim como ficam atravessando a linha de duplicidade da pele que os contém. Ao invés das alterações de valores decadentes dos primeiros livros, aparecia algo um pouco mais como um texto psicanalítico, ainda inconfiável e indeterminado, porém abrindo-se, por intermédio dos narradores, para um mundo de complexa atividade psicossexual, os recantos mais profundos da fantasia, os locais de não-significação tanto do eu quanto da palavra escrita. Esse aumento de autoconsciência e complexidade formal desenvolveu-se nos livros seguintes de Hawkes - *The Blood Oranges* (*Laranjas sangüíneas*) (1971), *Death, Sleep and the Traveller* (*A morte, o sono e o viajante*) (1974) (título tirado com apropriada abstração de uma escultura), e *Travesties* (1976). Cresceu mais ainda em *The Passion Artist* (*O artista na paixão*) (1980), um grande empreendimento imaginativo passado em uma cidade inventada do Leste Europeu, de ferro, prisões, que investiga o destrancamento de uma identidade masculina com defesas férreas, por meio da extrema violência das mulheres, que libera Conrad Vorst, o personagem central, para a carne. Hawkes atinge seu mais alto nível de persuasão quando, como aqui, cria um mundo de dimensões psíquicas que buscam a incoerência tanto quanto a coerência, uma significância sem significação direta. Vendo o romancista como descobridor interno, comprometido ao mesmo tempo com o pesadelo e a exploração formal, ele mesmo já salientou que começa com a matéria-prima da desorganização psíquica, porém com o objetivo de alcançar a felicidade estética. Seus romances desenrolam-se por meio do melodrama psíquico, mas também através do crescimento de imagens complexas e ambíguas e sistemas de signos que, ao cair no controle artístico, adquirem a coerência de um objeto artístico.

É possível que o mais notável escritor a explorar os limites da fantasia moderna tenha sido Thomas Pynchon, cuja economia do grotesco também começa no mundo histórico e nas desordens culturais e psíquicas do nazismo e da guerra na Europa e nos EUA. Pynchon tem jogado a forma contra a história de modos tão complexos quanto sua visão da própria história. O tema foi estabelecido desde o início, no conto chamado "Entropy" (Entropia) (1960), que retoma as reflexões de Henry Adams sobre a desvalorização da mente no multiverso moderno, sua convicção de que a energia está correndo descontroladamente no sentido da entropia, caminhando da diferença para a mesmice, e desse modo para a morte febril da cultura. Pynchon tem sido pessoalmente muito esquivo, porém sabe-se que ele estudou engenharia em Cornell e trabalhou durante algum tempo na Boeing Corporation; seus livros são todos marcados por alto grau de conhecimento técnico. Sua personagem Callisto, em "Entropy", compartilha de tal conhecimento e reflete, em seu quarto protegido e hermeticamente fechado, sobre tais assuntos, enquanto uma festa incomparavelmente mais física está sendo dada, no andar de baixo, por Meatball Mulligan, um dos homens sem direção, frenéticos e centrados no corpo que se tornam figuras centrais alternativas na estrutura freqüentemente binária de Pynchon. Caracteristicamente, nem um nem outro comanda a história; Pynchon não cria figuras que possam conter o total do mundo incipiente mas enciclopedicamente explicável pelo qual eles caminham ou, como no caso de Callisto, onde ficam parados. Pois a presença dominante no que Pynchon escreve viria sempre a ser o próprio texto, que funciona por uma discursividade elaborada e muitas vezes expositória que opera na superfície de contato de dois níveis de experiência, dois sistemas - um fechado, o de Callisto, e outro aberto, o de Mulligan; uma linguagem de controle e outra de desordem. Para além dos personagens há um mundo apocalíptico e um tecnológico, gerando sistemas não-humanos que exigem resposta da consciência. O texto é o mediador entre o mundo de hiperatividade e excesso e o mundo de contenção hermética - o maneirismo pós-moderno essencial que guiaria toda a obra subseqüente de Pynchon.

Dois personagens que aparecem nela, Benny Profane e Hubert Stencil, e suas histórias aparentemente discretas fornecem o sistema de movimento duplo com o qual o primeiro romance de Pynchon, *V.*, é construído. Profane é identificado como *schmiel*, o absurdo cômico sofredor da ficção judaica, o marinheiro e homem da rua que fica como um ioiô em sua oscilação física e freqüente violência pelo mundo subterrâneo, urbano e mecânico deste livro populoso. Muitas vezes em companhia de "Toda a Patota Doente" ele é um turista pelas ruas e esgotos do presente, vivenciando sua falta de amor e sua derivação para a inanimação; sua única função é querer. Stencil parece estar em uma busca significativa: descrito como "filho do século", nascido em 1901, e portanto cidadão do multiverso de Henry Adams (como Adams, ele se refere a si mesmo na irônica e distanciadora terceira pessoa), ele anda à procura dos restos da Virgem no mundo do Dínamo. Seu pai, um antigo espião inglês, deixou para trás pistas gnômicas que sugerem haver uma grande conspiração por trás da história moderna, e enquanto Profane vive em um mundo de singularidades, Stencil entra por outro, de signos asseveradores e aparentes modelos, indicadores da importância da lady *V.*, que por alguma razão se viu envolvida em vários acontecimentos históricos do século XX, desde a crise de Fachoda até o cerco de Malta na Segunda Guerra Mundial e que, quem sabe, poderia ser a própria mãe de Stencil. A busca deste é tanto a de uma identidade de apoio quanto a do modelo ou significação da história moderna; porém resulta em uma busca destituída de centro, já que as identidades de *V.* são plurais e o problema não é só quem ela possa ser, mas o quê. Usando uma aproximação oblíqua de "atacar e evitar", Stencil sonha ser aquele que dá significado ao livro, e sua tentativa no sentido da recuperação de um plano-mestre histórico leva-o a muitos acontecimentos cruciais da modernidade, nos quais a letra *V* opera significativamente, e com significação que se espalha das coxas abertas da sexualidade até Valletta, a capital de Malta. Sua lógica histórica parece ser o esvaziamento de uma história humana significativa e seu sacrifício à massa e à mecanização, uma transferência que finalmente parece girar em torno da Segunda Guerra Mundial.

O paradoxo de *V.* é que seu imenso volume histórico e social é construído de tal modo a poder ser desordenado, desmontado e posto em questão. É possível ver essa desconstrução ocorrer com a própria *V.*, "um conceito notavelmente espalhado", uma figura humana que se move através de várias identidades e estágios de narcisismo decadente e perversão sexual que descem até o sonho final de Stencil, quando ela aparece como um objeto tecnológico plastificado, uma letra cambiante também agregada a um processo histórico de des-animação progressiva. Stencil retorna do passado sem pessoa, Profane caminha através de um presente sem rumo, a rua vazia do mundo moderno onde a identidade e o ego são anulados, o "turismo" prevalece, o inanimado torna-se a face do animado. O paradoxo chega mais longe: Stencil e Profane são efetivamente dois princípios de composição do livro, o criador de modelos e o homem das contingências, o construtivo e o desconstrutivo. Eles caçam o signo das letras e desejam de algum modo construir ou escapar do mundo, porém sua busca é menos uma descoberta de significação do que a perda de significações ou, antes, um excesso caótico e desordenado delas, pois o livro progride pela proliferação de dados que excedem um sistema possível. Pynchon tanto cria quanto descria seus próprios personagens (como o faz com o fugaz não-personagem, a própria *V.*), dando-lhes personalidade e falta de pessoa, nomes e falta de nome (já que os nomes são paródias), figuração e desfiguração. No entanto, o que é reduzido é compensado por excesso: a matéria histórica do livro é extraordinariamente densa e poderosamente criada, e o romance na verdade opera em alto nível de referencialidade, adquirindo massa ele mesmo em torno dos "fatos" da história e geografia, concedendo peso à voz "objetiva" do autor. É possível que *V.* seja um texto a respeito do indeterminado, até mesmo um texto indeterminado. Mas ele não é um livro integralmente léxico, um puro jogo de palavras, um romance sem assunto.

Em seu livro seguinte, *The Crying of Lot 49*, Pynchon caminhou para um modo mais conciso e engraçado de farsa trágica. Passado em uma sociedade hipertecnológica e hiperterapêutica, na sorvedora orla do inumano ou inanimado Pacífico, esta é a história de uma dona-de-casa suburbana da Califórnia, Oedipa Maas, que abandona o mundo das reuniões de venda de Tupperware para decifrar e executar o testamento críptico de seu falecido ex-amante Pierce Inverarity, um magnata de San Narciso. Atuando em vários empreendimentos tecnológicos, Inverarity ficou misteriosamente implicado nos negócios de uma complexa conspiração e de um sistema postal subterrâneos, alternadamente conhecidos como WASTE e Tristero, cujo significado pode ser a própria América do Norte. *Lot 49* pode ser encarado como parte da primeira onda de ficção surreal-absurda da Califórnia, como as de Nathanael West e Terry Southern, uma fábula da Era Espacial na costa do sol da hipertecnologia e do narcisismo psicanalítico, com a própria Oedipa estando em análise. Mas o livro é em si um objeto decadente-enigmático; do mesmo modo que

Oedipa é apanhada (através da imagem de Pychon da torre mexicana) na possibilidade narcisista de que construamos, a partir de nosso aprisionamento subjetivo, a tapeçaria do mundo, assim também o próprio Pynchon cria imagens do eu, de narrativa e de história que vão sendo despojadas para chegar a seu centro enigmático mas possivelmente vazio. A paranóia de Oedipa nasce de sua entrada em um mundo onde as leis do fantástico dominam mas sem produzir necessariamente significação, do mesmo modo que Pynchon cria mas não resolve a possibilidade de se chegar ao signo ou à significação através da penetração da teia de códigos musicais, dos sistemas e contra-sistemas históricos, dos jogos e sinais. Oedipa se move pelo aleatório sem atingir a revelação, indagando-se se "as 'pistas' preciosas seriam apenas alguma espécie de compensação. Como paga por ela haver perdido o Verbo direto, epiléptico, o grito que talvez pudesse abolir a noite". Mas Pynchon termina o livro em um leilão antes de ser leiloado o possivelmente revelador Lote 49, e ele permanece em sua ambigüidade, "um outro modo de significar por trás do óbvio, ou nenhum". A linguagem, os signos e as cifras operam no livro, como na própria América do Norte cibernética, no sentido do mistério que é a redundância, no sentido de formas sofisticadas que contêm a insignificância. No entanto Pynchon também levanta a possibilidade de uma recuperação "subterrânea" de volta do espaço vazio e sem pessoa, através de freqüências alternativas como, possivelmente, os códigos oblíquos de seu próprio livro.

Tais códigos reaparecem no romance-sumário de Pynchon, de 460 páginas, *Gravity's Rainbow* (*O arco-íris da gravidade*) (1973), uma obra de tal densidade e complexidade que tem sido vista como o *Ulisses* do final do século XX, o texto pós-moderno exemplar. Por certo o livro, com seu elaborado enredo e sua falta de enredo, seu maciço acúmulo de dados e "personagens" (são mais de 400) torna impossível qualquer breve resumo. Novamente trata-se de um romance de dados que excedem o sistema; novamente o romance desestabiliza os códigos que de início somos tentados a encontrar nele, particularmente os associados com o humanismo convencional e a historicidade da ficção. Novamente, no entanto, a história como assunto referencial está avassaladoramente presente; o livro se passa, como muitos romances norte-americanos contemporâneos, no que um crítico já chamou de "o pesadelo crucial, explosivo e fecundo de todas as nossas psicoses e todos os nossos enredos", a Segunda Guerra Mundial, vista como sistema moderno total. A metáfora aqui é a trajetória do foguete supersônico alemão V2, com sua curva de aspiração e destruição formada pela gravidade, com suas complexas física e metafísica, seu insumo científico humano, sua indiferença tecnológica, seu poder de aniquilação sem ruído, sem sinais, e aparentemente aleatório. Como tudo o que é aleatório em Pynchon, isso levanta o paradoxo do que tem enredo e do que não tem. A história-chave do livro é a do Tenente Slothrop, de ascendência puritana norte-americana (como o próprio autor), que foi condicionado behavioristicamente em Harvard por um cientista alemão e no momento está agregado às forças britânicas. Os foguetes caem em Londres em locais exatamente coincidentes com os das conquistas sexuais de Slothrop, sugerindo não só uma analogia entre o falo e o foguete, mas também a absurda possibilidade de Slothrop estar programado como parte de uma vasta conspiração científica, militar e econômica - sugerindo, na verdade, a existência de um vasto constructo contemporâneo no qual todo mundo já foi ou assimilado, ou adaptado, ou transformado em equipamento lança-foguete, que o sexo e a morte dormem juntos, que a energia está aniquilando o sistema. Em contraposição aos episódios londrinos, são apresentados os de uma Zona de Ocupação da Alemanha do pós-guerra, depois do colapso do terceiro Reich, um local de derrota e desordem (não muito diverso do encontrado em *The Cannibal*, de Hawkes), de falta de sistemas e de modelos perdidos. Os foguetes evocam a paranóia, o caos amorfo a antiparanóia; por intermédio dessas formas de percepção, muitos dos personagens se engajam em busca faminta de pistas para encontrar um "Texto Real" que jamais emerge - novamente um texto sem texto, como o próprio livro.

Os problemas interiores do livro são novamente aqui os do romancista que tenta constituir o romance moderno. Novamente o livro tem um excesso maciço ou uma superasseveração de referências, dados históricos, enunciados científicos, mas dissipa sua própria referencialidade por deslocamentos constantes no sentido do fantástico, da ilusão, sonho, teatro, por uma proliferação cada vez mais ampla de tipos genéricos. "A história secular", diz ele, "é uma tática diversiva" e o método narrativo expande-se desde uma ciência enciclopédica e um realismo de reportagem, através de recursos de histórias em quadrinhos e canções de teatro de revista, até a especulação metafísica abstrata. Seu discurso ora é fenomenológico, ora nominalista, ora psicológico-fantástico, ora semiótico. Há novamente desintegração de personagens quando as figuras humanas se tornam aleatórias e a seqüência da história franqueja ("Aqui deveria haver uma forte frase de arremate, mas não há", somos informados quando Slothrop cai em desintegração ficcional. "Os planos não funcionaram. Ao invés, ele está sendo decomposto e dispersado"). A perplexidade quanto à vida nessas superfícies de contato engaja os que estão dentro do livro; e ela é compartilhada com o leitor, envolta em uma opulência de material sem finitos estruturais e portanto deixados em uma situação de indeterminação resultante do acúmulo paródico de formas e de sistemas lingüísticos de registro múltiplo. Pynchon pode parecer programar o livro com sua própria derrota, produzindo o que um crítico chamou de "uma obra de baixo valor de mensagem, no grau zero de interpretação", mas há também evidentemente um objetivo gnóstico, uma arremetida no sentido de uma nova criatividade metafísica, com duas angustiadas pressões históricas transferidas para o leitor a fim de deixar à mostra o paradoxo da transação literária. Os romances de Pynchon são centrais para a moderna literatura norte-americana. Historicamente alertas e condicionados pela história, eles são romances cibernéticos que geram, como o próprio mundo, mais informações do que capacidade para dominá-las, mais sistemas do que relacionamentos, e apresentam o que foi chamado de um estilo "paranóico" para tratar com o mundo entrópico de energia aleatória e desumanizante, mas que cria energia textual e proliferação genérica e lingüística em grande escala, em tentativa de redimir o mundo. No início do século, no começo do multiverso moderno de Adams, Dreiser foi capaz de conceber um mundo no qual a energia desumana era maior do que a humana, no qual a pessoa se torna objeto, e o objeto, pessoa; Pynchon leva tal indagação para muito além de qualquer naturalismo até uma indagação quanto ao próprio texto, até o problema de comunicação que este coloca, a falta de estruturação que ele cria, e o espaço pós-humanista no qual a linguagem tem de penetrar para encontrar o caminho para um signo significante.

IV

O vasto empreendimento de Pynchon tem paralelos em outros romances norte-americanos - em particular na obra de William Gaddis, cujo *The Recognitions* (*Os reconhecimentos*) (1955) foi notável indagação sobre a ficção e a contrafação, e cujo segundo romance *JR* (1976) é um romance enciclopédico sobre dinheiro moderno, com tema cibernético. Mas existiram outras versões poderosas do impulso pós-moderno, particularmente no romance de ficcionalidade autoconsciente, o romance que deixa o romancista à mostra como artífice e busca explanar o *como se* inerente da forma. Dos escritores que exemplificam tal tendência nominalista e optaram por apresentar o leitor à oficina da composição, John Barth, romancista que desde há muito insiste em sua dissociação do realismo mimético ("Que diabo, a realidade é um lugar agradável de se visitar mas ninguém gostaria de viver por lá, e a literatura nunca o fez por muito tempo", disse ele certa vez), é central. Seus primeiros romances, *The Floating Opera* (1956) e *The End of the Road* (1958), são comédias de absurdo existencial. O primeiro trata de um herói suicida a partir do momento em que ele resolve, sendo o mundo destituído de sentido, suicidar-se, até aquele em que ele resolve, sendo o mundo destituído de sentido, ficar vivo ("Não há, então 'razão' para ninguém viver (ou suicidar-se)"); o segundo introduz um herói na primeira pessoa, porém sem pessoa ("De certo modo eu sou Jacob Horner'', começa ele), um homem sem variações de tempo meteorológico e sem sentimentos ou sentido de objetivo que, depois de receber uma ''mitoterapia'', vai ensinar gramática em uma faculdade, e vê seus problemas resumidos no contraste entre a grámatica ''descritiva'' e a ''prescritiva''. Envolvido em um adultério com a mulher de um colega, que termina com um aborto mal feito e a morte dela, ele reverte à sua privação de variações de tempo, e a comédia de humor negro termina com Jacob sendo orientado na direção da estação de estrada de ferro, um lugar adequado para a ocorrência de um final. Esses livros expressam o sentimento de que não há textos significativos no mundo e abrem desse modo o caminho para a ficção de Barth nos anos 70, que partiram para a alegre celebração da textualidade e da intertextualidade. *The Sotweed Factor* é uma maravilhosa incursão pelo pasticho, uma pseudo-história de Maryland, a seara local de Barth, onde tem lugar a maior parte de sua ficção, que narra o simulacro da história de seu poeta fundador, Ebenezer Cook, por meio dos maneirismos brincalhões dos romancistas do século XVIII. *Giles Goat-Boy* aproxima-se mais ainda dos temas de Pynchon; trata-se da paródia de um mito para os tempos modernos, que se passa no campus do cosmo moderno, uma semi-alegoria global sobre computadores que competem entre si com programas políticos alternativos, e sobre as outras divisões genéricas da vida: mente e corpo, humano e animal, macho e fêmea. Muito apropriadamente dividido em ''rolos'' e ''fitas'', ele toma forma cibernética, conclamando as estruturas dos mitos tradicionais para introduzir as rupturas e alusões intertextuais que o escritor moderno, eticamente enfraquecido, consciente de escrever o que escreve, sente-se obrigado a introduzir em sua história.

A ''literatura de exaustão'' de Barth estava evoluindo; suas ficções mostravam indícios de estar formando espirais em torno de si mesmas, transformando-se em processos de reescrever o anteriormente reescrito, gerando alusões intertextuais não só às obras de outros autores como também às do próprio autor. Interrupção de história, narrativas dentro de narrativas, técnicas para a afirmação e privação de autenticidade estilística, indagações a respeito da história da narrativa, formam o método que em seu centro tem um autor perplexo. *Lost in the Funhouse* é baseado nos quadrinhos de Möbius e se constitui de um grupo misto de material para impressão, fita magnética e voz ao vivo, aberto a múltiplas reformulações. O livro tenta uma redistribuição radical das matérias usadas na autoria; do próprio autor, apresentado como perdido na casa maluca de um parque de diversões, que ele mesmo criou, fragmentando, subdividindo, perdendo a ordem e a serialidade, caminhando por vários sistemas textuais e verbais para descobrir-se como um indivíduo que fala. As três novelas de *Quimera* (*Chimera*) (1972) então voltam às origens da narrativa, naquela história ancestral de todas as histórias, *As 1001 Noites*, e ao mito de Perseu e Belerofonte. O conto de abertura, a "Dunyazadíada", traz para nosso tempo a mais bem-sucedida de todas as contadoras de histórias, Xerazade, que por gerar tramas indefinidamente enfrenta uma outra trama e, suspensa a narrativa, salva sua vida. O próprio Barth aparece na história como um gênio, apenas para confessar o quanto se sente perdido: "Parei de ler e escrever; perdi a noção de quem sou; meu nome é só uma pilha de letras; e todo o conjunto da literatura também: fios de letras e espaços vazios, como um código cuja chave eu tivesse perdido." A quimera de *Quimera* é a fugidia realidade que fica no âmago da ficção - a que justifica sua estonteante galeria de recursos, multiplicação de narradores, histórias-dentro-de-histórias, suas cifras, hieroglifos, letras e alfabetos, enigmas e labirintos, escritos e reescritos, suas atitudes, suspenses, adiamentos e consumações. Na verdade Barth usa a analogia entre jogos preliminares, adiamento e consumação na sexualidade e na ficção para criar sua espiral no sentido do âmago da narrativa, para descobrir que "a chave do tesouro é o tesouro", que a existência da história é o significado da história; o ser de ficção é um ser, o discurso sobre a realidade uma realidade.

Quimera propõe muito mais histórias do que conta, inclusive um livro fracassado ou bloqueado intitulado *Numbers* (*Números*) e um outro intitulado *Letters* (*Cartas*). Em 1979 apareceu um romance chamado *Letters*, escrito por, mas também para, um autor, John Barth. Operando segundo um complexo código alfabético, ele procura, ao longo de 772 páginas, reunir por meio epistolar os personagens centrais de todos os livros e contos anteriores de Barth. Desmoronando a discreção da ficção que Barth já escrevera, o livro toma a forma de um monumento autodesfigurante que ao mesmo tempo revela que existia um monumento para ser desfigurado, a existência de seus próprios textos. Porém a obra também voltava no tempo para passar pelo acervo da tradição anglo-americana do romance como tal, e introduzia uma nova musa, Germaine Pitt, Lady Amherst, uma visitante oriunda dos círculos literários londrinos. O caminho leva ao realismo, embora Lady Amherst decepcione ao declarar: "Eu *não* sou a Grande Tradição! Eu *não* sou a Musa do Romance Realista que está envelhecendo!", como o poderia fazer muito romancista britânico contemporâneo. Desde então Barth nos ofereceu *Sabbatical* (1982), outra obra que deixa à mostra encanamentos e fiações, um Beaubourg narrativo equipado com notas de rodapé e *dois* autores assumidos, um macho e outro fêmea. Uma história de viagens marítimas e mistérios do mar, ainda uma vez passada nas costas de Maryland, ela recua até as origens de contos marítimos da narrativa - origens essas da maior importância para o desenvolvimento da ficção norte-americana. *Sabbatical* é a tentativa de Barth de escrever uma versão moderna do romance romântico norte-americano, explorando suas tradições gêmeas de terror e sentimentalismo. Há gêmeos por toda parte, até mesmo os autores gêmeos que representam, em seu casamento, a força geradora da criatividade.

A sensação que tem Barth da erosão da história e depois de seu potencial para reenriquecimento levou-o a escrever em dimensão enciclopédica; para outros escritores, a exaustão da história parecera mais completa, apontando o caminho para o minimalismo na ficção. O exemplo mais notável é Donald Barthelme, autor de dois anti-romances, *Snow White* (1967) e *The Dead Father* (*O pai morto*), e de várias coletâneas de ficção curta, inclusive *Come Back, Dr Caligari* (*Volte, dr Caligari*) (1964), *Unspeakable Practices, Unnatural Acts* (*Práticas indizíveis, atos antinaturais*) (1968), *City Life* (*Vida urbana*) (1970), *Sadness* (*Tristeza*) (1972), *Guilty Pleasures* (*Prazeres culpados*) (1974), que consiste em grande parte de artigos parodísticos, *Amateurs* (*Amadores*) (1976) e *Great Days* (*Grandes dias*) (1979). Barthelme propõe um declínio mais inexorável para o realismo desde os dias de nossos falecidos antepassados. "No Museu Tolstoy nós sentamos e choramos; tiras de papel caíram de nossos olhos" é como começa o conto "At the Tolstoy Museum", em *City Life*, e podemos aceitar Tolstoy como sendo o grande realista que substituímos pelas tiras de papel do presente. Como sugere outro de seus títulos de coletânea, Barthelme é torturado pela tristeza em razão do deslocamento da realidade em um mundo de experiências inautênticas, *dreck*, e lixo de linguagem; porém é justamente a tática do deslocamento que compõe o procedimento e a técnica de suas obras. Uma frase em *Snow White*, "o fragmento é a única forma na qual confio", é muitas vezes citada como central para seus métodos; não há dúvida de que seus contos e romances dependem de uma progressiva descentralização do tópico aparente - Robert Kennedy, por exemplo, no conto "Robert Kennedy Salvo de Afogamento", em *Unspeakable Practices, Unnatural Acts* -, no intuito de construir sua existência de forma oblíqua. O que é composto é também decomposto de forma conspícua, pela diluição do tema, pela fria paródia dos tropos verbais que se poderia imaginar produzissem significado ou emoção. Se um personagem é introduzido, ele é questionado e muitas vezes afinal tornado ausente ("No entanto pode ser que não seja meu pai que esteja sentado no meio da cama chorando. Pode ser outra pessoa. O carteiro, o entregador da mercearia..." é dito em "Visão de Meu Pai Chorando", em *City Life*); exemplos e imagens absurdos aparecem; vemos histórias proliferando através de imagens casuais ou idéias que podem levar a um fim ou a nenhum (o conto acima citado termina com "etc"). Enquanto a obra de Barth é auto-reflexiva, porque ela tem fome de algo para narrar, Barthelme muitas vezes trabalha por intermédio da negação de qualquer assunto, de modo que todo conteúdo possível seja manifestado como desordem, e as referências de objeto e afirmações existam sem serem racionalmente justapostas, gerando novos sistemas combinatórios enquanto confundem os níveis da história. Barthelme é por vezes tomado como a fonte do texto moderno sem significação, porém é mais correto lê-lo como um escritor consciente das ausências que cria, na verdade um escritor de tristeza, a apontar para os espaços do mundo que nega a si mesmo, enquanto usa e salienta a matéria que ele oferece. Suas estruturas e frases são tomadas à ação pública da linguagem, e ele já descreveu seu método como uma colagem: "O importante na colagem é que coisas díspares são coladas umas às outras para fazer, nos melhores casos, uma nova realidade. A nova realidade, nos melhores casos, pode ou não trazer em seu bojo um comentário a respeito da realidade da qual ela veio e pode ser muitas outras coisas. Ela é um '*si mesmo*' quando bem-sucedida".

O conceito de Barthelme, da imaginação ficcional constituir uma nova realidade, usando métodos novos de supressão, distorção e recombinação a fim de fazê-lo, não pareceria novidade em uma discussão sobre poesia; é por causa da herança de realidade empiricamente afirmada, recebida pela ficção, que tudo parece novo. Porém tais conceitos já se tornaram parte do pensamento de muitos dos romancistas mais sérios das duas últimas décadas, conferindo novo sentido de invenção eufórica porém cética de si mesma. "A realidade não é uma questão de fatos, é uma conquista", comenta um de tais romancistas, William H. Gass, em seu livro crítico *Fiction and the Figures of Life* (*Ficção e as figuras da vida*) (1970), notando também que o bom romancista tem de manter-nos "gentilmente aprisionados em sua linguagem, pois literalmente não existe nada para além dela." A ficção de Gass - o romance *Omensetter's Luck*, a novela *Willie Master's Lonesome Wife* (*A esposa solitária de Willie Master*) (1968), a coletânea de contos *In the Heart of the Heart of the Country* - revela os antecedentes filosóficos nominalistas de seu criador, sua consciência da discrepância entre a linguagem e a realidade, bem como seu objetivo de usar o lento e complexo funcionamento da ficção para encontrar um possível abraço entre o texto e o mundo. *Willie Master's Lonesome Wife*, como muito da obra de Barthelme, recorre explicitamente à analogia erótica entre o ato sexual e a relação entre escritor e leitor, e busca, por meio de uma complexa tipografia e da configuração e forma do próprio livro-objeto, moldar as palavras em imagens e metáforas transfiguradoras, por intermédio da deconstrução à reconstrução.

"O romancista usa formas míticas ou históricas conhecidas para combater o conteúdo de tais formas e conduzir o leitor. ... para o real, para longe da mistificação e no sentido da clarificação, para longe da mágica e no sentido da maturidade", escreve outro dos experimentadores mais jovens, Robert Coover, dirigindo-se a Cervantes em uma das "Sete Ficções Exemplares" de sua coletânea de contos *Pricksongs and Descants* (Música vocal e cantigas) (1969), acrescentando: "e é acima de tudo à necessidade de novos modos com formas ficcionais perceptivas capazes de abrangê-los que eu, com uma bacia de barbeiro na cabeça, endereço estes contos". A reconstituição de formas, pelo bem da realidade, é o princípio por trás dos romances de Coover, *The origin of the Brunists*, *The Universal Baseball Association, Inc., J. Henry Waugh, Prop.* (*Associação Universal de Beisebol, J.Henry Waugh, Proprietário* (1968) e, sobretudo, *The Public Burning* – que trata de um momento crucial da história americana recente, o da execução por espionagem do casal Rosenberg, mas que transfere esse fato concreto para um reino figurado ao transformar sua execução em uma queima pública que tem lugar em Times Square. Times Square é não só um local de encontro público mas uma fonte de "história", pois ali são criadas as páginas registradoras do *The New York Times*; e Coover segue em frente para analisar as ficções do fato examinando números antigos dos arquivos do jornal e apresentando depois um registro alternativo da imaginação. Ele relaciona figuras abstratas, como a do Tio Sam, com outras, reais, como a do vice-presidente Richard Nixon, cujos solilóquios analisam sua própria vida, em um extraordinário gesto imaginativo, no romance, para mostrar que a ficção não só ajuda a história, ela pode trazer esta para o ponto de vista subjetivo, de auto-indagação da ficção, que então produz princípios cada vez mais complicados de fantasia, de elaboradas transformações de texto, novas combinações de gêneros e de materiais artísticos. Como Barth, Coover enquanto responde às demandas urgentes da história, providencia para que a busca também se volte para as origens da narrativa, que são atemporais e internacionais. E essa internacionalidade também tem sido uma nota crucial na ficção norte-americana moderna – nas experiências do franco-americano Raymond Federman (*Take It Or Leave It [É pegar ou largar]*, "um exagerado relato de segunda mão a ser lido em voz alta, em pé ou sentado", 1976), o polonês-americano Jerzy Kosinski (a partir de *O pássaro pintado*), ou o experimentador austríaco-judeu-norte-americano Walter Abish (*Alphabetical Africa/África alfabética*, 1974). O romance de Abish *How German Is It* (*O quanto isso é alemão*) (1980) é ainda outro retorno, de grande exigência formal, ao tema da Alemanha, que em seu prosaico materialismo moderno contém um mundo de signos sem significação sob os quais escondem-se significações sombrias, onde relações em crise entre a história e a forma persistem, onde a tarefa do escritor é a de abrir a chave do código oculto e penetrar no caos que existe lá dentro. Sua obra, triste, distanciada e dotada de grandes semelhanças estilísticas com a de Italo Calvino e Peter Handke, lembra-nos que o "pós-modernismo", mais do que um fenômeno norte-americano, é uma vasta busca da perturbada imaginação contemporânea para encontrar um estilo que encare nossa espécie de mundo.

V

Agora, nos anos 80, é possível questionar até que grau a literatura experimental norte-americana das duas últimas décadas é uma ficção de novidade criativa, que nos apresente potencial para um novo conceito do estilo da ficção. A busca, em escritores como Barth e Coover, das antigas origens da narrativa e do romance, bem como seu pronto reconhecimento de que o romance como uma forma moderna apareceu nos séculos XVII e XVIII a partir de processos de combinações de gêneros e narrativas semelhantes aos seus próprios, constitui igualmente uma confissão de que muitos autores contemporâneos estão procurando pelo significado da ficção em suas raízes, e que tal empreendimento não é inteiramente novo e contemporâneo. Muitas das leis de invenção na nova literatura são leis perenes da fantasia - embora aqui elas operem em um mundo mudado de secularidade, esterilidade, intenso ceticismo e de-serialização da imaginação. Chamamos esses autores de "pós-modernos" para salientar sua contemporaneidade, e porque eles romperam com a modernidade em sua busca de estruturas muito mais soltas, vastamente mais aleatórias e mais combinatórias; talvez eles devessem ser chamados mais apropriadamente de "pós-realistas", já que seu desafio mais persistente é feito às estruturas da plausibilidade, aos modos da coerência interior, e à confiante referencialidade das ficções realistas, suas asseverações de que registram uma realidade pré-textual. O que tem sido notável a respeito da realização desses novos escritores é que sua resposta à situação histórica contemporânea impeliu-os para questionamentos essenciais quanto à natureza da história e da moderna cidadania estilística. Até certo ponto a fase mostra sinais de estar acabada; John Barth já escreveu a respeito de uma nova "literatura de renovada plenitude" em lugar da de exaustão, e John Gardner, ele mesmo notável fantasista, autor de *Grendel*, já argumentou em seu livro *On Moral Fiction* (*Sobre ficção moral*) (1978) que a "teoria da ficção como mera linguagem" foge à questão do poder moral e da influência da literatura. À medida que a inovação vai tendendo para tornar-se simples convenção e maneirismo, tais inquietações têm crescido e podem muito bem provocar uma reação na ficção dos anos 80.

A ficção norte-americana do período do pós-guerra produziu duas notáveis versões do romance moderno que tiveram importância bem maior do que só norte-americana. Nesse período o romance tornou-se muito mais internacional; seus principais praticantes estão agora aparecendo no mundo inteiro. Nessa ampliação da ficção, pudemos ver, vindas de muitos lugares e muitas tradições ficcionais, numerosas versões do estilo do moderno tardio, a forma articulada apropriada à segunda metade do século XX. Este foi um período de instabilidade criadora que levou a uma renovação criativa, a um período de notáveis talentos novos e de extraordinárias novas versões do romance. Pois, em seus melhores momentos, o romance não é apenas um tipo infinitamente repetível, um corpo de estilos e modos de expressão habituais e portanto aparentemente inocentes, um conjunto de subgêneros fixos abertos a modernizações locais por autores recentes; ele é um ato de apreensão eternamente cambiante, pertencente ao mundo de nossos pensamentos cambiantes, nossa história cambiante, nossos meios cambiantes de dar nome à experiência, e não pode permanecer parado. Não é de surpreender que nossa ficção contemporânea se tenha preocupado com nossa presença na história, com a emergência de sistemas, a desumanização da experiência, a morte do assunto; e nem é surpreendente que ele tenha voltado olhos inquiridores para sua própria história enquanto forma, desafiado modos passados de expressão imaginativa e ansiado por conclamar novos atos da imaginação criadora. Em tal empreendimento, o romance norte-americano tem sido de centralidade e importância sempre crescentes, um ponto-chave de reação e assimilação frente às mudanças mais amplas da ficção. Este livro buscou ser um estudo de algumas das principais formas de expressão desenvolvidas desde 1890 dentro do romance moderno norte-americano, e de um período no qual a ficção americana caminhou da marginalidade para a centralidade. Pois embora sempre tentando afirmar sua "americanidade" como uma forma distinta e diversa de mitografia, o romance norte-americano tem se tornado cada vez mais internacional, não só quanto à natureza e âmbito de seus leitores, mas em sua natureza estética. Se o romance é, no que tem de melhor, uma apreensão profunda do que significa, em um mundo cambiante, expressar a nós mesmos, estruturar nossa experiência, nomear nosso mundo para que ele passe a existir, então ao longo deste século o melhor da ficção norte-americana tornou-se uma literatura de questionamentos básicos dos meios para se fazer exatamente isso.

O romance americano a partir de 1890: uma relação de obras importantes

A lista que se segue é necessariamente seletiva, mas também abrange autores não analisados no texto. Nem todas as obras de cada autor são mencionadas, e a data é a da publicação nos Estados Unidos.

MARK TWAIN (1835-1910)
The Adventures of Huckleberry Finn (As aventuras de Huckleberry Finn) (1884); *A Connecticut Yankee at King Arthur's Court (Um ianque na corte do Rei Artur)* (1889); *Pudd'head Wilson* (1894)

HENRY JAMES (1843-1916)
The Portrait of a Lady (1881); *What Maisie Knew* (1897); *The Wings of the Dove* (1902); *The Ambassadors (Os embaixadores)* (1903); *The Golden Bowl* (1904); *The Art of the Novel* (prefácios, org. por R.P. Blackmur) (1934)

WILLIAN DEAN HOWELLS (1843-1916)
The Rise of Silas Lapham (1885); *A Hazard of New Fortunes* (1890); *Criticism and Fiction* (ensaios) (1892)

SARAH ORNE JEWETT (1849-1909)
The Country o the Pointed Firs (1896)

KATE CHOPIN (1851-1904)
The Awakening (1899)

HAROLD FREDERIC (1856-98)
The Damnation of Theron Ware (1896)

HENRY BLAKE FULLER (1857-1929)
The Cliff-Dwellers (1893)

ABRAHAM CAHAN (1860-1951)
Yekl: A Tale of the New York Ghetto (1896); *The Rise of David Levinski* (1917)

HAMLIN GARLAND (1860-1940)
Main-Travelled Road: Six Mississippi Valley Stories (1891); *Crumbling Idols* (ensaios) (1894)

EDITH WHARTON (1862-1937)
The House of Mirth (1905); *The Custom of the Country* (1913); *The Age of Innocence* (1920)

STEPHEN CRANE (1870-1900)
Maggie: A Girl of the Streets (1893); *The Red Badge of Courage (O emblema rubro da coragem)* (1895)

FRANK NORRIS (1870-1902)
McTeague (1899); *The Octopus* (1901); *Responsibilities of the Novelist* (ensaios) (1903)

THEODORE DREISER (1871-1945)
Sister Carrie (1900); *Jennie Gerhardt* (1911); *An American Tragedy (Uma tragédia americana/Um lugar ao sol)* (1925)

WILLA CATHER (1873-1947)
o Pioneers! (1913); *My Antonia* (1918); *The Professor's House* (1925)

ELLEN GLASGOW (1874-1945)
The Battle-Ground (1902); *Barren Ground* (1925); *Vein of Iron* (1935)

GERTRUDE STEIN (1874-1945)
Three Lives (1909); *Tender Buttons* (1914); *The Making of Americans* (1925)

SHERWOOD ANDERSON (1876-1941)
Windy McPherson's Son (1916); *Winesburg, Ohio* (1919); *Dark Laughter* (1925)

JACK LONDON (1876-1916)
The Call of the Wild (Chamado selvagem) (1903); *The Sea Wolf (O lobo do mar)* (1904); *The Iron Heel* (1907); *Martin Eden* (1909)

UPTON SINCLAIR (1878-1968)
The Jungle (1906)

CARL VAN VECHTEN (1880-1966)
Nigger Heaven (1926); *Spider Boy* (1928)

DAMON RUNYON (1884-1946)
Guys and Dolls (1932)

RING LARDNER (1885-1935)
The Love Nest (1926)

SINCLAIR LEWIS (1885-1951)
Our Mr Wrenn (1914); *Main Street (Rua Principal)* (1920); *Babbitt* (1922)

RAYMOND CHANDLER (1988-1959)
Farewell, My Lovely (Adeus, minha adorada) (1940)

CONRAD AIKEN (1889-1973)
Blue Voyage (1927)

KATHERINE ANNE PORTER (1890-1980)
Pale Horse, Pale Rider (1939); *The Leaning Tower* (1944); *Ship of Fools (A nau dos insensatos)* (1962)

HENRY MILLER (1891-1980)
Tropic of Cancer (Trópico de câncer) (1934); *Black Spring (Primavera negra)* (1936); *Tropic of Capricorn (Trópico de capricórnio)* (1939)

DJUNA BARNES (1892-1982)
Nightwood (1936)

MICHAEL GOLD (1892-1967)
Jews Without Money (1930)

J. P. MARQUAND (1893-1960)
H.M. Pulham, Esq. (1941)

E.E. CUMMINGS (1894-1962)
The Enormous Room (1922)

DASHIELL HAMMETT (1894-1961)
The Maltese Falcon (O falcão maltês) (1930)

JEAN TOOMER (1894-1967)
Cane (1923)

JOHN DOS PASSOS (1896-1970)
One Man's Initiation: 1917 (1920); *Three Soldiers* (1921); *Manhattan Transfer* (1925); *U.S.A.* (1937)

F. SCOTT FITZGERALD (1896-1940)
This Side of Paradise (Este lado do Paraíso) (1920); *The Great Gatsby (O grande Gatsby)* (1925); *Tender Is the Night (Suave é a noite)* (1934); *The Last Tycoon (O último magnata)* (1941)

WILLIAM FAULKNER (1897-1962)
Soldier's Pay (1926); *Sartoris* (1929); *The Sound and the Fury (O som e a fúria)* (1929); *As I Lay Dying (Enquanto agonizo)* (1930); *Light in August (Luz de agosto)* (1932); *Absalom, Absalom! (Absalão, Absalão!)* (1938)

ERNEST HEMINGWAY (1898-1961)
In Our Time (1925); *The Sun Also Rises (O Sol também se levanta);* (na Inglaterra, *Fiesta)* (1926); *Men Without Women* (1927); *A Farewell To Arms*

(Adeus às armas) (1929); *For Whom the Bell Tolls (Por quem os sinos dobram)* (1940); *The Old Man and the Sea (O velho e o mar)* (1952)

VLADIMIR NABOKOV (1899-1977)
Bend Sinister (1946); *Lolita* (Paris, 1955; EUA, 1958); *Pale Fire* (1962); *Ada: or Ardor* (1969)

THOMAS WOLFE (1900-38)
Look Homeward, Angel (1929); *Of Time and the River* (1935); *You Can't Go Home Again* (1940)

JOHN STEINBECK (1902-68)
In Dubious Battle (A batalha incerta) (1936); *Of Mice and Men* (*Ratos e homens*) (1937); *The Grapes of Wrath (As vinhas da ira)* (1939); *East of Eden (A leste do Éden)* (1952)

ERSKINE CALDWELL (1903-)
Tobacco Road (A estrada do tabaco) (1932); *God's Little Acre (O pequeno rincão de Deus)* (1933)

JAMES GOULD COZZENS (1903-78)
Guard of Honour (1948); *By Love Possessed* (1957)

JAMES T. FARRELL (1904-79)
Young Lonigan (1932); *The Young Manhood of Studs Lonigan* (1934); *Selected Essays* (1964)

ISAAC BASHEVIS SINGER (1904-)
Gimpel the Fool (contos)(1957); *The Magician of Lublin* (1960)

NATHANAEL WEST (1904-41)
Miss Lonely Hearts (Miss Corações Solitários) (1933); *A Cool Million (Um milhão de dólares)* (1934); *The Day of the Locust (O dia do gafanhoto)* (1939)

JOHN O'HARA (1905-70)
Appointment in Sammarra (Encontro em Samarra) (1934); *Butterfield 8 (Disque Butterfield 8)* (1935); *Ourselves to Know* (1960)

ROBERT PENN WARREN (1905-)
All The King's Men (1946); *World Enough and Time* (1950)

HENRY ROTH (1907-)
Call It Sleep (1934)

RICHARD WRIGHT (1908-60)
Native Son (1940); *The Outsider* (1953)

EUDORA WELTY (1909-)
A Curtain of Green (1941); *Delta Wedding* (1946); *Collected Stories* (1980)

JOHN CHEEVER (1912-82)
The Wapshot Chronicle (1957); *Falconer* (1977); *The Short Stories of John Cheever* (1979)

MARY MCCARTHY (1912-)
The Groves of Academe (1952); *The Group (O grupo)* (1963)

WILLIAM S. BURROUGHS (1914-)
The Naked Lunch (O almoço nu) (1959); *The Ticket That Exploded* (1962); *Nova Express* (1964)

RALPH ELLISON (1914-)
Invisible Man (1952)

BERNARD MALAMUD (1914-)
The Natural (1952); *The Assistant* (1957); *The Fixer (O bode expiatório)* (1966); *Dubin's Lives (As vidas de Dubin)* (1979)

SAUL BELLOW (1915-)
Dangling Man (Na corda bamba) (1944); *The Victim* (1947); *Henderson the Rain King (Henderson, o rei da chuva)* (1959); *Herzog* (1964); *Humboldt's Gift (O legado de Humboldt)* (1975)

JOHN HORNE BURNS (1916-53)
The Gallery (1947)

JOHN OLIVER KILLENS (1916-)
And Then We Heard the Thunder (1963)

CARSON MCCULLERS (1917-67)
The Heart Is a Lonely Hunter (O coração é um caçador solitário) (1940); *Member of the Wedding (A sócia do casamento)* (1946)

J.F. POWERS (1917-)
The Presence of Grace (contos) (1956); *Morte d'Urban* (1962)

J.D. SALINGER (1919-)
The Catcher in the Rye (O apanhador no campo de centeio) (1951); *Franny and Zooey (Franny e Zooey)* (1961); *Raise High the Roofbeam, Carpenters and Seymour: An Introduction (Pra cima com a viga, moçada e Seymour: uma introdução)* (1963)

JAMES JONES (1921-)
From Here To Eternity (A um passo da eternidade) (1951)

WILLIAM GADDIS (1922-)
The Recognitions (1955); *JR* (1976)

JACK KEROUAC (1922-68)
On the Road (Pé na estrada) (1957); *The Dharma Bums* (1958)

KURT VONNEGUT JR (1922-)
The Sirens of Titan (1961); *Cat's Cradle* (1961); *Slaughterhouse-Five (Matadouro-cinco)* (1969); *Breakfast of Champions (Almoço dos campeões)* (1973); *Jailbird (Um pássaro na gaiola)* (1979)

JAMES DICKEY (1923-)
Deliverance (Amargo Pesadelo) (1970)

JOSEPH HELLER (1923-)
Catch-22 (1961); *Something Happened (Alguma coisa mudou)* (1974); *Good As Gold (Gold vale ouro)* (1979)

NORMAN MAILER (1923-)
The Naked and the Dead (Os nus e os mortos) (1948); *The Deer Park* (1955); *An American Dream (Um sonho americano)* (1965); *The Armies of the Night* (1968)

JAMES PURDY (1923-)
Colour of Darkness (contos) (1957); *Malcolm* (1959); *Cabot Wright Begins* (1964)

THOMAS BERGER (1924-)
Reinhart in Love (1961); *Little Big Man* (1964); *Vital Parts* (1970)

TRUMAN CAPOTE (1924-84)
Other Voices, Other Rooms (1948); *Breakfast At Tiffany's (Bonequinha de luxo)* (1958); *In Cold Blood (A sangue frio)* (1966)

WILLIAM H. GASS (1924-)
Omensetter's Luck (1966); *In the Heart of the Heart of the Country* (contos) (1968); *Willie Master's Lonesome Wife* (1968)

JOHN HAWKES (1925-)
The Cannibal (1949); *The Lime Twig* (1960); *Second Skin* (1964); *Death, Sleep and the Traveler (A morte, o sono e o viajante)* (1974); *The Passion Artist* (1980)

FLANNERY O'CONNOR (1925-64)
Wise Blood (1952); *A Good Man Is Hard to Find* (1955)

WILLIAM STYRON (1925-)
Lie Down in Darkness (1951); *The Confessions of Nat Turner (As confissões de Nat Turner)* (1967); *Sophie's Choice (A escolha de Sofia)* (1979)

GORE VIDAL (1925-)
Julian (Juliano) (1964); *Washington, D.C.* (1967); *Myra Breckinridge (Myra)* (1968); *Burr* (1974); *Creation (Criação)* (1981)

JOHN A. WILLIAMS (1925-)
The Man Who Cried I Am (1967)

J.P. DONLEAVY (1926-)
The Ginger Man (Paris, 1955); *A Singular Man* (1963)

HUBERT SELBY (1926-)
Last Exit to Brooklyn (1964); *The Room* (1971)

RAYMOND FEDERMAN (1928-)
Double or Nothing (1972); *Take It or Leave It* (1976)

JAMES BALDWIN (1929-)
Go Tell It on the Mountain (1953); *Another Country (Numa terra estranha)* (1961); *Tell Me How Long the Train's Been Gone* (1968)

GILBERT SORRENTINO (1929-)
Imaginative Qualities of Actual Things (1971); *Mulligan Stew* (1979)

JOHN BARTH (1930-)
The Floating Opera (1956); *The Sot-Weed Factor* (1960); *Lost in the Funhouse: Fiction for Print, Tape, Live Voice* (1968); *Chimera (Quimera)* (1972); *Letters* (1979)

STANLEY ELKIN (1930-)
Boswell (1964); *A Bad Man* (1967)

BRUCE JAY FRIEDMAN (1930-)
Stern (1962); *A Mother's Kisses* (1964)

WALTER ABISH (1931-)
Alphabetical Africa (1974)

E.L. DOCTOROW (1931-)
The Book of Daniel (O livro de Daniel) (1971); *Ragtime* (1975)

ROBERT COOVER (1932-)
The Origin of the Brunists (1965); *The Universal Baseball Association, J. Henry Waugh, Prop.* (1968); *Pricksongs and Descants* (contos)(1969); *The Public Burning* (1977)

SYLVIA PLATH (1932-63)
The Bell-Jar (A redoma de cristal) (1966)

RONALD SUKENICK (1932-)
Up (1968); *The Death of the Novel and Other Stories* (contos) (1969); *Out* (1973); *Long Talking Bad Conditions Blues* (1979)

JOHN UPDIKE (1932-)
The Poorhouse Fair (1959); *Rabbit, Run* (1960); *Couples (Casais trocados)* (1968); *The Coup (O Golpe)* (1979)

DONALD BARTHELME (1933-)
Come Back, Dr Caligari (contos) (1964); *Snow White* (1967); *City Life (Vida de cidade)* (contos) (1970); *The Dead Father* (1975)

JOHN GARDNER (1933-82)
Grendel (1971)

JERZY KOSINSKI (1933-)
The Painted Bird (O pássaro pintado) (1965); *Steps (Passos)* (1968); *Being There (O videota)* (1971); *Blind Date (Um parceiro desconhecido)* (1977)

LEONARD MICHAELS (1933-)
Going Places (contos) (1969)

REYNOLDS PRICE (1933-)
A Long and Happy Life (1962)

PHILIP ROTH (1933-)
Goodbye Columbs (contos) (1959); *Letting Go* (1962); *Portnoy's Complaint (O complexo de Portnoy)* (1969); *The Professor of Desire (O professor do desejo)* (1977)

SUSAN SONTAG (1933-)
The Benefactor (1963); *Death-Kit* (1967)

JOAN DIDION (1934-)
Play It As It Lays (1971)

JOHN RECHY (1934-)
The City of Night (1963)

RICHARD BRAUTIGAN (1935-84)
A Confederate General from Big Sur (1964); *Trout Fishing in America* (1967); *In Watermelon Sugar* (1968); *The Hawkline Monster* (1974)

STEVE KATZ (1935-)
The Exaggerations of Peter Prince (1968); *Moving Parts* (1977)

KEN KESEY (1935-)
One Flew Over the Cuckoo's Nest (Um estranho no ninho) (1962); *Sometimes a Great Notion* (1964)

CLARENCE MAJOR (1936-)
All-Night Visitors (1969); *No* (1973)

WILLIAM MELVIN KELLEY (1937-)
A Different Drummer (1962); *Dem* (1969)

THOMAS PYNCHON (1937-)
V. (1963); *The Crying of Lot 49* (1966); *Gravity's Rainbow* (1973)

JOHN KENNEDY TOOLE (1937-69)
A Confederacy of Dunces (Uma confraria de tolos) (1980)

JOYCE CAROL OATES (1938-)
Them (1969); *Wonderland (Um jardim de delícias)* (1971); *Marriages and Infidelities (Casamentos e infidelidades)* (contos) (1973)

ISHMAEL REED (1938-)
The Free-Lance Pallbearers (1967); *Yellow Back Radio Broke-Down* (1969); *Mumbo-Jumbo* (1972)

RUDOLPH WURLITZER (1938-)
Nog (1969)

MICHAEL HERR (1940-)
Dispatches (1977)

JOHN IRVING (1942-)
The World According to Garp (O mundo segundo Garp) (1978)

ERICA JONG (1942-)
Fear of Flying (Medo de Voar) (1973)

Bibliografia selecionada

A ficção moderna norte-americana tem sido extensamente examinada pela crítica. A lista que se segue inclui estudos gerais sobre o romance moderno norte-americano, análises temáticas e estudos sobre períodos específicos. Quanto a obras sobre autores individuais, *American Literature: A Study and Research Guide*, de Lewis Leary (Nova York, 1976), fornece informações breves e úteis. Bibliografias mais amplas são encontradas em *The American Novel: Sinclair Lewis to the Present*, de Blake Nevius (Northbook, Ill., 1970), *The American Novel: A Checklist of Criticism*, de Donna Gerstenberger e George Hendrick (2 vols., Chicago, 1961, 1970), e *The Contemporary Novel: A Checklist of Critical Literature on the British and American Novel Since 1945*, de Irving Adelman e Rita Dworkin (Metuchen, N.J., 1972).

Os principais estudos gerais sobre a ficção norte-americana do século XX pertencem via de regra às décadas de 1940 e 1950, quando era grande a preocupação de se estabelecer a "tradição moderna". Entre os livros chaves, encontra-se um dos primeiros de Alfred Kazin, forte porém orientado para as características nacionais, *On Native Ground: A Study of American Prose Literature from 1890 to the Present* (Nova York, 1942), que pode ser proveitosamente complementado pelos ensaios do mesmo autor em *Contemporaries: Essays on Modern Life and Literature* (Nova York, 1962; Londres, 1963) e *Bright Book of Life: American Novelists and Storytellers from Hemingway to Mailer* (Nova York, 1973; Londres, 1974). Igualmente nacionalista e naturalista em sua orientação é a cobertura que faz Maxwell Geismar em seus quatro volumes: *Rebels and Ancestors: The American Novel 1890-1915* (Boston, 1953), *The Last of the Provincials; The American Novel 1915-1925* (Nova York, 1947), *Writers in Crisis: The American Novel 1925-1940* (Nova York, 1942), e *American Moderns: From Rebellion to Conformity* (Nova York, 1958). Um estudo histórico mais amplo com excelente seção sobre os modernos é *Love and Death in the American Novel*, de Leslie Fiedler (Nova York, 1960; ed. rev. 1967), complementada por seus *Waiting for the End* (Nova York, 1964; Londres, 1965) e *The Return of the Vanishing American* (Nova York/Londres, 1968). Outros estudos gerais úteis são *The Modern*

Novel in America, de Frederick J. Hoffman (Chicago, 1951), e *American Fiction: 1920-1940,* de Joseph Warren Beach (Nova York, 1960). Embora poucos usem métodos críticos modernos, eles representam argumentações fundamentais para o debate. Uma útil antologia crítica é *Modern American Fiction; Essays in Criticism*, org. por A. Walton Litz (Nova York, 1963).

Muitos dos estudos mais importantes são temáticos, e exploram os temas ou tendências essenciais da ficção norte-americana. Entre os melhores estão *The American Political Novel 1900-1960*, de Joseph Blotner (Austin, Tex., 1960), *The Novel of Violence in America*, de W.M. Frohock (Dallas, Tex., 1957), *The American City Novel* de Blanche Gelfant (Norman, Okla., 1954); *Psychoanalysis in American Fiction*, org. por Irving Malin (Nova York, 1965); a obra interessante porém curta de James M. Mellard *The Exploded Form: The Modernist Novel in America* (Urbana, Ill./Londres, 1980), que se concentra em Faulkner, Heller e Brautigan; *American Social Fiction: James to Cozzens*, de Michael Millgate (Edinburgo e Londres, 1964); *The Radical Novel in the United States 1900-1954*, de Walter B. Rideaout (Cambridge, Mass., 1956); *The Absurd Hero in American Fiction*, de David Galloway (Austin, Tex., 1966, ed. rev., 1971). A ficção sulista deve ser procurada em *The South in American Literature* (Durham, N.C., 1954) e *Southern Life in Fiction* (Athens, Ga., 1960), de Jay B. Hubbell, *Renaissance in the South: A Critical History of the Literature 1920-1960*, de John M. Bradbury (Chapel Hill, N.C., 1963), e *The Literature of Memory: Modern Writers of the American South*, de Richard Gray (Londres/Baltimore, 1977). E a ficção negra em *The Negro Novel in America*, de Robert A. Bone (ed. rev., New Haven/Londres, 1970), *Modern Black Novelists: A Collection of Critical Essays*, org. por M.G. Cooke (Englewood Cliffs, N.J., 1971) e *The Second Black Renaissance: Essays in Black Literature*, de C.W.E. Bigsby (Westport, Conn., 1980). Tratam da ficção judaico-norte-americana: *The Jewish Writer in America: Assimilation and the Crisis of Identity*, de Allen Guttman (Nova York, 1971), o monumental *World of Our Fathers*, de Irving Howe (Nova York, 1977), e *Jewish-American Literature*, de Abraham Chapman (Nova York, 1974), a par das obras de Leslie Fiedler acima mencionadas.

Sobre a década de 1890 e o surgimento do naturalismo, os melhores estudos são *American Literary Naturalism: A Divided Stream*, de Charles C. Walcutt (Minneapolis, Minn., 1956), e *Realism and Naturalism in Nineteenth Century American Literature*, de Donald Pizer (Carbondale, Ill., 1966). Uma brilhante evocação dessa década é encontrada em *The American 1890s: The Life and Times of a Lost Generation*, de Larzer Ziff (Nova York/Londres, 1967), enquanto *The Passages of Thought: Psychological Representation in the American Novel 1870-1900*, de Gordon O. Taylor (Nova York/Londres, 1969) é admirável no tratamento da 'consciência' nos romances da época. O prolongado impacto do naturalismo sobre o romance progressista dos anos 1900 é estudado por Robert W. Schneider em *Five Novelists of the Progressive Era* (Nova York/Londres, 1965); Jay B. Martin, em *Harvests of Change: American Literature 1865-1914* (Englewood Cliffs, N.J., 1967), oferece ampla visão de todo o período, até 1914.

A respeito da emergência do modernismo na cena internacional, inclusive os Estados Unidos, deve-se ler *Modernism 1890-1930*, org. por Malcolm Bradbury e James McFarlane (Harmondsworth, 1976), que traz extensa bibliografia. O tópico é explorado de forma comparativa e admirável em *Axel's Castle: A Study in the Imaginative Literature of 1870-1930* de Edmund Wilson (Nova York, 1931), enquanto um estudo recente e interessante, embora um tanto parcial e ultranacionalista, é *A Homemade World: The American Modernist Writers*, de Hugh Kenner (Nova York, 1975). As mudanças estilísticas fundamentais envolvidas vêm sendo largamente exploradas pela crítica moderna, mas particularmente recomendáveis são *Rococo to Cubism in Art and Literature* (Nova York, 1960) e *Loss of the Self in Modern Art and Literature* (Nova York, 1962), de Wylie Sypher. Uma área importante é coberta por Bernard Duffey em *The Chicago Renaissance in American Letters* (East Lansing, Mich., 1954), enquanto uma boa base geral para as mudanças culturais dos anos imediatamente anteriores à guerra é *The End of American Innocence: A Study of the First Years of Our Own Time 1912-1917*, de Henry F. May (Nova York, 1959).

O impacto direto da guerra sobre os escritores norte-americanos modernos é examinado por Frederic J. Hoffman em *The Mortal No: Death and the Modern Imagination* (Princeton, N.J., 1964); sendo necessário ver também *World War I and the American Novel*, de Stanley J. Cooperman (Baltimore, Ind., 1967). Frederic Hoffman também oferece excelente introdução para os anos 20 em *The Twenties: American Writing in the Postwar Decade* (Nova York, 1949), assim como em *Freudianism and the Literary Mind* (Nova York, 1977). *Exile's Return: A Literary Odyssey of the 1920s*, de Martin Cowley (Nova York, 1934; ed. rev. 1951), é um livro-chave de memórias e análises; sendo necessário ler também os valiosos ensaios críticos em seu *A Second Flowering: Works and Days of the Lost Generation* (Nova York/Londres, 1973). *The American Novel and the 1920s*, org. por Malcolm Bradbury e David Palmer (Londres, 1971), apresenta ensaios sobre o período e os principais autores, com bibliografias gerais. Um admirável levantamento histórico dessa época é *The Perils of Prosperity*, de William E. Leuchtenburg (Chicago, 1958).

Sobre a década de 1930 e a ascensão da ficção proletária, deve-se ver *Writers on the Left*, de Daniel Aaron (Nova York, 1961), bem como *The Angry Decade*, de Leo Gurko (Nova York, 1968). *On Native Ground*, de

Kazin, e *Writers in Crisis*, de Geismar, citados acima, fornecem valioso material. Para a reação dos anos 1940, a melhor escolha é *Fiction of the Forties*, de Chester E. Eisinger (Chicago/Londres, 1963); deve-se ver também *After the Lost Generation: A Critical Study of the Writers of Two Wars*, de John W. Aldridge (Nova York, 1951), *After Alienation: American Novels in Mid-Century*, de Marcus Klein (Cleveland, Ohio, 1962), e *Existentialism and Alienation in American Literature* (Nova York, 1965), de Sidney Finkelstein.

O melhor levantamento geral do romance norte-americano do pós-guerra é *City of Words: American Fiction 1950-1970*, de Tony Tanner (Londres, 1971); um retrato mais abrangente porém menos analítico é encontrado no *Harvard Guide to Contemporary American Writing*, org. por Daniel Hoffman (Cambridge, Mass./Londres, 1979). Três úteis coletâneas de ensaios sobre o romance norte-americano do pós-guerra são: *Recent American Fiction: Some Critical Views*, org. por Joseph J. Waldmeir (Boston, 1963), *Contemporary American Novelists*, org. por Harry T. Moore (Carbondale, Ill./Londres, 1964), e *The American Novel Since World War II*, org. por Marcus Klein (Nova York, 1969). Para estudo mais detalhado, ver o ultilíssimo e crucial *Radical Innocence: Studies in the Contemporary American Novel*, de Ihab Hassan (Princeton, N.J., 1961). *Desperate Faith: A Study of Bellow, Salinger, Mailer, Baldwin and Updike*, de Howard M. Harper (Chapel Hill, N.C., 1967), *Three American Moralists: Mailer, Bellow, Trilling*, de Nathan A. Scott (Notre Dame, Ind., 1973), e *Five Black Writers: Essays on Wright, Ellison, Baldwin, Hughes and LeRoi Jones*, org. por Donald B. Gibson (Nova York/Londres, 1970) tratam bem de figuras exponenciais.

Sobre a ficção da década de 1960 deve-se ver Tony Tanner, citado acima, e *Beyond the Waste Land: The American Novel in the 1960s*, de Raymond Olderman (New Haven, Conn., 1973). Outros estudos úteis são *The Landscape of Nightmare: Studies in the Contemporary American Novel*, de Jonathan Baumbach (Nova York, 1965). *Black Humor Fiction of the Sixties*, de Max F. Schultz (Athens, Ohio, 1973), e *A Cheerful Nihilism: Confidence and 'The Absurd' in American Humorous Fiction*, de Richard B. Hauck (Bloomington, Ind./Londres, 1971). Quanto ao panorama da ficção do ponto-de-vista do escritor, deve-se procurar *The Creative Present: Notes on Contemporary American Fiction*, org. por Nona Balakian e Charles Simmons (Nova York, 1963), e *The Contemporary Writer*, org. por L. S. Dembo e Cyrena Pondrom (Madison, Wis., 1972). Outros livros úteis são *The Open Decision: The Contemporary American Novel and Its Intellectual Background*, de Jerry H. Bryant (Nova York, 1970), *Vulnerable People; A View of American Fiction Since 1945*, de Josephine Hendin (Nova York, 1978), e *Towards a New Earth: Apocalypse in the American Novel*, de John R. May (Notre Dame, Ind., 1972).

Sobre o pós-modernismo devem ser buscados, particularmente, *The Dismemberment of Orpheus: Toward a Postmodern Literature* (Nova York, 1971) e *Paracriticisms: Seven Speculations of the Times* (Urbana, Ill./Londres, 1975), de Ihab Hassan; *Surfiction: Fiction Now and Tomorrow*, org. por Raymond Federman (Chicago, 1975); *Partial Magic: The Novel As a Self-Conscious Genre*, de Robert Alter (Berkeley, Calif., 1975); *The Fabulators*, de Robert Scholes (Nova York, 1967); *The Mythopoeic Reality: The Postwar American Nonfiction Novel*, de Mas' ud Zaverzadeh (Urbana, Ill., 1975); *The Modes of Modern Writing: Metaphor, Metonymy, and the Typology of Modern Literature*, de David Lodge (Londres, 1977); *The Story of Identity: American Fiction of the Sixties*, de Manfred Pütz (Stuttgart, 1979); e *After the Wake: An Essay on the Contemporary Avant Garde*, de Christopher Butler (Oxford, 1980). É também preciso examinar o contra-ataque de Gerald Graff, *Literature Against Itself: Literary Ideas in Modern Society* (Chicago/Londres, 1979). Sobre o 'novo jornalismo', veja-se *The New Journalism*, org. por Tom Wolfe e E. W. Johnson (Nova York, 1973; Londres, 1975). Desenvolvimentos mais recentes são discutidos em *Literary Disruptions: The Making of a Post-Contemporary American Fiction*, de Jerome Klinkowitz (ed. rev. Urbana, Ill., 1980); e devem ser vistos também os volumes da série "Contemporary Writers", ed. Malcolm Bradbury e Christopher Bigsby (Londres/Nova York, 1982-). Para um estudo geral da cultura dos anos 60 deve-se ver *Gates of Eden: American Culture in the Sixties*, de Morris Dickstein (Nova York, 1977) e, para os anos 70, *The Culture of Narcissism: American Life in an Age of Diminishing Expectation*, de Christopher Lasch (Nova York, 1978).

Índice remissivo